*The story of Alicia, the fighting princess*

# 戦姫アリシア物語

婚約破棄してきた王太子に渾身の右ストレート叩き込んだ公爵令嬢のはなし

長門佳祐

Illustration 葉山えいし

CONTENTS

*The story of Alicia, the fighting princess*

# 0・序

「アリシア・ランズデール！　貴様との婚約を破棄し、反逆罪で……へぶぅぅぅぅぅぅぅぅぅう！」

踏み込みによる加速を打撃力に変換、身体強化の魔法もバッチリ乗せて、私は右腕を振り抜いた。

オニの形相をした王太子エドワードが横っ面を撃ち抜かれ、きりもみ回転しながら吹っ飛んでいく。

ガッツポーズをする女の子たち。

爆笑する近衛騎士団長令息の横で、堅物の宰相令息は目を剝いて固まっていた。

私の横では、かわいいメイドのメアリが右手の親指を持ち上げていた。

やっちゃった……。

アリシア・ランズデール十七歳、会心の右ストレートであった。

# 1．婚約破棄と公爵令嬢

私はアリシア。アリシア・ランズデール。

不本意ながら本件の当事者である。

そもそもの始まりは、全校が参加する戦勝記念パーティーでのことであった。

対帝国戦線、西方国境からとんぼ返りした私は、最低限のあいさつ回りを済ませたところだった。あとは、自室に戻ってお昼寝タイムである。私は意気揚々と踵《きびす》を返した。否、返そうとした。

「待て、アリシア！」

呼び止められた。ゆっくりと振り返れば、そこには王太子。一応私の婚約者ということになっている。

きらきらしい金髪に、さぞかしおモテになるであろう甘いお顔をした美青年で、私のテンションはただ下がりだ。

思わず眉間に皺が寄る。

「貴様に話がある！」

「そうですか、私にはありません。何分忙しい身ですので、ごきげんよう」

さっくりとお断りした。

「な、ふざけるな！」

まさか断られるとは思っていなかったのか、焦ったような声で引き止められた。残念である。こちとら地獄の八十連勤。今日くらい部屋でごろごろしたかった……。

そんな私の気持ちなど露知らず、王子は懐から手帳を取り出すと、なにやら居丈高に糾弾を始めた。

「アリシア・ランズデール！　貴様を生徒会長アンヌに対する侮辱および傷害未遂の罪で告発する！」

「さて、なんのことでしょうか？」

「しらばっくれようとしても無駄だ。まず最初に、アンヌのノートを破り捨てただろう！」

「ありえません」

即答。

「なぜ、そう言い切れる！　証拠を……」

「だって、そのノート私が持ってますもの」

エドワードの目が点になった。

私たちが通う王立学園だが、一言で言うとすごく厳しい学校だ。

国を背負う貴族に阿呆は要らぬ。無能は断固排除すると言ってはばからない。当然、授業のレベルはクソ高く、試験は情け容赦ない。赤点二回で留年、留年二回で放校。家格など一顧だにせず、生徒のクビをはねてくる。

ゆえに、学生も生き残るために知恵を絞る。成績優秀者のノートの貸し借りなど日常茶飯事だ。そして、アンヌという田舎貴族の令嬢は、大変しゃらくさいことに成績がよかった。ゆえに私は身分を盾に奴のノートをぶんどっていた。

「ノートは大事に使っています。写本したノートを転売したことはありますけど、破いたりなどいたしません」

エドワードは、豆弾をくらった鳩みたいな顔をした。

「なん……だと」

その「なん」と「だと」の間にはさんだ無駄なためはなんなんだ。

まぁいい。これで終わりだ。

「では、ごきげんよう」

「申し訳ありません。今、少しお付き合いくださいませ、ランズデール閣下」

残念、逃げられない。

続いて現れたのは、一人のメガネだ。

メガネは名をレナード・メイヒューといった。有能さに定評がある宰相さんちの一人息子で、我が王国社交界が誇るクール系イケメン筆頭である。

別名、エドワード係。

彼は骨ばった手で、エドワードから手帳を引ったくった。

ため息が出ちゃう。

「あなたも大変ね、レナード」

「お心遣い痛み入ります。ランズデール閣下」

レナードも心底疲れた顔をしている。

彼は苦労人だ。

ゆえに私と仲が良い。

レナードの指がページを捲る。するとその端整な顔が苦悶に歪んだ。

あっ……嫌な予感。

「……なんです？　私の襲撃計画でもありましたか？」

「違います。その、アリシア様がクッキーを……」

「クッキー？　私が盗み食いしたとでも？」

やばい。それなら心当たりがある。むしろ心当たりしかない。

証拠不十分で逃げ切った案件が山盛りある。賠償請求されると危険だ。地獄のような砂糖代が危険だ。

しかし、私の危惧は外れた。

「違います。アリシア様が、アンヌ様の手作りクッキーを奪い取り、『こんな粗末なもの食べられない』と踏みつけにしたと……」

「ないです」

「でしょうね……」

この私が食べ物を粗末にするなどありえない。炭でなければ基本は食べる。場合によっては炭でも食べる。

私はため息を吐いた。

「話になりません。次」

「一年前のお茶会にて、同席したアンヌ様にお茶をかけた、と」

「前線にて勤務中です。次」

「一月前、図書館に閉じ込められたと」

「監禁なら、もっとうまくやります。次」

「つい先だっては、乗り合い馬車に轢かれかけたと」

「いい加減、子守をつけろとお伝えください！　次！」

わんこそば（最近王都で流行りの最先端料理だ）のごとき勢いで、手帳に記された私の罪状（？）が消費されていく。

同時に、レナードの目からは光が消えた。

宰相令息消灯のお知らせ。オールド・ラング・サイン。ほーたーるのひかぁり。

レナードは、俊英の誉れも高い秀才である。特に法学に関しては学者裸足《はだし》ともっぱらの評判で、インテリ好きなお嬢様方からの人気も高い優良物件。

その彼が、公衆の面前でチクリノートの朗読会と来たもんだ。降って湧いた高等《ハイレベル》な状況《シチュエーション》に、性癖こじらせたお嬢様が目をキラキラさせている。

公開羞恥プレイの宰相令息と、それを熱っぽく見守る女子生徒の図。ここは地獄か。

「次、次は、ええと、アンヌ様が、廊下で足を踏まれたと……」

「もう、もう、やめてくださいませ！」

ここで、一人の女の子が割り込んできた。

声の主は、クローディア・クロッセル。クロッセル侯爵家のご令嬢だ。綺麗な金髪にふわっふわの縦巻きロールがチャームポイント。頑張って貴族令嬢してる系女の子だ。中身はチキンだ。私も小心者なので仲がよい。

彼女は両手を広げて私を庇うと、レナードの前に立ちふさがった。

「もうやめてください、レナード様！」

「クローディア……」

「レナード様は、たしかに頑固な人です。融通もききません。お顔も怖いです」

ディスられまくって、レナードが密かにへこんだ。

でも続きがあった。

「でも、本当は優しくて、努力家で、とてもまっすぐな方だって、私は知っています。私は、すごく尊敬してました。なのに、この言いがかりはなんですか！　あることないこと言い立てて！　恥をお知りなさい！」

「はい、クローディア、そこまで」

真面目人間を正論でタコ殴りにしてはいけない。

死んでしまう。

あと、「あることないこと」って言ったけど、「ないこと」ばっかだったからね。

クローディアにぼこられたレナードは、三年間酢漬けにされたイワシみたいな目で固まっていた。

ちょっとかわいそうだった。

一応、お断りしておくと、私のレナードに対する評価は高い。

レナードは、ぱっと見、冷たい感じがするのだが、その実、正義感と優しさに溢れた好漢だ。情誼にもあつく、問題児の王太子のために身体を張り続けられる忠義人。

まぁ、そんな彼が、なぜエドワードのおつきをやってるのかは正直理解できないけれど。マゾ疑惑がつきまとう。

「もう見ていられん。俺に貸せ」

そんなレナードを庇うように現れたのは、アラン・ギルフォード近衛騎士団長令息だった。

今度はお前か。

通称、宮廷の狂犬。

成り上がり文官軍人の父とおっとり貴族令嬢の母の間に、突然変異的に生まれてきた武闘派チンピラで、王国宮廷が誇るワイルド系イケメンである。私的には、狂犬アランという異名の方がしっくりくる。ちょっと目を離すとすぐ喧嘩してる誘導性能付きの手投げ斧みたいな男だ。

そのアランが奪った手帳をめくる。すぐに、げぇっと低くうめきをあげた。

お下品！

「あの、私、今、食事中なのですけど？」

「すまん。だが酷い。見てくれ。ここだ、ここ」

だからって、私に押し付けるのはやめろ。ほんとやめろ。見たくない。見たくないって、私、食事中だって言ってるでしょ！

しかしアランは強引だった。この強引さがいいらしい。私には理解できない。

しぶしぶ目を通したが、たしかにひどかった。頭痛が痛いレベル。

だって「アリシアがゆでたじゃがいもをまるかじりするのは品位に欠ける」とか、だからどうしたよ！　どうでもいいにもほどがあるわ！

そもそも前線じゃ、生芋丸かじりがデフォなのだ。芋をゆでる薪すらない。

私の食べ方に文句つけるなら、その前に燃料の補給をお願いしたい。

私は、もう帰らせろビームをアランに放った。奴はこれも黙殺した。ふざけんな。

平時はぬぼーっとしている（侍女メアリ自称十七歳談）と評判の私も、怒りのボルテージが上昇する。

一方のアランは、性懲りもなくページをめくると、あるところで表情を輝かせた。

なに？　なにか見つけたか？　やめろよ。ほんとにやばい案件出てきたら困るだろ。

奴はページの一角を指さした。

「見ろ。『昨年の冬期休暇。北部の慰問先で階段から突き落とされた』とある。心当たりはあるか？」

「（それは）ないです。当時は国境要塞につめてました」

「証拠は？」

あのさー。

「そもそもなぜ被疑者の私が無罪を証明しなければならないのです？　筋から言えば、告発した側が証拠を揃えるべきでしょう？」

「すまん……」

アランが謝った。素直だ。珍しい。しかし困ったぞ。下手に出られると私は弱い。

さて、だれにアリバイを証言してもらおうか。と私が思案していると、後ろから女の子が顔を出した。

「その突き落とし事件、犯人はたぶん私です」

自首してきた。犯人の名はバールモンド辺境伯令嬢、アデル。栗色の髪をした小柄なご令嬢で、ちょこちょこした仕草が小動物っぽい女の子だ。きゅっと胸元に手を合わせて、私に身を寄せてくる。かわいい。

「去年の冬ですよね。アンヌ様を監視塔から落としました」

言ってることはかわいくない。

「どういうことだ……」

「一昨年、アンヌ様がアリシア様を投石機の弾代わりにしたからです」

「本当にどういうことだ……」

アランがうめいた。

「ああ、そうか。あなたは知らないのね」

「そのままの意味ですよ。攻城兵器でアリシア様を蛮族の拠点に遠投《とば》したのです」

私の射出には最新型の遠投投石機《トレビユシエット》を使った。すごかった。飛距離とか初速とかすごい出た。私史上でも初の体験で、射ち出された瞬間は、さすがの私も後悔した。

アデルがふんすと鼻息を吐く。

「アンヌは、アリシア様に頼りすぎなのです。なんでもかんでもアリシア様に押し付けて。たまには、苦労を自分でも味わえと監視塔から投げました。目には目をが王国法の精神ですし、問題ないと確信します」

「単なる紐なしバンジーだよ。よくある、よくある」

「あってたまるか！　蛮族か！」

「これでも多少は文化的になったのですよ？」

アデルが苦笑した。

ちなみに、アランはアランで決闘沙汰を百回以上起こしてる前科がある。

言ってしまえば同類だ。

というかさすがにもう飽きてきたな。

「まだ続けますか？　アラン様」

アランは首を横に振った。

「いや、もう十分だ……。手間を取らせて悪かった」

やつれた顔で引き下がる。

知恵の一号に引き続き、力の二号も撃退だ。次は大将首であるな。

私はエドワードに向き直った。

「もうそろそろ、終わりにしませんか。この茶番」

「……茶番だと？」

エドワードは憎悪を込めて私を見た。

「これは茶番などではない。ここでお前との婚約を破棄し、私はアンヌと結ばれるのだ。アンヌは、私との婚約のためにおまえのことを……」

「それが茶番だと言っています」

「なんだと？」

「だってアンヌは私のお友達なのですから」

「なんだと!?」

なんだとじゃねーよ。

まぁ、どっちかというとアンヌとの付き合いは腐れ縁だけどね。

アンヌは、木っ端貴族の家の出だ。男爵だか准男爵だか忘れたが、実家が国境近くの係争地にあるものだから、私の家とも縁深かった。

なにしろ田舎だ。昔は私も悪ガキであったので、奴と一緒になって周辺の農村地帯を襲撃して回った。農家さんを一軒ずつ訪問しては、瓜やトマトやトウモロコシを強奪し、煮たり焼いたりして食べた。

おいしかった。時々、腹を壊したのはいい思い出だ。大体アンヌが被害にあっていた。

その悪ガキアンヌが、前世の珍妙豆知識で国の聖女に祭り上げられるとは思わなかった。挙句、エドワードから求婚までされるとは、異世界からの転生者も楽じゃない。

以上の事情をかいつまんで説明してやると、エドワードは石化した。

「ですからこの告発は、まったく意味がありません。アンヌとは、（親友というよりは腐れ縁ですけど）（あなたよりはよっぽど）仲良くやっています。ご理解頂けましたら、今日のところはお引き取りください」

大人しく下がれ。そしたら今日の無礼は不問にする。この私の提案は、優しさと慈愛に満ち溢れたものだったはずだ。

しかし、エドワードは逆上した。

「認めん、認めんぞ！　アンヌは、アンヌだけは、私の味方なのだ！　他の奴らとは違う！　口を開けばアリシア、アリシアと、言い立てる奴らとは違うのだ！　私のことを認めてくれた、それと比べて、お前は、お前は！」

もはや支離滅裂であった。

曰く、婚約者なら伴侶である私の言うことを聞け。

曰く、私との縁談を申し込んでおきながら頭が高い。（一応実家の名誉のために言っておくと、この婚約は王家から懇請されて嫌々受けた縁談である）

曰く、なぜ王子の私が、一公爵令嬢の風下に立たされねばならないのか。

曰く、そもそも、お前の、目つきも顔もすずしげな態度も、なにもかもが気に入らない。

などなど。

既に、何がしかの根拠に基づく糾弾ではない。積年の恨みとかいう彼の思い込みによる罵倒が続く中、私はふつふつとしたなにかが胸のうちに沸き出すのを感じた。

そもそもだ。

私は貴族家の、それも公爵家に連なる身だ。

宮廷で陰謀ごっこに現《うつつ》を抜かす馬鹿共に代わり、貴種としての義務も果たしてきた。それがどういう理屈で濡れ衣を着せられ、罵声を浴びせられねばならないのか？

そんなに私が気に入らないなら、お前らも前線に行ってみろ。蛮族と、生のじゃがいもがお前らを待ってるぞ。しみじみまずくて涙が出るぞ！

会場のそこここでは、非常点呼がされはじめた。伝令の腕章をつけた生徒が走り出す。

帯電する空気を感じ取り、舌打ちしたアランが帯剣へと手をのばす。

ああ……。畜生、本当に、めんどくさい。また私は、この手を汚さねばならないのか。

張り詰める緊張の糸。それをエドワードの叫びが断ち切った。

「アリシア・ランズデール！　私は、いまここに貴様との婚約を破棄し、反逆罪で……へぶぅぅぅ

うううううう！」

気づけばそこに、右手があった。振り抜かれた私の右手が。

残るのは確かな手応え。

重たい何かが固い地面とぶつかる音がして、そして物語は冒頭にいたる。

## 2．王国の歴史

さて、話の本筋を進める前に、ちょっとだけ我が国の沿革、そして私自身のことについて語らせてもらいたい。エドワードを転がしたすごいパワーにもつながる話なので、少しまだるっこしいかもしれないが、ご容赦頂ければ幸いだ。

私たちの住むブレストウィック王国は豊かな国だ。古くは西方の帝国と東方を結ぶ交易路の中継地として、また最近では南部の良港を通じた海上交易の拠点として、大きな富を得てきた。西部から南部にかけては、肥沃な農地にも恵まれ、お金も食べるものもたっぷりある、いわゆる勝ち組王国である。

いや、勝ち組王国であったというべきか。

豊かであればこそ、必然、外敵の脅威も大きくなる。

その相手は、もっぱら古くからの忌々しい隣人である北の蛮族であったのだが、最近になって、版図を拡大してきたバカでかい帝国とも西の境を接するようになった。

そんな時分に戴冠した当代の国王ジョンは、善良ではあるものの、はっきりいって無能であった。そして無能な彼は、人を疑うことのない善良さで、ほとんどの政務を宰相シーモアに丸投げした。

王命を得た宰相シーモアは、国内の権力をたちまちのうちに掌握した。そして、その類《たぐい》まれな政治力と溢れんばかりの忠誠心で、ジョンの期待に応えたのだ。

財政の支出均衡と公平な司法制度の実現を強力に推進し、王権を盤石のものとせしめると、返す刀で汚職官吏を一掃した。

こうして、人がよいだけの良王ジョンと事務処理に強いだけの官僚シーモアは、大器の王と忠義の名宰相として近隣諸国にその名を知らしめることとなった。

さて、そんな治世の名コンビたるこの二人だが、悲しいことに荒事はさっぱりだった。血を見るだけで卒倒してしまうキング・オブ・チキンハートのジョンは論外として、二代前まで由緒正しき平民出の宰相シーモアも、馬にすら乗れないもやしっ子だ。

戦闘力皆無の首脳を尻目に王国の外患は深刻化する。

その迫りくる脅威を前にして立ち上がったのが、王国最大諸侯である我が父ランズデール公ラベルであった。

彼は、類まれなる軍事的才覚と精強な領軍でもって、忌々しい外敵を王国の領域外に叩き出した。

諸侯も、こぞって人格と実績に恵まれたラベルの参戦を歓迎。「ランズデール公を容れるとは、シーモアとかいう平民出の成り上がりもやるではないか」という失礼極まりない発言が、公式会議の記録に残っている。

以上が十年ほど前の動きだ。

さて、その頃、私は領内の屋敷にいて、出入りするやけにガタイのいい兄ちゃんたちと仲良くなり、彼らの話してくれた武勇伝の真似をして棒きれや掃除用のモップなどを振り回して過ごしていた。

私には母がいなかったし、父は一応、家庭教師をつけてくれたのだが、それ以外についてはほとんど放任といってもいいような有様だった。当時多忙を極めた父に、娘の教育にまで手を回す余裕はなかったのだろう。しかし、一人遊びで延々と長物を振り回し続ける娘の姿が、そのなんというか、あまりにあれすぎたのだろう。見かねた父は、暇を見つけては練兵場に連れていってくれるようになった。

練兵場では、屋敷で見かけた兄ちゃんよりも、もっとむさいおっさんや兄《あん》ちゃんが沢山いて、みな大層私をかわいがってくれた。私は気のいい兵隊さんと一緒になって、剣や槍を振り回し、その重さにつぶされたり、馬に乗ろうとして転げ落ちたりと、比較的アグレッシブに過ごした。

今思い返してみても、まっとうな貴族令嬢の教育環境とは思えないが、私はとても楽しかったと記憶している。

兄が領軍の将校だったメアリとも、ここで出会った。泥だらけになって笑っている私を見た彼女は、最初、どこの悪ガキが入り込んでいるのかと思ったそうだ。失礼な話である。

ちなみに当時のメアリは私より三つ年上であったが、彼女は十七歳から歳を取るのをやめたらしく、今では同い年である。


なにしろ私は、楚々としたお嬢様で、性格も控えめであったから、できるならお婿をもらって地元でのんびり暮らしたいと考えていた。

しかし世情がそれを許さなかった。理由は血統問題だ。

当代の王であるジョン陛下は、王家の嫡流ではなかったのだ。

うちの王国は男子以外に王位継承権がなかった。

ゆえに、先々代の王様の時に、王弟殿下へと王位が継承された。一方、その王様には、王女様が一人いた。そしてそのお姫様は、高貴な生まれにふさわしいバイタリティでもって、幼馴染であった大貴族のもとへおしかけ降嫁《出来ちやつた婚》を成功させたのである。

この王女様こそ、我が父ラベルの母である。

まとめると、この私アリシアは、王家直系のお姫様なのである。どや。

王家よりも血統に優れた公家が存在する。

伝統と格式を愛する宮廷貴族たちにとってこれは由々しき事態であった。

結果、未来の継承権争いを憂えたおせっかいな一派が、ラベルの一人娘である私アリシアと王太子エドワードとの婚約を周旋した。

反対ももちろんあった。

宰相シーモアと我が父ラベルがその急先鋒で、二人して強力な論陣を展開。しかし彼らの情熱も「だったら、代案持ってこい」というド正論を突き崩すことはできなかった。

私と王太子エドワードの婚約が決まった日、父は私を抱きしめ泣いた。

「許せ、アリシア。お前を、道具のように扱う不甲斐ない父を許しておくれ」と。

あの父が。元気と暑苦しさが取り柄の父ラベルが、なんと涙を流して泣いていた。初めて見る父の弱気に、幼い私は奮起した。

そしてお見合《けっせん》いの日。地元にその名を轟かせたガキ大将アリシアは勇躍してお茶会《せんじょう》へと臨んだ。

そして、王太子に引っ掛けられた紅茶の飛沫を平手でもって叩き返し、足を踏みつけられたお返しに鍛え上げたローキックで応戦。優雅な午後のお茶会を阿鼻叫喚の地獄絵図とせしめることに成功した。

泣きわめく王太子と王妃殿下のソウルフルなシャウトを背に、私たちは凱旋。

溜飲を下げた父は、帰り道で同乗した馬の上でご機嫌に私の頭を撫でていた。

ちなみに、この日、宰相殿も同席されていたらしく、私の「気高い自己犠牲に基づく献身」に対して、大箱一杯の焼き菓子を贈ってくれた。目に余るどころではない私の暴虐が、婚約破棄のための大芝居に見えたそうな。とんだ過大評価であったが、おいしいご褒美につられた私は、礼儀正しく沈黙を守った。頂いたお菓子のほとんどは燃費の悪い私の活動エネルギーとなり、一部はメアリの乳へと還元された。そして宰相シーモア卿は、私たちの中でおいしいお菓子のおじちゃんとして定着した。

　最後に、肝心の公爵令嬢アリシアと王太子エドワードとの仲であるが、それをわざわざ明記する必要があるだろうか？　宮廷雀共の無用な頑張りもあり、婚約だけは維持されたことを記して、この件は終わりとしたい。


　蛮族の本格的な侵攻が始まってから数年。

　度重なる襲撃と略奪に晒された周辺諸国が次々と倒れていく中で、私たちの王国はよく持ちこたえた。王家と諸侯の強固な連帯は、帝国との戦争でも遺憾なく発揮され、北方に築いた砦は蛮族との戦線を押し返し、西部の帝国との間には暗黙の協定が結ばれつつあった。

　そんな折、事態が急変した。

　もたなかったのだ。

　父、ラベルその人が。

　名将あるいは勇将の誉れ高いラベルは、彼自身も現場指揮官として王国各地を転戦し飛び回っていた。そして、四年前の秋口、北方で前線の視察に出た父は、偶発的な遭遇戦に巻き込まれて乗馬を射貫かれ転倒した。

　連戦の疲れもあったのだろう。落馬時に体勢を崩した父は馬体に足を潰された。結果、満足に駆けることができなくなってしまったのだ。

端的に言って大ピンチだった。

帰還した父を見舞いに来た客人が、みな「まじやっべぇ」みたいな顔で退出していくのを眺めるうちに、自宅に戻っていた私も事態の深刻さを察した。

そんな折、我が国の危機的状況を嗅ぎつけた蛮族の攻勢が再開される。

そして、すったもんだの末、この私アリシアがランズデール公の名代として参陣することになったのだ。

アリシア・ランズデール、当時、十三歳だった。


さて初陣の思い出である。

公爵家の姫騎士、北方の蛮族、初めての戦場、この三つのワードから、あなたは何を思い浮かべるだろうか。

ちょっとエッチな展開を想像したあなた、結末以外は正解である。

当初、私は公爵家からの援軍を送って、戻ってくるまでのお飾りの大将で、戦場では、我が公爵家の旗を突っ立てた後方の安全地帯に引っ込んでいる予定であった。

当時の現場指揮官は、冒頭の婚約破棄のときにお嬢さんがちょっとだけ登場した、北部の大貴族バールモンド辺境伯だった。娘さんそっくりの栗毛をしたでかいクマみたいな彼は、我が公爵家の事情もよくご存じで、私が地元から引率してきた兵隊を最前線の部隊に組み込むと、添え物でついてきた小娘には、十分な、というよりやや過保護なぐらいの護衛をつけて後方に下がらせた。

私だって自分の立場をわかっていたし、別に血気にはやるような人格もしていなかったので、戦場の喧騒もとどかぬ丘の上に陣地を構えて、大人しくお飾り人形をしていた。

さていい加減、歴戦と言ってもいい軍歴を持つ私の経験をもって言わせてもらおう。

戦場に安全地帯など存在しない。

私の陣地に配置された将兵は、信頼にたる選りすぐりの兵で、数もまぁ十分。二個中隊、およそ五百といったところであった。

反面、貴重な戦力を後方で遊ばせる余裕など私たちにはなかったので、連戦の疲れが残るものや、歩くのに難があるものが多くいたのも事実だった。

それが災い、というか幸いした。

前線を突破した蛮族の一団が陣地へ突っ込んできたのは、その日の日没も間近になった頃合いだった。夕闇に紛れて前線を突破したらしい野盗と大差ない格好をした男共の集団は、しかし見かけによらず精鋭と言ってもいい手練であったようだ。

襲撃を受けた私の護衛は、半刻ほどの激戦を経てその防御を突破された。そして私は、新品ピカピカの長剣を片手に、敵部隊の幹部らしい男と向かい合うこととなったのだ。

見るからに弱そうな、体格の劣る小娘である。私はその時、兜をかぶっていなかったので、なまっちろい容貌もよく見えたことであろう。男はにやにやといやらしい嘲笑を浮かべながら、なにやら口汚い言葉を発していた。意味はさっぱりわからなかったが、どんなことを言われたかくらいは雰囲気でわかった。とても助平なことを言っていたに違いない。

近くで、メアリが何事かを叫んでいた。なだれ込んできた男の一人と切り結びながら、必死に声を上げている。周囲は乱戦、目の前には武装した蛮族共。一般的な基準にてらすなら、状況は最悪といえただろう。

しかして私の中にあったのは、恐怖でも後悔でもなく、純粋な怒りであった。

私は思い出していた。

焼かれ、打ち捨てられた村々の跡を。

物言わぬ亡骸となって帰郷した家族にすがり、涙をながす娘たちの姿を。

そして、傷つき、力なくベッドに横たわる父の姿を。

私は、なんのためにここまで来たのか。父の、名将の誉れ高いラベル・ランズデールの名代アリシアは、こんな奴らにやられるために北の辺地まで出向いたわけではない。

我が王国の国土を蚕食する地上のゴミムシ共を、容赦なく打撃し粉砕し、一人残らず駆逐するために、このアリシアは北の大地へ降り立ったのだ。

決意すれば、体は自然と動いた。

ニヤニヤ笑いを浮かべる男のヘロヘロした太刀筋を、手甲ではじいて右手の剣を一閃。だらしない表情を浮かべた汚い首が、スポンと胴体から分離した。

続く一閃で一人、もう一閃でまた一人、都合三人を地獄へ叩き落としたところ、私の鉄剣が圧に耐えかねてへし折れた。仕方がないので、徒手のまま組み付いて、二人ほど首の骨をひねり潰す。

敵の剣を拾って使えばいいことに気付いてからは、追加で五人ほど首やら胴やらを切り飛ばすと、敵は恐れをなして逃げていった。

蓋をあけてみれば単純な話だ。

身体強化魔法である。

先にも少し語ったが、私は子供の頃、父を訪ねてきた士官に、武勇伝をよくねだっていた。彼らは、小さい子供にはあまり難しい話はわからないと考えたのだろう、「おじちゃんはこんな重いものを持ち上げられるんだぞ」とか「こいつを何百回も振るんだ」とか、大変わかりやすく、そのすごさを語ってくれた。

なるほど、それはすごいことなのだと刷り込まれた四歳ぐらいの女の子は、目につく棒状の物の中から一番重そうなモップを選ぶと、日がな一日中ぶん回すようになったのだ。

身体強化にもいろいろと効用があって、力を強くしたり、体の表面や芯を丈夫にしたり、傷の治りを早くしたり、疲れを癒やしたりできる。

私は全部できた。

あと、これは今のところ仮説ではあるが、成長期に魔法をたくさん使うと、魔法の力も強くなる。最初の頃は、一刻ほどモップを振り回し続ければ、疲労を感じていたのであるが、十歳を過ぎたあたりでは、大人が両手で振り回す大剣を、小手先で一日中振り回し続けても、大して苦にならなくなった。

また、長槍《パイク》をぶん回して潰されたり、馬によじ登って落とされたりしたのだが、怪我一つした覚えがない。

筋骨隆々の男たちに交じって、ニコニコしながら重剣の素振りをする童女は、さてどんな目で見られていたのだろうか。今になって思い返すと、すこし恐ろしい気もする。

もともと貴族の爵位とは、力あるものを封じたことに由来している。

身体能力の強化や活性化は、割とポピュラーな部類の魔法であるのだが、公爵ともなるとその力もずば抜けて強いものだった。私は、その父から引き継いだ高い魔法の素養を、放置気味の教育環境のなかで意図せずして純粋培養してしまったのだ。

結果、とても強くなった。

物理的に。

私の初陣もこういった背景があったからこそ認められた。十歳の誕生日に熊を殴り倒した実績があればこそ、父は年若い一人娘を戦場に出すことに同意したし、将兵もそれを受け入れたのだ。

そして、強さは、実地でもって証明された。

レベルを上げて、物理で殴りに来る公爵令嬢の誕生である。

そして、初陣を済ませて領地へ帰還した私は、父から本格的な士官教育を施されることになった。

その後、各地を転戦して実地での経験を積み、今に至る。

# 3．学園と公爵令嬢

「さて、どうしたものかしらね？」

事件発生から半刻が経過していた。

公爵令嬢アリシアによる王太子エドワード顔面殴打事件より一時間が経過。パーティー会場はバリケードで封鎖され、集められた机と椅子が臨時司令部の様相を呈していた。

顔面をポコパンされてしめやかに失神したエドワードは、武装解除された近衛とともに体育館倉庫で軟禁中。今は保健係《えいせいへい》から、おざなりな治療を受けていることだろう。

そっちは問題ない。

問題は、私の身の振り方である。

私は、王太子をぶん殴った。白昼堂々の犯行で目撃者は多数。間違いなく反逆罪が適用される。

私のパンチは熊をも倒す。ゆえに殺人罪が適用されてしまうのだ。

イキイキした顔のアデルが一礼して進み出た。

「アリシア様、部隊の集結が完了しました。学徒だけで三百五十、家人もふくめれば三倍強にまで増強可能です」

で、現状なのだけどどう見ても私有利なんだよね。

なにせエドワードが無様を晒しすぎた。

あの醜態を見て、「エドワード様、素敵！」となる変態は少なくとも私の知り合いにはいない。

王国中探しても怪しいレベルだ。私が彼のシンパでも「エドちゃんのファンやめます」って言うと思う。

人を呪わば穴二つ。しかし、自分が掘った墓穴に全力で投身自殺決めてくるとは思わなかった。

「彼の目的はなんだったのかしら？」

「馬鹿だっただけなのでは？」

「そんな馬鹿な」

戦慄。なにが怖いって、ないと言い切れないのが一番怖い。

むーん、と私は思案した。すると伝令が駆け込んできた。

「学園外で動きがありました。近衛騎士団が正門付近に展開中。兵力《へいりょく》は大隊規模、約十」

「なんか少なくない？」

「同意します。ヤル気が感じられませんね」

「ヤル気《そんなもん》、出されても困るが」

私たちが通う王立学園は大きい。

学生の定員は七百。これに教職員や一時雇用者も合わせれば、五千人ぐらいは軽く収容できる広さがある。

要は、広い。とても広い。手狭なことに定評が有るランズデール家の屋敷なら二千個ぐらいおさまる。うちの実家《ち》、狭すぎる。一応これでも公爵家だ。

そんな広い戦場に、たかが千ぽっちで踏み込んだらどうなるか？

「各個撃破の好餌よね」

アデルが挙手をした。

「提案。この規模の襲撃であれば撃滅は容易です。敵の第一派を排除後、私兵を召集して学園に籠城しましょう。王太子殿下《エドワード》を人質に交渉すれば、あとは、どうとでもなります」

アデルの指揮官としてのキャリアは私に継ぐ。

大規模な籠城戦を三回も経験しているから、判断も信頼もできる。

王国内の勢力図だが、王家と諸侯で、およそ一対三くらい。つまり、私たちの方が強い。籠城策は分のよい賭けだ。

うーん。

「メアリはどう思う？」

「私は、アリシア様に従うのみです」

「私は、あなた自身の意見を聞いているのだけど？」

「アリシア様にお任せします。たとえ地獄の果てだろうとお伴します」

うん、メアリ、それただの思考放棄だよね。

私としては、地獄行きを避けるためにこそ知恵をしぼってもらいたいのだけど。

ただ困ったことに、アリシアちゃんと行く王国地獄行き片道ツアーは、結構人気らしい。希望者が殺到した。

「私、私もわたくしもお供します」

「私も、ご一緒させてください！」

「私、私もですわ！」

女の子たちがむらがった。こいつら戦意が高すぎる。

この子らを抱え込むのは危険だな。私は思った。

## 4．王立学園の戦い

アリシア・ランズデール元帥の逮捕拘禁。

このろくでもない作戦目標が王国軍近衛騎士団第１０４大隊に伝えられたのは、彼らが王立学園に突入する直前のことだった。

くそかよ。

作戦参加者全員の感想だった。

この不可解な命令に対して、意図を問いただした大隊長イーレンは、「貴様らが知る必要はない」という返答を受け取った。上官のしかめ面に、イーレンはおおよその事情を悟った。

王太子エドワードと公爵令嬢アリシアの不仲は、よく知られるところだ。

その険悪さは武装中立を通り越して、非公式に通商破壊戦をやりあっているような状態。戦争が落ち着いた今、王家と公家でひと悶着あることも想定の範囲内だ。

しかし、巻き込まれる側の迷惑がそれで減ずるものでもない。どう見ても、非があるのは王太子エドワードで自分たちがそれに与《くみ》する側というのもやるせなさに拍車をかけた。

とはいえ、軍令は軍令である。大隊は行動を開始した。

精鋭の104大隊の中でも、第三小隊を預かる騎士エヴァンスはアリシア贔屓《びいき》で知られていた。ようやく授かった一人娘に、アリシアにちなみアーシェと名付けるほどの入れ込みようだ。

そんな彼に、アリシアの逮捕の先陣を切らせるのはあまりに酷。エヴァンスの心中を慮《おもんぱか》った大隊長イーレンは、

「貴様も待機だ。真っ先に、ランズデール閣下に走りかねん」

と申し付け、麾下の主力を引き連れて学園内に突入した。

間もなく、音信が途絶えた。

知ってた……。残された者たちは諦めに沈む。

今度は学園講堂からほど近い場所から白煙が立ち上った。

予備中隊二百をあずかっていたロイズバーグが、

「どう見ても陽動だ。しかし座視もできん。覚悟を決めろ、ゆくぞ！」

と、勇ましくも構内に突入。

案の定、こちらも音沙汰がなくなり。大隊は戦力のほとんどを喪失した。

この間、わずか三十分である。平和な王都のど真ん中で、短時間のうちに大量の作戦中行方不明者《MIA》が発生する怪奇に待機組は笑うしかない。

「突入組がやられたようだな……」

「ふふふ……。奴らは我が大隊の中でも普通に主力」

「もう三十人しか残ってないぞ」

「さすがに笑う」

敗因は明らかだった。

アリシアだ。

蛮族十万の軍勢を寡兵でもって殲滅し、軍事大国帝国の侵攻を一蹴してのけた名将。

それをたったの一個大隊でどうにかできるわけがない。

司令部の奴らめ、できもしないことを命じやがって。まずは、貴様らがやってみろ。

エヴァンスは内心で毒づいた。

無論、司令部も最初から期待などしていない。今、彼らは１０４大隊の傷痍軍人年金の予算確保に走っている。

「これは、早めに退役しておくべきだったな」

「敵前逃亡ならお供しますよ、隊長殿」

副隊長のトールズは真顔だった。二人の部隊指揮官が逃げる算段をしていると、学園の校舎から人影が現れた。

数人の少女が歩いてくる。戦勝パーティーの参加者だろう。皆、華やかなドレス姿。

そして手には、大きなやかんを構えていた。

なぜやかん。

まぁ、いまさらどうでもいいな。精神の限界に達していたエヴァンスたちは深く考えるのをやめた。

少女たちのうち、小柄な栗毛が口を開いた。よく通る高い声がした。

「皆様、お勤めご苦労様です。皆様のために、粗茶をご用意いたしました。一杯どうぞ」

どう見ても罠じゃん。

エヴァンスは表情を改めて返礼した。

「ありがとうございます。……小隊、小休止だ。ご厚意に感謝しろ」

快諾。栗毛が柔らかく微笑んだ。

楽に死ねる薬でありますように。エヴァンスも柔らかく微笑んだ。

なお、エヴァンスを始めとした古参兵は、丁寧に謝絶した。

食いついたのは若手の騎士たちだった。

「自分、どれでもいいです！」

「自分は、やかんじゃなくてそっちのティーポットのください！」

「俺は、赤毛の子がいいです！」

「すみません。これ、そういうシステムじゃないので……」

群がる平騎士《ばか》たち《ども》を、少女たちが手慣れた様子であしらっていく。

王立学園に通う女子生徒は、ほとんどが貴族諸侯のご令嬢。諸侯の息女ともなれば、もはや高貴な姫君といってもいい。

対する騎士たちは、家督を継げない次男坊以下がほとんどである。高貴な姫君と言葉を交わす機会など一生に一度あるかないか。手ずからお茶を振る舞われる機会など、おそらく今後ありはしない。ゆえに、毒の一つや二つは気にするものでもなかった。

騎士道とは死ぬことと見つけたり。絶対に錯覚である。

ザリガニ釣りより楽だったと、後にアデルは語った。

騎士たちは差し入れを喜んだ。もちろん、茶の味など二の次で、吐息すら芳《かぐわ》しい姫君とのおしゃべりこそが本命だった。そして、つかの間の幸せの後、純朴な近衛騎士たちの下腹部が激痛に襲撃される。主戦場を校門から肛門へ移動させた兵士たちは構内の便所へ消えていった。

気づけば、兵は十人にまでうち減らされていた。

エヴァンズとトールズが苦い笑みを交わしあう。

「なんか知らんうちに全滅した」

「これは、さすがに怒られるのでは？」

「今から直々の査閲だしな。本気で死んだかもしれん」

「やだー」

エヴァンスたちの目の前には、一人の少女が立っていた。

粗末な身なりだ。すすけた紺のドレスにくたびれたブーツ。無造作に髪をまとめるリボンも、よく見れば端が擦り切れていた。貧乏騎士の令嬢でももう少しまし な形《なり》をしているだろう。これから暴れまわるからと、一番だめにしてもいい格好に着替えてきただけではあるが。

しかしそのくたびれた格好でさえ、彼女の輝きを損なうことはできなかった。

きらきらと風に遊ぶ白銀の髪。

深いスミレ色の瞳は、柔らかさよりも勁烈な意志を宿して輝いている。

少女の名はアリシア・ランズデール。

ランズデール公爵令嬢、北部諸公連合軍の暫定総司令官にして、王国軍大元帥。彼ら王国全軍が敬愛して止まない王国軍最高の戦争指導者がそこにいた。

本物だ……。

エヴァンズは震える声を絞り出した。

「ランズデール元帥閣下とお見受けいたします」

「いかにも」

少女は小さく首肯した。

本当に本物だ……。

エヴァンスは、いろいろと漏れそうだった。

「小官はエヴァンス・ロートリング中尉であります。王室より閣下に対する出頭命令を預かりました。ご同道願いたい！」

「ご同道するわけないだろ、この馬鹿たれが！」

ですよねー！

仕方ないので槍をつかむ。力ずくでもお連れします

「申し訳ありません。力ずくでもお連れします」

「もー、真面目なんだから……。怪我するなよ？」

「努力します」

まぁ、頑張れとアリシアは笑い、そして、無造作に一歩、踏み出した。

爆音がした。大地が弾けた。アリシアが地面を蹴ったのだ。

その勢いは、弩砲《バリスタ》から打ち出された鉄杭のごとく。その姿は、地を翔ける鳥のごとし。

迫りくるシルバーブロンドの輝きに、エヴァンスは殺到する銀狼の幻影を見た。

これが元帥殿の本気か。

どうしようもないな。と、エヴァンスは早々に任務遂行を諦めた。悟りの極致の冷静さから右手の槍が繰り出される。

エヴァンスは、この年の御前試合、騎馬槍部門で第三席を得た猛者だ。ちなみに、アリシアの副将を務めるメアリは、三年前の大会で全部門優勝を獲得して殿堂入りを果たしている。トロフィー

には「貴様の勇猛をここに記す。二度と来んな」と書かれていた。ちなみに、アリシアは最初から出禁だ。

必殺の一撃だった。しかしそれは、地面とアリシアの影をえぐるにとどまった。そして、槍の長柄にはアリシアがふわりと乗っかっていた。

これ、小説とかでよく見るやつだ。エヴァンスは思った。

刹那の空白。そしてその姿は、まるでうなぎのようだった。彼の体に、アリシアが絡みつく。好調時のアリシアはぐねぐね動く。

「はい、おつかれさん」

そしてエヴァンスの意識が落ちた。

エヴァンス・ロートリング（二十九歳）。

王国軍近衛騎士団の俊英にして、アリシア追っかけ歴四年の猛者は、この日、アリシアと邂逅した。彼は、この時、間近に嗅いだアリシアの吐息を、生涯忘れることはなかったという。

はい、視点戻りまして、アリシアでぇす。

今日も元気でぇす。一瞬、変態と激突した気がするが、気にしないぞ。王国軍《うちの》、変態多いからな。いちいち気にしてたらやってられない。

というわけで、頼れる友人の助けを借りて、無事、作戦終了《ミッシヨンコンプリート》とあいなりました。学徒主体の非正規兵約三百で、近衛大隊約千を完封です。なかなかじゃろ？　どやぁ。

さて、戦闘の詳報に入る前に、戦争の基本からだ。

戦いは数だよ、アニキ。

これぞ真理だ。戦争するなら、なにはともあれ数が大事。守るにせよ攻めるにせよ手数がなければなにもできぬ。鉄則だね。

今回激突した近衛騎士団であるが、彼らのミッションは、アリシアの身柄拘束だ。しかし、アリシアは縦横無尽に学園内を動き回る。そして、繰り返しになるが王立学園は広い。どう考えても、ミッションインポッシブルである。特に制圧作戦には兵数が必要になる。とにかく質より量が大事。犬でも猫でもダンゴムシでも、とにかく数をかき集めて、戦域を制圧するより他ないのである。しかし彼らの中にはすごいビーストテイマーもムシキングもいなかった。ゆえに人手は千人から変化なし。

結果はご覧の有様である。

数が少ない彼らは、薄く広く展開すれば各個撃破されてしまう。ゆえに乏しい戦力を集中して運用せざるを得ない。

ここまで読めたら、あとは対処するだけだ。

最初に突入してきた敵の主力約八百は、人質《エドワード》を餌に講堂に引きずり込んだ。

もともと近衛騎士の主力は重装備の騎馬戦力だ。屋内で素早く展開するのは不得手。そこで土管に詰まったロブスターみたいに密集したタイミングを狙って、催涙弾をしこたま投げ込んで拘束、その隙に通路を封鎖して、湿気た材木でいぶし攻めにして終了だ。

向こうの大隊長さんはよい人だった。煙でやられた目を真っ赤にさせながら、自分はどうなってもいいから、部下たちは助けてくれと嘆願された。

「ごめんね……。でも無理」

「そんなぁ！」

そして、かわいそうなお兄さんたちは、素っ裸にひん剝かれ廊下に転がされたのだった。

素っ裸というのは本当の素っ裸だ。騎士団の皆さんはちん○んを隠そうと頑張っていた。出征経験のない女の子たちが、かわいそうなぞうさんを指の間から覗き見していたのが面白かった。熟練兵は蛇口なんて見飽きてるので、補給品の紅茶をしばいていた。

次にやってきた人たちは、二百人ぐらいの集団だった。たぶん、戦術予備だろう。

簡単な打ち合わせの末、私たちは彼らを学園の大倉庫に閉じ込めることにした。実は、懲罰房として改装しておいたやつがあったのだ。設計者はアンヌで、私《アリシア》でも脱出できない営倉を目指したらしいが、結果的にヤモリとアリシアなら脱出できる営倉ができあがった。

ただ、うちの学園で私たち執行部に逆らうようなアホはエドワードぐらいしかおらず、これまでの利用実績はゼロ。いつも「なんでこんなもの作っちゃったの？」って目で見られてたので、今回使ってあげることにした。

私が囮になってお客さんを呼び込むと、みんなわらわらついてきた。いいのかい？　ホイホイついてきちまって？　私は、破城用の投石機でも構わず喰っちまうような女なんだぜ？

一応警戒はしていたらしく、建物入り口に何人か配置していたようだけど、それは棍棒かついだメアリがぶん殴って制圧。全員、中に押し込んで、外から門をかけて終了した。一方で、私は一匹のトカゲとなって、天井の近くの窓枠から屋外への脱出を果たしていた。

閉じ込められた中の人たちは、大騒ぎした。そういえば、トイレの案内をしていなかったなと思い至ったので、備え付けの壺を使うように教えたところ、中の騒ぎがひどくなった。

「壺トイレは初めてか、新兵諸君？」

「前線の嗜みだ。今うちに慣れておけ！」

「この際、ケツの拭き方も練習しとけよ！」

「クソの始末もつけられんひよっこには、お使いも任せられんからな！」

私の取り巻きを自称する女の子たちのセリフである。

距離をおきたくなるね。

だって、私まで同列に見られちゃうじゃん。

あいつら全員、独立しねーかな、と内心で思っていたらメアリが私の方を見た。

「なに？」

「皆さん、アリシア様に似てきたなと思いまして」

一応、私は公爵令嬢ということになっている。

最後は正門前に残っていた人たちだが、これは適当に処理した。

いや、数少なかったし。

小細工しないのもそれはそれでどうかと思ったので、試しに、下剤入りのお茶を差し入れてみたところぐびぐび飲み干された。やられた一人が「本望です」って笑っていたので、私はそれ以上考えるのをやめた。アホだこいつら。そのアホ共は今、トイレの便座とよろしくやっている。

そして私たちは包囲を突破し、ついでのように結構な数のお馬さんを確保したのであった。

「では、作戦の次段階に移行する。続きはアデルちゃん、お願いね」

「はい！　総員傾注！」

アデルの号令に、騎乗した女の子たちが背筋を伸ばした。

みな誇らしそうに微笑んでいる。

これより私以外が大絶賛した「アリシア姫王都脱出作戦」の最終段階が始まるのだ。

私以外が大絶賛した奇襲陽動作戦が。

## 5．王都脱出の公爵令嬢

私は王都脱出をはかっていた。

この作戦には、自由の翼作戦という御大層な名がつけられていた。

このかっこいい作戦名は、アデルちゃんの趣味だ。しかして、その作戦内容は、アリシアちゃんの夜逃げである。名前倒れも甚だしい。絶対に公式記録には残せない。

まず、最初に提案された籠城策だが、私はこれを捨てた。

王都には、王家直轄の近衛騎士団三万が駐留中だ。ありえない話だが、この全軍が投入されると、凄惨な市街戦が勃発する。王都炎上である。さすがにそれはだめだろ、っていうのが表向きの理由。

本音は、戦争狂《ウオーモンガー》共の隔離だ。

奴らの作戦がひどかったのだ。試しに作戦を立案させてみたんだけど夜討ちとか放火とか人質盾にしての進軍とか、ろくでもない案ばかり出てきた。そして三手目ぐらいには、王城に突入して斬り合いを始めていた。

王権に対する殺意が高すぎる。共和革命の闘士か、おのれらは！

その点、脱出策は安全だ。逃げる途中で捕まるリスクはあるが、この戦争屋共とは別行動できる。

なにしろ、私は平和主義者だ。

こんな奴らと一緒にいられるか！　私は地元に帰らせてもらうぞ！　メアリと二人でな！

というわけだ。メアリも戦争狂だけど、こいつはコントロールできる分、多少はマシだ。なにより付き合い長いし。

そんな私の気持ちも知らず黄色いドレスの女の子が言った。

「メアリ様だけにいい格好はさせませんわ！」

続いてブロンド縦ロールさせたお姫様が言った。

「久々の襲撃戦ですもの。私もお供させて下さいませ！」

私が夜逃げをかますなら、是非とも協力させてくれと、ドレスを着た女の子たちが大挙して押し寄せたのだ。「アリシアちゃんのために、なにかしたーい」程度の曖昧な話なら、適当に安全な仕事をふればよかったが、「アリシア様が突破を図るなら、陽動による警備網の攪乱が効果的」などと、ドンピシャ極まる進言を北部出身の戦闘狂《アデル》が言い出したものだからおかしくなった。

志願兵が殺到した。あっという間に定員限界に達した。

目の前に生肉放られたドーベルマンでももう少しは遠慮するぞ。

いまや学園前には騎乗したドレス姿が二百近く集まっていた。かわいい顔した女の子たちが慣れた手つきで馬上槍をしごきつつ、「楽しみね」「久々のピクニックですわ」などと楽しげに微笑んでいる。これから、ドレスを着た女の子たちの中隊を、偽アリシアとして封鎖線に突っ込ませる狂気の陽動作戦が始まるのだ。

彼女たちの実家では、短槍や軽量化した弩《いしゆみ》持って、野原に遊びに行くのだろう。獲物はうさぎや狐じゃなくて、野盗や匪賊の類に違いない。

我が公爵家にはない文化だ。

私が内心で恐れおののいていると、アデルが叫んだ。

「これより、作戦計画概要を説明する！」

出撃前の訓示だ。彼女は、強引にこの陽動作戦の指揮官の座を奪っていた。アデルは高らかに続けた。

「敵は、近衛騎士団、約三千、王都内にて、封鎖線を展開中だ。目標は我らが盟主、アリシア様の拘束である！」

「許せん！」

「殺せ！」

だれだ、今、物騒なこと口走ったのは！

殺しちゃだめ。絶対にだめだからね！

私は念を送った。

幸い、アデルは、最低限のお作法はわきまえていた。

「諸君の気持ちはわかる。しかし、我らは正義の剣、弱者を蹂躙する悪徳に手を染めるわけにはいかない」

言ってることは、妥当だ。

かわいいドレス姿の女の子からこのセリフが繰り出されると、頭おかしくなりそうだが。

なに、お前が言うなって？　そうね。わたしもかわいいもんね。

今は、どうでもいいわ、くそったれ！

「我らの役目は陽動である。現在、敵集団が構築中の封鎖線は、未だ完成してはいない。ゆえに先制の一撃をもってこれを攪乱、混乱を拡大させ、ランズデール元帥脱出までの時間をかせぐのが本作戦の目的である」

「質問！」

ピンク色が挙手した。

「自衛戦闘の可否について！」

「逆に問う、貴様らは王都のもぐらに後れを取るか！」

「「否！　断じて、否！」」

「よろしい！　そういうことだ！　つまり諸君は、死ぬまで殺すな。そして死ぬことも許さん。ゆえにこの作戦で戦死者は発生しない！」

まさに超理論だ。

これを考えた奴は相当な馬鹿に違いない。

まぁ、私なんだけど。

昔、北方戦線で言ったのだ。若気の至りだ。恥ずかしい。ていうか、みんな、こういうセリフばっかり覚えてるよね。さっさと忘れてよ。

「では、アリシア様、お願いします」

そして、なんの前フリもなく、出番が私に振られた。

はぁー。

およそ戦場にあって、このアリシアがこれほどまでに蔑ろにされたことはなかった。今は、とても新鮮な気分だ。うそだ。すごい腹立つ。遺憾の意を表明するぞ。

「貴様らに、いまさら、細かい指示もあるまい。だからこれは私の老婆心だ！」

そしてごほんと咳払い。

「まずはベティ、婚約おめでとう！」

「国に帰ったら結婚します！」

「リリアン、義手の調子は問題ないか！」

「完調です、アリシア様！」

「最後に、メリッサ！　いつもみたいに鳴いてみろ！」

「ケキョ――――――――！」

青いドレスが奇声を上げた。

彼女の名はメリッサ・アンジュレーム。

激戦の北部戦線、隙あらば殿《しんがり》を買って出ていた困ったちゃんだ。正直、安心して殿を任せられるほど強い娘ではなかった。ゆえに私は、危ないからやめろと何度も言ったのだが、彼女はついに譲らなかった。結局、私が折れて、「なら、生きてるのがわかるように、だれでもわかる鳴き方をしろ」と命じたのだ。

以来このメリッサちゃんは、いつもケキョケキョ鳴いている。

彼女の奇声は殿の生存を教えてくれる縁起のいい鳴き声なのだ。

妹ちゃんまで同じように鳴き出したのには笑ったが。

「他の奴らとも話したいが、残念ながら時間切れだ！　貴様らは精兵だ！　ゆえにこの全員と近いうちに会えることを、私は信じて疑わない！　次こそは、皆でゆっくりお茶しましょうね！」

「はい、アリシア様！」

「とっておきの会場を予約しておきますわ！」

王城とかいうなよ。

怖すぎる。お前ら普通に制圧しそうだし。

私が目線で合図すると、アデルが頷いた。

「各員、二騎一組《バディ》を形成！　全速で街道を南下後、封鎖線確認次第、部隊前衛より偏差突撃にて突入！　会敵後は高度な柔軟性を維持しつつ臨機応変《てきとうにやれ》に対応！　ゆくぞ！」

「おー！」

そして、乙女たちは走り出した。

白魚のごときか細い手に、槍や鉄剣を携えて。

私はその後ろ姿を見送った。

「……私たちも行きましょうか」

「そうですね」

メアリは、私もあっちに行きたかったなって顔をしやがったので、ケツひっぱたいてやろうかなって思いました。


そして、五分後。私とメアリは路地裏を歩いていた。

激しい戦闘があったのだ。それについて詳しく語ろう。

午後三時十二分、ランズデール元帥アリシアおよび随伴のメアリ・オルグレン作戦行動開始。中央街道を南下。

三分十二秒後、近衛騎士団第三師団第１００６中隊による封鎖線に衝突。アリシアは転進。しかし、メアリはなぜか直進。

三分三十三秒後、封鎖線より投網発射。メアリ乗馬より跳躍。当然のごとく乗馬を失う。メアリが途方に暮れる。

三分四十秒後、アリシアがメアリの首根っこひっつかんで路地裏へと逃走。

追っ手をようやく振り切って、今ここである。

馬を捨てた瞬間のメアリの「あっ、やべ」って顔が忘れられない。お前策なしでつっこんだんかーい。同輩たちが決死の拘束戦で時間を稼いでくれているのに、副将がポカミスで大ピンチとか許されざる失態である。

メアリは赤面しつつ不満そうな口調でうそぶいた。

「不本意です。そもそも、私一人であれば脱出などせずとも、どこかに潜伏していればいいだけなのです。でもお嬢様を見捨てるわけにも参りません。だから私も仕方なく……」

「で？　他に言うことあるよね、メアリ」

「すみませんでした……」

メアリは、しゅん……とした。私はポカリとその頭をたたいた。メアリがひーんとかわいく鳴いた。

いや漫才やってる場合じゃないぞ！

王都を脱出するためには、封鎖線の他にも二つの城壁を越えねばならない。

旧市街地を囲む内壁と、その外部に形成された新市街を守る外壁だ。

その難易度については認識していたつもりだが、開幕からこれでは突破などほぼ無理だ。

かっこよくみんなを送り出しておきながら、私らだけあっさり捕まったら笑えるな。

いやまったく笑えない。

さて、どうするか。私が思案していると、馬蹄の音がした。

ちぃ、追っ手か。路地裏も奥まで来たつもりだが、随分と勘がよい奴らがいるな。たぶん隣の路地だろう。

物陰からチラリと確認すると、古びた家屋の隣に佇む二騎の騎馬が見えた。王都守備隊の制服を身に着けている。伝令にしては妙だな。まぁ、詮索は後だ。

「どうする?」

私が主語をぼかして質問すれば、返答に代えて剣を構えるメアリ。

無駄がなくて大変結構。うっかりさえなければ優秀な奴なんだ。

挟み撃ちの態勢を取る。路地裏から指だけ出して時間合わせ、三、二、一、今。私たちは隠れ場所から飛び出すと、全速力で二頭の騎手に殺到した。

兵士さん！　私たちにその馬を寄越すのだ！

もはや、完全に強盗である。

長剣片手に猛然と突っ込んでくるふわふわドレスの少女二人に、馬上の兵士と思しき人影が慌てて声を上げた。

「待ってくれ！」

待てと言われて待つやつはいない！　私は刺突の構えで肉薄する。

「馬は譲る！　だから待ってくれ！」

「おっとぉ」

私の剣の切っ先が届くより先に、馬上の男性は身を捩るようにして馬を下りた。

私とて無益な殺生は望むところではない。警戒しつつも剣をひっこめる。それからもう一人の男性にも馬を下りてもらい、少し離れるように指図した。

私に馬を捕られた青年は、なぜか隣のもう一人とごにょごにょ話していた。それから納得したように頷き合うと、両手を上げて私たちのほうに近づいてきた。

「王都から逃げるのか？」

私が沈黙で答えると、それを肯定と取ったのだろう、彼は小さく頷いて言葉を継いだ。

「なら、西へ向かってくれ。城門を開けておく手はずになっている。ランズデール領へ続く南は厳戒態勢だ。避けたほうがいい」

乗馬をぶんどったら、強盗被害者から、逃走経路を指示されたでござるの巻。

まさに渡りに船である。どういうことだ。あまりにご都合な主義に、我が腹心のメアリも訝しげな表情を浮かべている。

と、にわかにどやどやと人の声がした。まずい追っ手だ！

彼は言った。

「ここは俺たちで引きつける！　君は行ってくれ！」

ええー！　なにその展開!?

なにかの罠か？　と思ったが、こんなまだるっこしいことするぐらいなら、物量で押しつぶしたほうが早い。

それに今の私たちに、ろくな選択肢がないのもまた事実。

私は決断した。

「よくわからんが感謝する。礼は、また会う時にさせてくれ！」

たぶんもうないだろうけども！　もし助かったら、この恩は一年ぐらいは忘れないよ！　私たちは乗馬をあおり、西門に向かって走り出した。

その時の私たちは、帝国式の敬礼で見送る彼らの姿を見ていなかった。


私たちは街路を西に向かって疾走した。謎のお兄さんの言うとおり、私たちの前を遮るものはなく、あっという間に内壁の門までたどり着いた。

そしてそのまま駆け抜ける。

驚愕の素通しである。

たしかに、門を開けておくとは言われていた。でも確認ぐらいはするものじゃない？　一応強行突破の準備はしてたんだけど、実態は、門は全開開けっ放しで衛兵は不在だった。

おい、衛兵は、どこ行ったと周囲を見回せば、なんと奴らは、私たちの邪魔になる馬車の誘導をしてくれていた。「どうぞこちらへ！」と誘導されたので素直に従う。

「あっれぇ？」

振り返れば、メアリもまたついてきていた。

形の良い眉根を寄せて、なんだか納得行かねぇって顔をしながら、せっせと馬に拍車をかけている。私もきっと似たような顔だ。

まぁいい、次、外壁行くぞ！　外壁着いたぞ！　抜けたぁ！

作戦終了のお知らせ。

いやなんか、城門に、見たともない装甲馬車が二台もつっこんでいやがったのだ。門が閉まらないみたいで、そのわきを駆け抜けたら普通に通れた。

まぁいい。悩むのは後だ。誰何はされたけれど、それだけだった。

門を抜けたら即座に索敵、伏兵の不在を確認するとすぐに減速し、メアリを先行させる。後方警戒の態勢で、徐行に移る。

外に出たとたん、背後から狙撃されてはたまらん。

そして、また私は空振りした。

なんつーかさ。

「謀られた感じがぷんぷんするよ……」

前を向くと、先に行くメアリが手を振っている。早くついてこいってか？

お前ももう少し頭を使えと思ったけれど、もたもたしてると捕まっちゃうので、私もとっとこその後ろを追いかけた。

# 6．メアリとわたし

王都から逃げ出した私たちは、日暮れまで街道を西に進んだ。追っ手は、一応かかっていない模様。「一応」とお断りしたのは、王都を出てからこっち、一定の距離をおきながら私たちの後をつけている集団がいるためだ。

実は私は、頭と同じくらい耳がよいのだ。

騎馬というものはかなりの重量があるせいで足音《ばていのおと》はよく響く。ゆえに地面に耳をつけると、かなり遠くにいる騎馬でも存在をつかめるのだ。

数は五十騎ぐらいか。結構な規模の集団が付かず離れずの距離でついてきている。

さてさて、どこのどいつだ？　賊の類じゃないだろうな？　状況がこうじゃなければ、先制攻撃してるところだが。

ぺったりと地面に顔を貼り付けた私が唸っていると、近くにしゃがみこんだメアリと視線があった。

「いかがでございますか？」

私は一度瞑目してから、厳かに告げた。

「ガイアの声が聞こえます……」

メアリは、一瞬何言ってんだこいつみたいな目をしたあと、諦めたように首を振った。

まぁ、一生こうしてるわけにもいかん。顔を持ち上げた私は、メアリに近くの伝令小屋で一泊する旨を伝えた。

王国の街道沿いには、伝令や巡察が利用するための無人小屋が整備されている。私たちが一晩の宿を求めたのも、そのうちの一つだ。万が一、実家を追い出されたときに使う予定だった。思ったより早くに利用する機会がやってきた。もちろん、これっぽっちも嬉しくない。

しかし、そろそろ、冬も近い季節。かよわい女の子が二人、寒空の下で凍えずに済んだと思えば、まったくの無駄ではなかったといえる。

偉いぞ、駅伝制を導入した私。そしてありがとう、徹夜で実施計画練ってくれたレナード。

火をおこす。腹が減った。もちろん食べるものなんてない。ごそごそと小屋の中をあさったら、何年物かわからないかぴかぴになったパンが出てきたので、二人で半分こして食べた。賞味期限は切れてそうだけど私は躊躇しなかった。私の鋭敏な嗅覚が、「このぐらい余裕余裕」って言ってたからだ。でもよい子は真似しちゃ絶対駄目だぞ。

さて、おやすみなさいと私が毛布を取り出したところ、メアリに肩をつつかれた。

「お嬢様、おやすみ前に御髪《おぐし》を整えましょう」

「えー……」

今日はもう眠いよぅ。私はしょぼしょぼする目で訴えたが、メアリに「ちょっとだけでございますから」とふんわりと言われたので、即座に折れた。

メアリは私の髪のお手入れが大好きだ。そして、私は髪のお手入れをしてくれるメアリが大好きだ。優しいモードのメアリが大好きだ。滅多にないことではあるが、今日彼女はいろいろとしくじったのでお詫びのつもりなのだろう。

手近な椅子にのそっと腰掛けると、メアリの指が私の髪紐を解いた。雑草と土埃と私の汗の香りがした。

これが物語のヒロインなら花の香りがするのかしら？

メアリ・オルグレンは、我がランズデール家に代々仕える従士の家の出で、私の幼馴染だ。

私が練兵場に入り浸っている時ちらっと会っていたようだが、正式な挨拶は彼女が公爵家に行儀見習いとしてやってきた時に受けた。当時の彼女は、少しくすんだブロンドに翠の目をした優しい容貌の女の子だった。

私、アリシア・ランズデールの側に、行儀見習いとして寄越された女の子は彼女一人ではなかった。

ただ、物心ついた時から鋼鉄製の棒切れを振り回しているような娘である。これはとてもついていけないと、みな、瞬く間に暇乞《いとまご》いしていなくなってしまった。

そんな中、何を思ったのか、ずっと残ってくれたのが彼女メアリだったのである。

メアリは、とても勉強熱心な子だ。私の身の回りにほとんど女性の側仕えがいないことを知ると、親戚の女性陣に侍女としてのあれこれを学んでから、最低限、私が貴族の令嬢として見られるように仕立ててくれた。

何しろ女の親族がいない身である。

当時の私は、公爵令嬢とおサルの間を行ったり来たりしているような状態であったので、彼女がいなければ密林にお住まいのシャーマンみたいになっていたかもしれない。

さすがにそれはぞっとしない。

でもメアリがしてくれたのは、それだけではなかった。

厳しい軍の訓練にも、手のまめを潰し、体にあざを作りながらついてきてくれたのだ。

最初は、彼女も兄のためだとか、実家の男共がだらしないからとか、いろんな理由をつけていた。でも、私の初陣にまで一緒にきてくれるとなれば、鈍い私でも気付かざるを得ない。メアリは、私のためにずっと頑張ってきてくれたのだ。私が戦場でひとりぼっちにならないように。

嬉しかった。

でもなんでだろうか？　彼女がついてきてくれた理由は、私にもよくわからない。改まって聞くようなことでもなさそうなので、あまり気にしないことにしている。

私はあいにく、世間一般でいうよい女主人ではない。

王家からの覚えはめでたくないし、出張であちこち飛ばされる。ろくに茶会や社交場にも出ないせいで出会いの機会もほとんどない。挙句、今回の一件で札付きにまでなってしまった。とんでもないクソ物件引いちまったなぁと後悔されていても、まったく反論することができない。

メアリも時々そんなことを口にするけれど、それが本心でないことを私は知っている。

彼女は、いままでずっと、とても、そのなんというか、とても、とても優しく私に仕えてきてくれたのだ。

おかげさまで私は彼女と出会ってからこの方、寂しいと思ったことだけは一度もなかった。

敵と味方を殺し続ける軍人稼業。大変しんどい仕事ではあるのだが、彼女がいてくれて、私は、なんというかいろいろと救われているのである。

私、すごいしどろもどろである。ちょっと恥ずかしいね。

「いつもありがとうね」

私がお礼を言うと、メアリは私の頭をぐしゃぐしゃにして抱きしめてくれた。

なんとなく嬉しかったけれど、小さく「汗臭い」とつぶやかれたことも、私は忘れないよ。

# 7．友人宅に転がり込んだ公爵令嬢

翌朝、私とメアリは乗馬を交換して出発した。実は私の身体強化は、触れている相手にも効果があるのだ！

残念ながら自分に使うのと比べると、だいぶ控えめな効果ではあるのだが長時間の騎乗時などで乗馬に使っておくと、なかなか馬鹿にならない効果を発揮する。

「というわけで、メアリのお馬さんは休憩タイムよ！　理由は言うまでもあるまい」

と言ったら、メアリに頭を小突かれた。

いい加減、自分のお尻の大きさを認めるのだ、メアリ君。日頃、アイアンプレート公爵令嬢とかあだ名されているお返しである。

まったく、どこのどいつが言い出したのか。

見つけたらただじゃおかない。絶対に許さないからな。絶対にだ。

伝令小屋と野宿を繰り返すこと三日、私たちは盟友ウェルズリー侯爵家の領都であるレンヌに到着した。

街につくと、ウェルズリー侯爵家当主のジョージさんが、自ら出迎えてくれた。

グレーシルバーの髪と瞳が眩しいナイスミドルある。かっちょいい。

私は他所行きスマイルで挨拶した。

「わざわざのお出迎え、感謝いたします、ウェルズリー卿。なにぶんこのような見苦しい格好で、恐縮なのですけれど」

「なんの。元帥閣下のおんためとあらば、この程度」

差し出された右手を握り返す。

実は未《いま》だに元帥閣下の呼称に慣れない。

田舎国家《おうこく》は軍制も適当だから困る。

「それにどのようなお姿であれ、閣下の美しさが損なわれることはございますまい」

そして、すごくさらっと容姿を褒められた。ちょっと照れる。

実物は、ボロボロドレスにボサボサヘアーで、流れのダンサーみたいになってる小娘なのだが、たとえお世辞であっても嬉しいものは嬉しい。

「おおよその事情は、把握しているつもりです。こちらでご滞在の準備はしておりますゆえ、ひとまずはお休みください」

左様ですか。

説明の手間が省けたのを喜びたいところだが、私の滞在準備までできているって時点で、まぁ、気楽に喜ぶわけにはいかないだろう。

その後、私たちは町の領館に招かれた。

さすがに、まる二日近く騎乗してるとお尻が痛くなってくる。

メアリも股擦れが酷いらしく、恥をしのんで私に回復を頼んできた。

ちょっと恥じ入った表情が妙にかわいらしくて、私はちょっと嫉妬してしまう。かたやケツが痛いと不平を言う公爵令嬢。落差がひどい。

入浴を勧められたので、交代で入る。

それから私は厨房にお邪魔して、パンと野菜の酢漬けとベーコンを水で流し込むように詰めこんだ。

今日は、ウェルズリー侯の晩餐会にお呼ばれしている。

侯は美食家だ。陸軍の上官食堂に慣らされたバカ舌の持ち主でさえ、食事とは文化的な行為であったことを思い出す程度には美味。問題は、食事の味を楽しんでる余裕があるかってことだな。

部屋に戻ると、メアリもすっかり臨戦態勢だった。

でも、どこで調達したのか、ばかでかいバトルアックス手にしてたのには笑った。メアリが不敵に笑う。

「さあ、参りましょう、アリシア様！」

「室内戦で長物は不利よ。別のにしなさい」

メアリはガーンみたいな顔をした。頭に血が上ると、新兵みたいなミスするよね、君。

晩餐会には、ウェルズリー侯ジョージ氏と私、そしてメアリの席が用意されていた。

実はメアリ、れっきとした爵位持ちの貴族家当主なのである。三年前に一代貴族になり、去年は准男爵に封じられている。

今年は、もしかしたら男爵位ももらえるんじゃね？　女男爵《バロネス》って、響きが超かっこよくね？　などと、つい一週間前まで馬鹿話をしていたのであるが、さすがにこの騒動では封爵は無理そうである。

「先だっての西部、帝国の動きはいかがでしたかな」

「ほとんど睨み合いに終始しましたわ。一部小競り合いがありましたけど、例年に比べればずっと小規模なものでした。犠牲が出ないのはありがたいのですけど、つけいる隙もないのは、正直気詰まりですわね」

私が当たり障りのない回答をすると、向かいの席のかっこいいおじさまが、眉をハの字にして困り顔をした。

本当は私なんかよりよく知ってるくせにぃ、とでも言おうかと思ったのだが、これでも自重したのだ。そんな顔をしないで欲しい。

そこで会話が途切れてしまい、しばらくはかちゃかちゃと食器を動かす音だけが響いた。

まぁ、このままじゃおいしくご飯が食べられないよねぇ。

先に気が重い話は済ませてしまうべきだろう。私はにっこり微笑んだ。

「ウェルズリー卿、本題に入りましょう。まずは隣室の方も呼んでくださる？」

たぶん、帝国軍の兵隊さんがわらわらっと出てくるぞ。私は賢いんだ。

そんな私の予想に反して、部屋に入ってきたのは、黒地に金の刺繡をほどこした帝国軍士官服の青年であった。

# 8．強盗被害者と再会した公爵令嬢

入ってきたのは、軍人然とした雰囲気の赤毛の青年だった。彼は礼儀正しく敬礼した。「ランズデール元帥閣下、メアリ嬢、私、コンラート・ヘンラインと申します。コンラートとお呼び下さい」

「アリシア・ランズデールと申します」

「メアリ・オルグレンです」

どっかで見たことあるな、とかすっとぼけようとも思ったが、さすがについ最近のことなので忘れようもない。

そこにいたのは、三日前、私たちに馬を強奪された男性の片割れだった。

改めて見ると上背があってなかなかがっちりしている人だ。初対面のときも思ったが、かなりできるほうだろう。

一応面識だけはあるので、私もメアリもお相手も、はじめましてとは言わなかった。

コンラートは言った。

「ウェルズリー侯、まずは、この場を設けてくださいましたことにお礼を。そして今回の騒動で動いていた帝国側の企てについて、私から説明させてください」

「ええ、もし差し支えないのであれば」

なるほど。しっくり来た。今回の騒動、正直な感想を言うなら、「エドワードなにしてるの？」って感じだったのだけれど、帝国《となりのてきこく》に嵌められたということであれば、納得である。

いや、ああも簡単に踊らされちゃ駄目だろって感じだけどエドワードだし、しょうがない。コンラートが口を開いた。

「今回の計画の当初の目標は、閣下の誘拐でした」

ふむ。早速、質問させてもらおう。

「あなたは今、過去形でおっしゃいましたけれど、私はまだ自由の身です。となると、私の誘拐作戦は、いまもって継続中ということなのでしょうか？」

「いいえ、作戦は既に失敗したものと、我々は考えております」コンラートは断言した。私は首をかしげた。

「では、お隣のお部屋の方々は？」

「あれは、その、私の護衛です。……その、あなたに、対する」

「まぁ！」

コンラート氏、真面目な顔して、なかなか小粋なジョークを飛ばす。

だって五十人はいるもの。護衛に二個小隊とか。

最前線かよ。

私は思わずコロコロと笑ったが、他のだれひとりとしてクスリともしない。自然、笑い声も尻すぼみになった。なんでさ。私、渾身のお嬢様笑いを返せ。

こほんと咳払いしてから、「続きをお話してもよろしいでしょうか、閣下」とコンラート。

一応訂正させてもらおう。

「そのランズデール閣下という呼び方なのですけど、私は既に無位無官の身です。アリシアとお呼び頂けませんか？」

コンラートは、それを聞くとちょっと目をみはってから、口をもごもごさせた。

それから少し赤くなって、ではアリシア様とお呼びしても？　と宣《のたま》った。

構わんとも。

私は鷹揚に頷いた。

「作戦の第一段階は、王家とアリシア嬢との離間工作でした。あの少し頭の足りない王太子殿相手ですので、いくらでもやりようはありました。彼は、あなたに対して、並々ならぬ敵意を抱いていたようでしたから」

「敵国とは言え、私たちの国の王位継承権第一を『頭が足りない』とは少しお言葉がすぎるんじゃありません？」

「申し訳ありません。正直者なものでして」

こいつ、あやまりゃしねぇ。

優男風だが、意外と神経図太いな。

私的には好印象だ。メアリも、楽しそうな顔をしている。

メアリはエドワード大嫌いだからね。

どのぐらい嫌いかというと、地元のキャベツ畑を荒らすナメクジにエドワードって名前つけてたくらい嫌いだ。おかげさまで、春先は「今日はエドワードを百匹駆除しました」みたいな報告が毎朝のようにあがってくる。もれなく朝から陰鬱な気分になれる。コンラートは言った。「今回の王太子の醜態で、諸侯も王家を見限るだろうという予測がありました。と同時に王家に捕らえられたアリシア様をお助けすることで、我々の株をあげようという両取り狙いの作戦であったのですが……」

「前半は成功、後半は失敗ということですね」

「はい」

「ふふっ、ざまあみさらせですわ」

メアリよ、もうちょっと歯に衣着せろと思わなくもないが、今回は私も同じ感想だ。まぁ、はかりごとはやられる方が悪い。彼や帝国に対して特に悪感情はない。

出し抜いてやったぜ、ぐへへって感じだ。

もし私が捕まってたら、エッチなことしてやるぜ、ぐへへって感じだった可能性もある。お返しに、三下じみた悪役笑いするくらいは許されるだろう。

「それはそれとして一つ質問いいかしら？」

「ええ、無論です。アリシア様」

「私の誘拐ではなく、殺害を狙わなかったのはなぜでしょうか？　そのほうが楽でしょうに」

ぎょっとした視線が私に集まった。

なんだなんだ。

誘拐がありなら謀殺もありだろうに。しかしコンラートは頭《かぶり》を振った。

「謀殺は、我々、帝国の取る手段としては悪手です。復讐にかられた領主諸侯軍すべてが敵に回りかねない」

「ですから、帝国ではなく王国に手を汚させるのです。より具体的に言うなら、今回私が王都を脱出する時に、傍観を決め込めばよかった。お恥ずかしいことですけど、結構危なかったです」

「閣下が本気を出していなかっただけのように思われますが」

「買いかぶりですわ」

またまたぁ、みたいな顔をコンラートはした。

ちょっと思ったんだけど、さっきから、私、人間扱いされてなくない？　気のせいかな。私が首をかしげるとコンラートが笑った。「これは完全に我々側の事情なのですが、アリシア様への危害は絶対に認められません。当然、謀殺などもってのほかです。それに、そもそも誘拐についても、実現は難しくない見込みでありました。実際はアリシア様のご学友のおかげでとても誘拐どころではなくなりましたが」

「すみません。うちの女の子たちが」

「私的には大好物な展開です。大いに楽しませてもらいましたよ」

コンラート氏は、よい笑顔をした。まぁ、かわいい子が大暴れするのは、見てて楽しいしね。

とにかく、脱出の際には世話になったのだ。一応、お礼は言っておこう。

「乗馬、ありがとうございました」

メアリも一礼した。

「お役に立てたようで何よりです」

と、コンラート氏は笑った。そして表情をあらためた。「それで、ここからが本題なのですが、我々は、アリシア様を帝国にお迎えしたいと考えています。是非、ご一考頂けませんでしょうか」

きた、きた、きましたよ。

この時、私の内心は、うっきうきであった。

実は、私は最初から亡命を求める心算であったのだ。

なにしろ、王国内に居場所がなくなってしまったものだから。私もそれなりに生活力はあるつもりではあるけれど、弱冠十七歳で無国籍になるのはさすがに辛い。どこかに移籍できたらいいなぁと思っていた。部屋を帝国兵と思しき方々に囲まれた時は、すわ暗殺か身柄拉致かとも警戒した。

しかし、蓋を開けてみれば向こうから諸手を挙げての大歓迎。

乗るしかないでしょう、このビッグウェーブに！

私はにっこり微笑んだ。

「ありがたいお言葉ですわ。喜んで、お受けいたします。うるさい身内も一緒で恐縮ですけれど、是非お願いします」

「ありがとうございます！　色よい返事を頂けて、自分も肩の荷が下りました」

コンラートは、ふっと笑みを浮かべた。

その横では侯も笑顔で頷いている。

メアリもニコニコしている。

晩餐会スタート時のぴりぴりムードが嘘のようだ。万事、丸くおさまって、めでたしめでたしだね！　それにしても、随分と高く評価されてるな、と思った私は、知己である帝国軍司令官の名を挙げた。

彼の推挙があったのかもしれない。

「ルーデンドルフ閣下にも、よしなにお伝えください」

ルーデンドルフ大将、帝国軍の東部方面軍司令官殿《どの》である。

帝国は、北の蛮族共とは違って、話が通じる相手だ。

例えば、農繁期の休戦協定であったり、捕虜交換であったり、互いの利益が合致する場合には、まっとうな交渉が成立する。

私は、現場では一番地位が高いことが多く、帝国軍の司令官殿とも何度か顔を合わせたことがあった。

ルーデンドルフ閣下は、真っ白な頭を刈り上げた厳しいお顔の武人であったが、話してみるとなかなかに気さくないいおじいちゃんであった。

国境要塞の交換交渉では、「ランズデール元帥殿とはいつか馬を並べてみたい」とのお言葉をもらったこともある。

このいたれりつくせりの好待遇、きっと彼が私のことを覚えていてくれたのだろう。

しかし、これがとんだ思い違いであった。

コンラートが、交渉成立のいい笑みを浮かべたまま、爆弾を投下した。

「いえ、今回の作戦は、ジークハルト殿下の発案によるものです」

私は、自分の顔から表情が抜け落ちるのを感じた。

## 9. 実は前科持ちだった公爵令嬢

ジークハルト殿下。本名、ジークハルト・フォン・レインザー・ミュンテフェーリング。

この舌を噛みそうな長い名前の彼は、栄えある帝国の第一皇子だ。帝位継承権第一位。この大陸随一の覇権国家である帝国で二番目に偉い身分を持つやんごとない御仁である。

確か今年で二十九歳になったはずだ。

実は、私は、彼とも面識があった。

いや、言葉を濁すのはよそう。

正確に言うと、私は、三年前の戦闘で、彼の陣地を強襲して重症を負わせ、帝国本土に叩き返したことがあった。

あまりにひっどい顔合わせで、今になって涙が出そうだが、ここは詳しい経緯を語らねばなるまい……。


遡ること四年前。

蛮族相手に初陣を済ませた私は、自身の戦い方について父たちと相談した。その結果、馬鹿みたいな強さの身体強化魔法を活かした戦い方が、もっとも効果的であろうという結論にいたった。

自身と乗馬に、目一杯の魔法強化を施しての突撃である。とにかく乗馬まで強くなるというのが大きかった。

私のべらぼうに強力な身体強化を受けたお馬さんは、普通の騎馬よりもずっと長い時間をとても速く駆けることができ、そして槍はともかく矢や礫はまったく通さなくなった。

そのうち槍も通さなくなった。

これが実戦でどうなるかというと、敵の哨戒圏外から突如として現れ強襲し、追撃しても追いつけず、矢を放っても刺さらないという、大変ずるい感じの騎兵になった。なんか強そうである。実際強い。

次にこの使い方である。

強いと言っても所詮は一人、どれだけ大暴れしたところで、一度の戦いで倒せる数など限られている。なら一番おいしい相手を狙おう。つまるところが指揮官狙い、いわゆる首刈り戦術である。

蛮族相手にたっぷり訓練を繰り返して手応えをつかんだ私は、満を持して対帝国最前線に乗り込んだ。

なにしろ、私の登場は突然のことであった。特に対策を持たない帝国軍に対して私たちの戦術は大いに効果を発揮した。私は必死になって襲撃を繰り返した。

あるいは、彼らには、戦場で暴れる私が無敵の超人のごとく見えたかもしれない。実際は弱点だらけである。

例えば、集団でもみくちゃにして馬から引きずりおろせば、あとは袋叩きにするだけで、死ぬ。

さすまたや網で拘束して、周りから槍を突きこんでも、死ぬ。

槍で刺されれば、アリシア・ランズデールは死ぬぞ!

要は私も人間なのだ。急ごしらえの奇策には明確なタイムリミットが存在した。集団戦術が得意な帝国軍が対抗策を編み出す前に、戦果を積み上げねばならない。

そうやって死に物狂いで戦場を駆け回っていた時、私は彼ジークハルトと出会ったのだ。

戦場で相対した彼の部隊は、バカ強いことに定評がある帝国軍の中でもさらに一線を画す強さであった。しかし、私はとっておきの作戦で敵本陣に突入。そこで陣頭に立って指揮を執る彼と対面した。

彼の姿を見た時、最初に感じた印象は、「すごいよい装備してる!」だった。ここでいう「よい」とは、性能ではなくお値段が高そうという意味合いの「よい」である。

ジークハルトの装備は、たしかに極めて実用的なものだったが、同時に装飾的でもあったのだ。限界まで性能を上げてから、お金をかけまくってかっこよくした感じといえば伝わるだろうか?

ちなみにだが、顔は覚えていない。目と鼻と口はついていたと思う。髪の色は濃い茶色だったかな?

そんなよい物着ている彼を見て、私は迷った。

殺し殺されが当然の職業軍人と違って、お貴族様相手だと、ただ首をとればいいというわけではない。たとえばの話だが、うちのバカ王子がお隣の国に戦争ふっかけて頓死したら、王妃様は、仇をとるまで戦争の継続を叫び続けるだろう。それは困る。

帝国にガチで来られたら、とてもじゃないがうちの国は保たない。

一方で、捕虜にとれた場合は、大ボーナスだ。最低でも身代金がもらえるし、相手の身分が高ければ、即時停戦だって見えてくる。チェスも将棋も王様獲ったら勝ちなのだ。

迷っている時間はなかった。捕まえよう、私は決断した。リスクはあるが、それ以上に大物の匂いがしたのだ。

私は馬上で振り回していた大剣を地面に突き立てると、馬から飛び降りた。

近づきながら帯剣を引き抜く。彼もまた手に持った剣で切りかかってくる。彼の剣からは、なんかきらきらしいオーラが出ていた。なんか強そう。

一方の私の剣は一応鋼鉄製ではあるが、数打ちの量産品だ。

斬り合ったら折れそう。

そう直感した私は、一気に間合いを詰めると、彼の懐にもぐりこみ一撃を手甲で受けた。

剣のパワーは遠心力だ。切っ先はすごい切れるが、根元のほうはからっきしだ。案外生身でもなんとかなったりする。痛いが、そこは根性でカバー。

そして空いた手で殴りかかる。ほどほど威力のアリシアパンチは、腕でガードされたもののいい手応え。ボキって音がした。もう一方の手刀で彼の手首を打つと、彼の手から得物が落ちた。これで殿下は丸腰である。

そして、トドメとばかりに、私は彼のお腹に回し蹴りを放った。

これが大失敗だった。

ジークハルトは後ろにふっとんだ。彼はわざと体勢を崩すと、衝撃を逃がすために後ろに跳んだのだ。勢いを利用された私は、一気に距離を取られてしまった。

しくじった、と思ったその時、メアリが突っ込んできた。退路が危ない証拠だ。時間切れである。

私は馬に飛び乗ると、一目散に遁走した。

後に、私たちは彼が帝国の皇子だったと知らされた。

「私があと少しだけ、アリシア様をお呼びするのを待っていれば！」

メアリはそう言って血の涙を流した。


以上が、私とジークハルト殿下との初対面の思い出だ。

そんな彼が、今回の誘拐作戦の立案者……。

殺害ならまだわかるけど、誘拐して生きたまま身柄を押さえにくるとか……。

これは、相当恨まれてますね。

私は絶望で頭の中が真っ白になってしまった。

ただ、一国の戦闘指揮官として一言だけ物申したい。

やんごとない身分の皇子様が、のこのこ前線に出てくるな！　うっかり殺しちゃったら困るだろうが！

# 10．歓迎をいまいち勘違いしている公爵令嬢

翌朝、私は馬上の人となった。

いざ帝国に向けて出発である！　隣にはメアリもいる。彼女も一緒に来てくれるそうだ。

メアリは、私とジークハルトの因縁を知っている。アリシア様に何かするならぶっ殺すと息巻いていた。殿下を警戒するより前に、こいつに首輪をつけた方がいい気がする。

まぁ、正直心強くは感じた。本人に言うと、「にゃあ」って顔されるから言わないけどね。

で、朝からいざ出発だ！　と意気込んでいたのだが、案内に立つはずのコンラートがなかなか来ない。というかだれも来ない。今、門前で待つのは私とメアリだけである。

私が訝しく思っていると、領館で執事を務めるおじいちゃんが大慌てで駆けてきた。

「アリシア様！　旦那様をお止めください！」

え、なにごと!?

呼ばれて駆けつけてみると、完全武装したウェルズリー侯と領軍のおじさんたち合わせて五十人ほどがコンラートを囲んでいた。

コンラートは顔面蒼白だ。

帝国軍の人たちもすごい困った顔をしている。

「一体、なんの騒ぎです？」

穏やかじゃないな。君たち。

「なんの、アリシア様、せっかくの機会ですので、我々もお供しようというだけの話ですよ」

「それは無理だと申し上げたはずです！」

コンラートの泣きが入る。

今気づいたんだけど、この人、若干、苦労人属性入ってるよね。

「メアリ様から事情をうかがいましてな。約定のこともある。しっかりとこの目でたしかめさせて頂きたい！」

「アリシア様の御身については、私共の責任をもってお預かりさせて頂くと前にも申し上げたはずです！」

「ならば我らが同道したところで、なんの問題もありますまい。必要であれば人数は絞りますぞ。絶対に私は同行いたしますが！」

「それはいろいろと困るのです！」

「ならば理由をお聞かせ願いたい！」

わー、なんかすごいことになっちゃってるぞ。

会話の中にメアリの名前が出てきたので目線で尋ねると、私が侯にお話したのです、と小さく囁かれた。

君か、原因は！　なんてことしてくれるのかね！

なんでもウェルズリー侯が帝国と結んだ約定の中に、私の身命保護なる条項が入っていたようで、ジークハルト殿下と私の因縁に不安を持った侯が、急遽同道を申し出たらしい。

しかも、領軍に召集をかけたとかで、強面のおじさんたちが集合している。たしかに、周りにも人が集まってる気配がする。

コンラートが慌てるわけである。

今すぐ、止めねば。ここでさらに揉め事を起こして帝国の皆さんの心証を悪化させるのはまずい。

針のむしろ（予定）の帝国生活がさらに悲惨なことになりかねん。

「ジョージ様」

「はっ」

「そのぐらいでお抑えくださいませ。帝国の皆さんは信頼できる相手です。今まで彼らと結ばれた約定で、守られなかったものはないのですから」

「しかしですな……」

「侯には、王国でのことをよろしくお願いしたいのです。頼めますか」

例えばうちの父への伝言とかな！

ウェルズリー侯はぐっと詰まったが、最後には引いてくれた。出発前から大騒動である。

ふー、やれやれだぜ。

あと昨日から侯がすごいかしこまってるのがとても居心地悪い。

地位としては、うちの父とウェルズリー侯が同格で、私は二段ぐらい下がるはずなのだけど。

もういちいち指摘するのもしんどいから、何も言わなかったけどさ！


そして、私は帝国軍前線の要塞、カゼッセルに到着した。

道中は省いた。五日ほどかかったけど、本当に何もなかった。私の背嚢の中の保存食がちょっと減ったぐらいしか変化がなかった。

強いて言うなら、夜営の準備は帝国の人らが全部してくれたので、私とメアリは手持ち無沙汰で退屈だったことぐらいだろうか。

お客様扱いも正直楽じゃないねって愚痴ったら「その貧乏性なところはアリシア様らしいですね」とのこと。口の減らない従者である。

そして私たちは帝国領カゼッセル要塞に到着した。

一口に要塞と言ってもいろいろある。王国の要塞は、籠城と補給基地の機能を最低限つけただけの小規模なものがほとんどだ。「要塞？　砦って言うほど小さくもないから一応要塞かな？」ぐらいの勢いである。一つあたり三百から五百人程度の守備兵で籠もる。

対してこのカゼッセル要塞は違う。

でかい。なんとかドーム二個分ぐらいある。

あと高い。こんなに高くしてどうすんのってぐらい高い。高さ的に四十アリシアぐらいありそう。念のため言うと、一アリシアは私の背の高さね。今年は小指一本分ぐらい伸びたよ。

中に入ると、儀仗兵の人たちが出迎えてくれた。要塞なのに広間まである。

そこで殿下と謁見かな？　と思っていたら、そのまま素通りして豪華な居室に通された。

あれ、私、家主に挨拶してないよ？

と思っていたが、説明はなし。

「こちらが、アリシア様のお部屋になります。どうぞご自由におくつろぎください」

と言われて、私とメアリは放り出されてしまった。

メアリと顔を見合わせる。

そのお部屋は見たことないレベルで豪華だった。布がふんだんに使われていて、随分明るい雰囲気だ。前線の要塞のくせして、部屋の中に、採光のための窓が広くとられているのが印象的だ。

窓からは中庭が見えた。意外とよく手入れされている。日当たりもよさそうだ。

「籠城する時は畑とか作れそうね」

「さすがにその感想はどうかと思いますが……」

でも食料大事じゃん？　ま、どれだけ収穫できんのって話ではあるけどさ。

ベッドはとても大きかった。天蓋までついてる。

この天蓋という代物なのだが、私は使いにくい気がしている。ホコリとかたまるし。使ってみるとよさがわかったりするのだろうか。

ベッドの上に座ると、ぼふっと音がして体が沈み込んだ。ふかふかである。試しにメアリを座らせてみると私より深く沈み込んだ。

私がにまーっと笑うと、頬をつかんでぐにぐにされた。

君のお尻が重たいのは厳然たる事実なのだから、事実を神妙に受け入れたまえ、メアリ君！

荷物をどさっと床に放り出した私たちは、それからしばし思案に暮れた。

「さて、これからどうしたものかしら？」

「まずは、お着替えなどいたしましょうか。旅装のままというわけにも参りませんし」

「ならクローゼットを探さないとね。この部屋には見当たらないし……」

小さいテーブルや書き物机はあったが、洋服ダンスが見当たらない。代わりに隣室への扉を見つけた。「これ、つながってる隣の部屋に入ったら、怒られたりしないかしら」

「問題ないかと」

メアリから許可が出たので順に部屋を見て回ると、ドレスでいっぱいのお部屋があった。豪華なドレスが四列横隊でお出迎えである。

シルクの光沢が眩しい。

「これ、私、触ってもいいのかしら」

「どうでしょうか……サイズ的にはアリシア様のもののようですけど」

まぁね。

私の体は標準サイズよりだいぶ小さいからわかりやすいよね。

なんで私の服のサイズ知ってるんだろうとかはあまり考えない。怖くなるから。

さてどうしたものか。と二人で固まっていると、来客を告げるベルが鳴った。

ベルで呼ぶのかよ！　うちは普通にノックだというのに！

メアリが応対に出る。侍女っぽい格好をした女の子が沢山のメイドさんを連れて入ってきた。ぺこりとお辞儀した。「はじめまして、私《わたくし》クラリッサと申します。本日より、アリシア様の身の回りのお世話をさせて頂くことになりました。どうぞよろしくお願いいたします」

黒髪のおかっぱが揺れた。いや、最近だと、おしゃれにボブカットというんだったか。いたずらっぽい瞳が印象的な、かわいい感じの女の子だ。

その動きに、ずらっと並んだメイドさんが連動した。一斉にメイドカチューシャがこっちを向く。

驚異のシンクロ率に、私は目を瞬いた。

すごいプロっぽい人たちが来たよ、メアリ！

対抗するようにうちのメアリが一歩前に進み出た。見せてやれ、我がランズデール家の底力を！

「アリシア様のお世話は、私メアリが務めさせて頂いております」

「はい、メアリ様、そのように仰せつかっております。私共にもそのお手伝いをさせて頂ければ、と。例えばこのお部屋のことなど、ご案内させて頂きたく存じます」

クラリッサが、ニッコリ笑ってお返事した。

メアリが一歩後ずさった。

だめだ、メアリ、いきなり押し負けてどうする！

ちなみにメアリの侍女的な能力であるが、実は親戚のおばちゃんに教えてもらった程度の付け焼き刃である。彼女の侍女力を数値にしたら、たぶん十五ぐらいしかない。最初から勝てるわけがなかった。

その後、メアリはクラリッサに呼ばれて、こそこそっと話をしていた。それから、私は入浴することになった。

旅のホコリにまみれたままの客人に、お部屋をうろうろされるのも困るということだろう。

そして私は、人生初の、人にお世話になりながらの入浴を体験した。

湯船にはシャボンがいっぱいで体中あわあわにされた。そのまま隅々まで磨かれる。

髪の毛も解いて洗われたが、すごいきしきしいうせいで、クラリッサはめっちゃ顔しかめてた。

たぶん私の髪は、のきなみキューティクルが死滅してると思う。

実は髪の毛って死んだ細胞の集まりだから、身体強化魔法でも修復できないのだ。これ豆知識である。

メイドさんたちはメアリと一緒に黙々と私の体を磨いてくれた。

だんだん灰色がかってくる湯船のお湯に、みんなの見る目がだんだん鋭くなってくのがすごく怖かった。

湯上がりに香油も勧められたのだが、私は遠慮した。さすがにちょっと怖かったので。

そしてお着替えだ。

「コルセットは要りません」

私が体型矯正器具の着用を拒否すると、クラリッサは粛々と対応してくれた。

あれつけると、体を前に折れなくなるから、見た目以上に動きづらいんだよね。

そんなことを言って、体型をさっぱり矯正してこなかった私のお腹は、若干ぽっこりしている。

お腹に力をいれるとぺこんって感じでへっこむから、今回もそれでごまかせないかな。

ドレスは、メアリに適当に選んでもらった。殿下の好みを聞いたほうがいいかな、とも思ったが、今回はまぁ別にどっちでもよかろう。

その時になれば指定してくれるはずだ。と思っていたら、メアリは真っ黒なドレスを持ち出してきた。

まるで喪服みたいだ。というかこれ喪服だ。なんでこんなのが普通の衣装の中に交じってるの？

「さすがにそれはあてつけがすぎるわ、メアリ。他のにして頂戴」

わたしが返そうとしたら、それはそれでよろしいのでは？　と、なぜかクラリッサに後押しされた。

メアリと二人思わず真顔になった。

「こちらの青色のものなど、いかがでしょう？　御髪の銀もよく映えますし」

それから、少しだけもめたものの、結局、クラリッサが勧めてくれたものに決まった。

しゃららーん！

しゃなりしゃなりと歩いてみると、「お綺麗です。アリシア様」とメアリが褒めてくれた。

えへへへ。

ではでは、いよいよ皇子様をお迎えだ。

王国元帥アリシア・ランズデール、これより突貫いたします！

## 11．皇子と公爵令嬢

「お初にお目にかかります、ジークハルト殿下、私アリシア・ランズデールと申します。お会いで

「ジークハルト・フォン・レインザー・ミュンテフェーリングだ。今回、アリシア嬢をお招きできたこと、とても喜ばしく思う」

「きて光栄ですわ」

ジークハルト殿下は非常に長身な方だった。

私より頭二個分ぐらい高い。体も分厚い。

私はとてもちんちくりんなので、体がでかい人が羨ましいのだ。

目と髪は焦げ茶だった。初対面の時の記憶は曖昧だったけど合っていたね。

頭髪は軍属らしく短く刈り込んでいた。この点は好感度高い。

とりあえず、清潔感がありそうな人でよかった。汚い人だとさすがにツライものがある。

お菓子とお茶が運ばれてきて、しばし歓談する。

部屋の様子とか、要塞内の施設であるとか、中庭とかについて当たり障りのないお話をした。

そして殿下が、改まった様子で切り出した。

「そろそろアリシア嬢の今後について話させてもらいたいのだがいいだろうか」

「……ええ、お聞かせください」

私が答えると、殿下のおつきの人たちがはけていった。

ただ一人のバカを除いて。

殿下が苦笑して言った。

「……すまないが、メアリ嬢にも退室をお願いしたい」

「お断りいたします」

メアリィイィ！

常々、すっげぇ度胸あるなって思ってるけど、さすがにこの場面ではまずいよ。

「メアリ。下がりなさい」

私は命じる。

後ろにいるメアリの表情は、私にはわからない。ただ一礼する気配があると、彼女はゆっくりと部屋を後にした。

殿下がふっと笑みを浮かべた。

「いい侍女をお持ちのようだ」

「ええ、私の自慢の侍女なのです」

そして私は殿下と二人きりになった。

殿下はおもむろに足を組んだ。

そして籠の茶菓子をつかむと豪快に口に放り込んだ。

「あー、話のまえに、話し方は崩させてもらっていいか。歯の奥にものが挟まってるようで、喋りにくくてかなわん」

「はい、私もそのほうが気楽です」

殿下はにやっと笑うと、本題を切り出した。

「亡命後のアリシア嬢の待遇について話させてくれ。こちらでは二つの案を用意させてもらったのだ。一つは帝国領内の執政官だ。帝国は全域直轄統治が基本でな。代官地になるが、やることは領主貴族に近い」

こくりと頷く。

「といっても領地経営の経験もないあなたに、そのままお任せするわけにもいかないのでな。こちらでふさわしい場所を用意させてもらうつもりだ。今のところ帝国西北部の一州、ベーリンゲンを考えている。田舎だが、いいところだと思う。牧羊がさかんで、緑が多い。冬は少し寒いが」

羊かー。

ちょっと想像してみるが、なかなかいい感じだ。

お父様も呼べるのかしら。条件次第ではあるけど第一印象はいいな。

「そしてもう一つの選択肢なんだが」

彼の喉が上下するのが見えた。

「俺の后だ。俺と結婚してほしい」

ここでまさかの豪速球。火の玉直球ストレートである。

でもちょっと死球気味なんじゃないかな。私にはとても打ち返せないよ！

せめて投球予告ぐらいはしておくれ。

「アリシア嬢、大丈夫か？」

「……いえ、あまり。突然のお申し出に驚いてしまって。その、理由をおうかがいしても？」

「あなたが好きだからだ」

「なるほど」

明快だ。でもなにか、いろいろ聞かなければいけないことがある気がする。

具体的な言葉が出てこないけれど。

私の様子にはお構いなしに殿下は続けた。

「これは俺の力不足なんだが、あなたをお招きするのに、少々余計な手が入りすぎた。参謀本部でも協議させてもらったが、なるべく率直にこちらの希望をお伝えするのが、一番誤解が少ないだろうという結論になった」

「参謀本部……」

「東部管区内であれば、俺のあなたに対する求婚は、帝国軍内でも周知の事実だ。今回の一連の作戦は、俺があなたに懸想したためのものである」

「懸想……」

私には、もうオウムみたいに単語を返すぐらいしかできない。

「対外的に公表できるような事情ではないのでな、コンラートには苦労をかけてしまった」

「それは、まぁ、そうでしょうとも」

ジークハルト殿下が厳かに頷く。

「もちろん、もう一つの選択肢を選んでもらっても構わない。ただその場合でも、結婚を前提とした交際を申し込みたい。ベーリンゲンには俺の別荘もある。機会があれば是非ご一緒させてもらいたいと思っている」

「はあ」

「答えは急いでいない。ゆっくり時間をかけて考えてくれ。前向きに検討してもらえると嬉しい」

そう言うだけ言うと、殿下は颯爽と立ち去っていった。

私は塩の彫像みたいになって固まっていた。


しばらく時間が経った。

すごかったな、それはそれとしてお腹減ったななどと思っていると、自称侍女クラリッサが戻ってきた。

「やっと、終わりましたかね?」

顔はにこにこしている。

こいつ、事情を知っていたな。

私がほっぺをふくらませて遺憾の意を表明するとクラリッサは笑った。

「アリシア様が到着される前に、コンラートから伝令があったんですよ。なんか誤解されてるみたいだから、なる速でなんとかしないと不味いって。メアリ様にも私からお話させてもらいました」

見ればメアリが、メイドさんの後ろから恥ずかしそうに顔を出した。心底いたたまれない雰囲気で、顔を赤らめている。

私の顔もさぞ赤くなっていることだろう。

でも、私は言わせてもらいたい。

自分で言うのもなんだが、私の見た目はなかなかかわいい。

それが因縁がある皇子に呼ばれて、やけに豪華な部屋に通されて身支度までされたら、普通勘違いしちゃうでしょ。

さらば、私の清かりし日々よ……って、考えても不思議ではないと思うんだ！　風呂で丸洗いとかされたらさ！

「すみません。誤解があることは重々承知のうえでしたけど、アリシア様のあの格好はさすがに許容できませんでした」

とクラリッサ。

ごめんなさいね。きれいなお部屋を汚してしまって！

ふー、と私は息をついた。

いろいろ勘ぐってしまったが、この厚遇は、本当に彼らの好意の結果であるらしい。

ならば一度きちんと、お互いの考えについて確認しておく必要があるだろう。

「質問があるわ、クラリッサ」

「なんなりと、アリシア様」

「厚私、遇される理由がよくわからないの。私たちは、つい先日まで殺し合いをしていたのよ？

それが、私が王国で立場をなくした途端、都合よく助けてもらえる原因がわからないわ」

「そうですかね？」

「だってたくさん殺したし、殺されたじゃない」

なるほど。と笑ってから、クラリッサは表情を改めた。

「では、お聞きします。閣下が王国軍の指揮を執られるようになってから戦死させた帝国人の数をご存じですか？」

「約二千」

この場合、私が直接手にかけた数ではないだろう。

クラリッサは首肯した。

「はい、正確には千七百四十二です。一方で、私たちが動員した人員は、非戦闘員も含めると約二十万。あなた相手に負け続けてのこの数字を、閣下はどう思われますか？」

「平然と二十万の戦力を動員できる国力が羨ましいわ」

「そっちかー」

クラリッサが笑いながら頭を掻いた。

まぁ、彼女が言いたいこともわかる。他国への侵攻作戦は本来リスクが大きい。敵地で負ければ、憎悪に燃える敵国から相応の報復を受けることになるのが本来の道理。にもかかわらず連敗して戦死率一％未満という数字はたしかに少ない。

ご指摘の通り、私がねらってやったことだ。

私は頷いた。

「そうね。私の戦争計画には、あなたたちの被害を抑えることも含まれていた。遅滞戦闘による戦争の長期化をもって、戦争の継続意欲を喪失させる。……言うは易しだけど、本当に大変だったわ。

あなたたちがバカみたいに強かったおかげで」

「そのお言葉を聞けばうちの負け犬共も喜びます。永遠に手加減されると腐りきっておりましたから」

「手加減していたのはあなたたちの方でしょうに」

私の言葉は謙遜でも何でもない。

手加減していたのは帝国の方だ。なにせ、帝国の国力は、我らが王国の約二十倍もある。人口も生産力も格段の差があるうえに、国民は戦争慣れしている。

要はクソ強い。

そんな国を相手に負けなかった理由はただ一つ、帝国が本気じゃなかったってだけの話だ。

まぁ、本気を出させないように戦争をしたのだけどね。

帝国相手の戦争で、下手に大勝でもしたら、次の年には、徹底的に訓練されたムキムキのおじ様たちが、十倍ぐらいの物量で押し寄せてくることになる。そうなれば、私たちに待っている結末は一つ、王国の滅亡だ。ランチェスターの法則を持ち出すまでもない。

ゆえに帝国との戦争では、絶対に勝ち過ぎるわけにはいかなかったのだ。

敵を倒さず、戦いには勝利せよというこの矛盾。普通の指揮官なら、胃に穴が空いちゃうね。私の胃はとびきり頑丈だから平気だったけど。

クラリッサは言った。

「歴史上、私たちを相手に善戦した敵国の将軍は多くいました。でもこちらの損失まで配慮されたのは初めてです。その上で負けなし。私たちが閣下を欲する理由です」

「なるほど。納得したわ」

私はようやく納得した。

要するにこれはヘッドハントなのだ。

純粋に優秀な軍事指導者として、帝国は私に引き抜きを提案してくれている。まぁ、対帝国戦の善戦は、私だけでなく王国軍みんなの頑張りなのだけど。

でも私たちの戦争計画を、評価してもらえたのは純粋に嬉しい。必死に作り上げた戦略を子供の戯言扱いされたら、きっと泣いてしまう自信がある。

えーん。実は泣き虫アリシアである。

うそです。

誤解も解けたと見たのだろう、クラリッサがにっこり笑った。

「そんなアリシア様に、なるべく快適に過ごして頂こうといろいろと準備したのがこのお部屋なのです。頑張りすぎて空回りした覚えはありますす」

なるほどねぇ。

となると、もう一つの特大サプライズも、同じ理由なのだろう。

私は言った。

「ということは私を殿下の伴侶に迎えようというのも、私の軍人としての能力を見込んでのことなのね？」

「いえ、そちらは完全に殿下の趣味です」

クラリッサは笑顔で断言した。

私は、まじかーって顔になった。

いや、自分で言うのもなんだが、戦闘中の私の顔は酷いらしい。それ見て、やっぱアリシアちゃんとの結婚やめますとか言わないだろうな？　さすがの私も傷つくぞ？

まぁ、その時はその時か。

正直、婚約にはいい思い出がない。

変なしがらみに、また煩わされるのも億劫だな、とその時の私は思っていた。

なお、メアリは空気を読まなかった。

「アリシア様にも、ようやく春が来そうで、本当にようございました」

こいつ、言いよるわ。

「そうだね。メアリにもはやくくるといいわね！」

私が言うと、すごい勢いでほっぺたをぐにぐにされた。

ああああ、やめたまえ！　とりあえずほっぺを責める癖は改めたまえ、メアリ君！

# 12・アリシア・ランズデールの戦い

さて読者諸君、ここで視点変更だ。

はじめましての方ははじめまして、お久しぶりの方はご無沙汰をお詫びしたい。俺はジークハルト、帝国で皇子のついでに軍人をやっているアリシアの未来の旦那だ。

今回は、俺とアリシアの出会いについて語らせてもらいたい。

俺の彼女との出会いは三年前。戦場でのことであった。


当時、王国との戦争は八年目に突入していた。

その前年の戦いで、ついに国境の要塞線を抜くことに成功した我々は、積年の宿願を果たすべく王国領深くへと進軍していた。

当時の戦況は、ただ一点の懸念を除き良好であった。

「奴ら、また来たのか」

報告書を睨みながらつぶやく。

場所は侵攻軍司令部。俺がいる幕舎には、帝国軍の首脳部が雁首を並べていた。

ほとんどが歴戦といってもいい軍歴の持ち主だ。そのだれもが、いかつい顔を不機嫌そうにしかめていた。

目下の課題は、最近になって繰り返されるようになった王国軍の奇襲についてであった。

王国は、良馬の産地としても知られている。

特に開戦当初、帝国軍は少数の騎馬隊による遊撃戦術に苦しめられた。

その経験から我々は、全軍を兵力五百程度の部隊に分散し、進撃する戦術を採用していた。いわゆる分散進撃。広域を抑え、後方で蠢動する王国領軍の騎兵部隊を牽制するには、効果的な戦術であった。

しかし、分散した戦力には常に各個撃破の危険が伴う。王国もそれを狙ったのだろう。近頃になって、数百単位の騎兵集団による襲撃の報告がもたらされるようになっていた。

若手の幕僚が発言した。

「報告を見る限り、損害はいずれも軽微なようですが」

同意の頷きが起こる。

これまでに襲撃をうけた隊は十三。その都度、数人から十数人程度の損害が発生していた。今回の侵攻作戦に従事する総兵力約五万と比較すれば、数字上は無視できるものだ。

「だが士官への被害が多いとも報告にある」

これこそが問題だった。みなすぐに敵の意図に思い当たる。

「首借り戦術か……」

うなる声が聞こえた。

部隊の統率を重視する我々帝国軍にとって指揮官は要だ。

「実際問題、襲撃を受けた隊のほとんどの隊が、その後の作戦行動に支障をきたしている。まずいな」

「まぁ、兵の損失が少ないのは救いですが……」

これもまた事実だった。

数字上の損耗は小さかった。せいぜいが数十程度。士官を失った部隊の再編成には時間がかかるものの、戦争継続能力に対する影響は軽微というのがもっぱらの分析だった。

加えて、敵奇襲の撃退そのものには成功していた。

奴らは士官を刈り取りながら攻めきれていない。ということは、それだけ王国軍に余力がないということの証でもある。

「で、この対策がこの軍議の目的だ。そもそも、こうもよくやられている原因は何なのだ？」

「なんでも、敵の中にえらく強い奴がまじっているとか。全部それの仕業だそうだ」

「聞けば、一目散に本陣まで突っ込んできてこちらの指揮官に一騎打ちを強制してくるらしい」

「随分と前時代的なやり方ですな」

幕僚たちの表情にほろ苦いものが浮ぶ。

いわゆるところの一騎打ち。

ある意味、英雄的でロマン溢れる風習であるが、我々帝国軍は大分昔にそのやり方を捨てていた。

なにしろ、強力な個に支えられた軍は脆い。

王国の英雄、ランズデール公ラベルがいい例だ。彼は、昨年の北方戦線で負傷し前線から退いていた。その結果が国境沿いの要塞群を喪失である。戦線の維持を彼の高い能力に依存したつけだ。

まぁ、ラベルの場合、ただ一人で十年間近く戦線を守り抜いたことそれ自体が、驚くべきことではあるのだが。

幕僚たちが笑う。

「王国軍も、いよいよ追いつめられたということですな」

「勝利が近いという情報局《モグラども》の分析も間違いではないかもしれん」

「いい加減、気象局の予報並には当ててもらいたいところだ」

幕舎には明るい声が上がった。

その時の俺たちは、まだ笑えるだけの余力を残していた。

「その、やたらと強いなにがしとやらを叩きたいな」

俺のつぶやきに、周囲からも同意の声があがった。

そして作戦会議が始まった。


順当なところで、囮作戦が立案された。

これみよがしに孤立させた部隊近くに、伏兵を配置、のこのこあらわれた敵部隊を袋だたきにする。実にシンプルな作戦だ。

そして、その囮をこの俺が務めることになった。俺の隊が一番強かったからだ。第一皇子親衛隊だからな。強くて当然である。

そう、俺はこう見えて、帝国の第一皇子だ。

その俺が囮作戦など身分的には、とんでもない愚行であるが、俺の周辺にはいつものこととして受け入れられた。

そもそもこの手の奔放さは帝国の国是でもあった。あえて皇太子を置かない理由もこのあたりにあるのかもしれない。おかげさまで、時々、事故のように皇子がぽっくり死ぬことがある。

帝国の皇帝は、スペアの皇子を用意するために、子沢山であることをもとめられる、というのは、半分冗談にならない笑い話だ。

俺が挙手をすると、みなが沈黙した。

「では編成だ。主軍である俺が餌になる。アゼルスタン、バスコー、ラッセルの各大隊が伏撃にあたれ。あ俺が会敵後に狼煙を上げる。各隊は戦域に急行後随意に対応せよ。質問は？」

「ありません」

「必ずや、ご期待に応えましょう」

みな熟練の前線指揮官で、俺との付き合いも長い。大雑把な指示であるが、これで十分だ。

しかし、最初から勝利が約束されたような戦場で、楽して武功を挙げられるのも癪だな。多少は緊張感をもってもらうとしよう。

「それと、戦勝パーティーの酒は最も撃破数の少ないノロマのおごりとする。各隊、破産したくなければ、真面目に取り組めよ？。少なくとも俺が死ぬ前には増援に来い」

周囲からは、笑いが漏れた。

宿将のアゼルスタンが口の端を吊り上げる。

「私としては望むところですが、重装のバスコーは大変ですな」

「いいハンデですよ。うちの隊が一番強力ですし」

「ぬかせ」

報告によれば、敵の兵数はおよそ五百ほど。

これに俺の率いる主力一千と伏兵の合わせて二千余でもって逆撃を加えるのだ。俺たちは勝利を疑わなかった。


作戦は即座に発動した。

そして、俺たちの目論見どおりに王国軍が食いついてきた。

時刻は払暁、太陽を背に姿をあらわした王国軍は騎兵ばかり約五百、およそ報告通りの数であった。作戦開始の狼煙が上がる。

間もなく帝国軍の精鋭が、戦場へと殺到するだろう。

それまで俺が持ちこたえれば俺たちの勝ち、本隊のみで敵を粉砕しても俺たちの勝ちだ。

戦略的優位はこちらにあった。ゆえに俺は、戦術面で奇策を弄する必要を認めなかった。

中央本陣に長槍隊を三列で構えさせ、両翼には騎兵を配し、その後方には戦術予備である弓兵と擲弾剣兵を待機させる。槍隊で敵騎兵の勢いを殺し、後は数敵優位を活かしてふくろだたきだ。

教本通りの布陣である。面白みもなければ危なげもないはずだった。

しかし、王国軍の隊形は意外なものだった。

通常、騎兵の突撃には、錐のように先端を尖らせた突撃隊形が用いられる。いわゆる鋒矢陣形《アローフォーメーション》、部隊衝撃力を一点に集中させ、敵陣を食い破るための戦闘隊形である。

しかしこの時の王国軍は、横列に展開した部隊を、三段に分けて展開させていた。

幕僚の一人が首をかしげた。

「どういう意図でしょうか？」

「知るか、敵将に聞け」

俺たちの疑問は間もなく氷解した。

敵の第一陣が、こちらの陣手前まで接近すると、投槍を投げつけてきたのだ。そして奴らは進路を変えると離脱を開始した。

王国軍お得意の騎兵突撃はしかけてこない。

投射を浴びた前衛の一部からうめき声があがる。が、どう見ても損害は軽微。

おれは粛々と対処した。

「負傷者は下がらせろ、隊列再編急げ！」

投槍によって発生した隊列の穴は、すぐさま予備戦力によって埋められた。敵、第二陣も同じ動き。奴らは手槍を投げ込むと、左右に展開し後退した。

おれは、この戦術に覚えがあった。

「車懸りだな」

「聞いたことはあります。見るのは初めてですが」

「ああ、俺もだ」

車懸り。機動性に優れた部隊によって多段の陣を敷き、その陣を回転させるように敵にぶつけて間断なく攻撃を仕掛ける戦術である。

技巧的な戦術であるが、この時の俺には、小細工のように思われた。

理由は二点。

一点目は遊兵の存在だ。車懸りでは、陣を複数に分ける。必然的に、戦闘に参加しない兵を抱えることになる。これは戦力集中の観点に立つといかにもまずい。遊兵が出てしまう。少なくとも、数的劣勢にある王国軍が採るべき策ではない。

二つ目の問題は、隙が大きい点。

敵への攻撃を終えた部隊は、転進して後退することになるのだが背後ががら空きになる。

その背後を守るために、第二陣、第三陣をもって波状攻撃をかけるのだが、最後の部隊だけは、後ろを守ってくれる部隊が存在しない。その背後に食いつけば、一撃で屠れる。

要はこの戦術は弱点だらけなのだ。

第一波、第二波をやり過ごし、第三波の尻に食らいつく。

それで俺たちの勝ちだ。

「策に溺れたか、王国の間抜け共」

俺のつぶやきに、近衛が獰猛な笑みを浮かべた。

結果から言うと、間抜けは俺たちのほうだったわけであるが。

のんきに待ち構える俺たちの前で、敵の第三列が接近し、攻撃の態勢をとった。

こちらはその転進に合わせて逆撃を加えるべく、両翼の騎兵に指示を出す。

王国軍の人馬が迫る。予想通りに槍が放たれた。

と、同時に、一対の人馬が飛翔した。

巨大な騎馬が、投槍と一緒に空を飛ぶ姿は、どこか現実離れした光景だった。

それは投ぜられた数多の槍とともに空を駆け、槍衾の合間へと着弾した。轟音に舞い上がる砂塵が続き、遅れて咲いた赤い飛沫が苦痛の叫びを撒き散らした。

「ぎゃあああ！」

「があああああ！」

「何事だ!?」

狼狽の叫びが俺たちを現実に引き戻した。眼の前ではかの騎士による蹂躙がはじまっていた。

鈍い金属の輝きが右、左、と無造作に振るわれた。

そのたびに盛大な破砕音が鳴り響く。

麦穂が刈り取られるよりもたやすく、俺の隊の精兵が打ち倒されていく。そして、気づけば長槍兵の陣列に、騎士を中心とした穴がこじ開けられていた。

その騎士の頭上には、童話の魔女がかぶるような背高帽が揺れていた。

それこそがアリシアだった。

いまや俺たちの隊列には真円状の赤い穴が穿たれていた。帝国軍は壊乱。

ただ一人。ただ一人の騎士が俺たちの先頭集団を半身不随にしたのだ。

そして、馬蹄の轟きが迫ってくる。

見れば先に離脱した敵騎兵の第一陣が、見事な紡錘陣形を構築して突っ込んでくるところだった。

まずい！

俺は戦慄した。

長槍兵は、集団で運用してこそ機能する。隊列が乱れればすさまじくもろい。たちまち端から崩されるだろう。

それがいまや盛大に壊乱中だ。とても敵騎兵の突撃に耐えられるとは思えない。

「剣兵隊前へ出ろ！　隊列の穴をふさげ！」

俺は思わず叫んでいた。指揮官としては、当然の行為。しかし、この行いで俺は、自分の居場所を暴露した。

襲撃者が、俺へとゆっくり顔を向けた。

俺の背筋を怖気が走った。

明確な殺気を感じたのだ。と同時に、俺の護衛たちが動き出す。

彼らは皇子親衛隊の精鋭だ。部隊防衛の最終ライン。

当然練度は高い。多少の技量差などであれば、緻密な連携でもってひっくり返す。

だから、俺たちとアリシアとの差は、多少とかそういうレベルの話ではなかったおだ。

それは断じて戦闘ではなかった。いうなれば一方的な虐殺。

彼女の大剣がうなりを上げる度、精鋭の近衛たちが中を舞った。まずもって射程《リーチ》が違った。アリシアが振るう巨大な鉄塊は、優に大人の身長ほどもあった。幅もそれに応じたもので、当然のことながらその大質量を受け止める術などありはしない。圧倒的な力による猛威を前に、人間になすべなどなかったのだ。

そこに精鋭と雑兵に区別などなかった。すなわちいずれも無力。その変わらぬ無力さでもって、俺を守る最後の壁は瞬く間に薙ぎ払われた。

俺には隠し玉もあった。雷撃を用いる魔術師だ。雷の魔術は金属鎧に身を包む兵士には効果が高い。その魔術師が詠唱を完成させ、連なる雷撃を敵に放った。

それは、アリシアが投げはなった鉄帽子にぶつかって閃光を上げると霧散した。

ちなみにこの魔術の欠点は、悲惨なほどの燃費の悪さだ。

ただ一発で力を使い果たした魔術師は安らかに昏倒し、戦闘中ついに意識は戻らなかった。ある意味で、彼は幸運だった。ともかくも五体満足で生還できたのだから。戦後、むざむざ生き残ったことを悔悟して、腹を切ろうとしなければなお良かった。

そして激烈だが極めて短い激突の後、気づけば俺だけが残されていた。

残りは漏れなく全滅だ。

ことここに至って俺は、直近の局地戦での敗北理由をさとった。

こいつだ。すべてこいつが原因なのだ。強い。確かに強い。だが、強いという一言で片付けて良い戦闘力じゃないだろう!?

かぶり物を捨てた騎士は、その相貌を晒していた。

逆光のなかで、銀の巻き毛がきらめいていた。

その容姿は幼いもので、俺の印象をさらに強くさせた。当時のアリシアはまだ十四歳。しかし、俺には、さらに二つほど幼く見えた。

ここで気が利く貴公子なら、麗しのヒロインを称える詩文の一節でも、顔に開けた尻の穴からひり出したりするのだろう。しかし、当時の俺は、目潰し用の砂を握り込む隙をさぐるのに必死であった。

姑息などと言ってはいけない。それしか策《て》がないのであれば、やるしかないのだ。

一方でアリシアは、俺と周囲の状況をみとめると、武器を地面に突き立てて、馬上から飛び降りた。

殺害ではなく、捕縛。その意図は正確に俺に伝わった。明確な格下扱いだ。このような屈辱、俺の生涯でも初めてのことだった。

しかし、俺は内心で快哉を叫んだ。なにしろこれは、奴が見せた最初の油断だ。あるいはまだ俺の手は奴へと届くかもしれない。と、俺は思った。

ちなみにだが、これっぽっちも届かなかった。

機先を制する目的で、先に剣を振るったのは覚えている。そこから先の記憶がない。

結果だけ見れば、ボロ雑巾のように転がされていたのだから、たぶんやられたのだろう。

次に気がついた時は、アリシアと彼女の隊は去った後で、俺は救護の人間に担がれていた。骨折と打撲に加えて失禁していたらしく、目覚めは実に最悪であった。

俺は、死に体を引きずって、全軍の再集結と撤退を指示。あれと正面からぶつかった身だからわかる。備えもなしにあれとやりあうのは無謀というより不可能だ。

俺の後を引き継いだルーデンドルフ大将は、正確に俺の意を組んだ。国境付近に獲得した王国内の砦を停戦時に返還してしまったのだ。

せいぜい五百程度しか籠もれない砦を、音に聞くアリシア・ランズデールに襲撃された場合、全滅以外の結末が浮かばなかったとのこと。まさに英断であったと思う。

こうして俺が指揮した王国侵攻作戦は失敗した。

そして俺たちの対王国戦線は、またしても振り出しへと戻された。

# 13．アリシア・ランズデールの肖像

王国から叩き出された俺は、軍病院の一室を執務室代わりに政務と軍務の処理にあたっていた。

執務机の隅の方に追いやられた見合いの釣書が目に入る。少し前に実家から送られてきたやつだ。

そういえば、こんなものもあったなと手にとって眺めていると、部屋の扉を叩く音がした。

「入れ」

入ってきたのは、コンラートと、二人の男だ。

挨拶もそこそこに、各々、部屋に置かれた椅子を適当に引っ張り出して俺の机の前に座った。それから、コンラートが手に持った紙束を放った。

「今しがたあがったばかりのやつです」

それなりの厚さがある紙束をめくると一番上には姿絵があった。

間違いない。奴だ。

思わず、口の端が吊り上がる。

「あぁ、待ちかねたぞ」

待っていたのは、つい先だって鮮やかなお手並みで我々をあしらってくれた、王国の将軍についての報告書であった。調査を依頼してはや三ヶ月、ついに待っていたそれが届いたのだ。俺の機嫌はいやが上にも常勝し、興奮しすぎてあばらが痛んだ。

いかんいかん、冷静になれ。

俺が見た目だけでも重々しく頷くと、コンラートが洗って報告を開始した。

「ではこれより、うちの殿下をボコボコにした謎の姫騎士アリシア嬢に関する報告会を始めます」

「さっさと始めろ」

「では、まずは基本情報から。年齢は十四歳、性別は女性。容貌は姿絵の通りです。銀髪、紫の瞳、うーん、これは将来美人になる。よかったですね、殿下」

言われて笑う。

遠目に可憐な少女にも見えたが、可憐な美少年という線もなきにしもあらずだったのだ。それは困る。俺に男色の趣味はない。

俺が内心で胸をなで下ろしていると、俺の左前に座った男が口を開いた。

「小娘にやられたと聞いたときは、敗戦で殿下の頭がおかしくなったかと思いましたが、事実でしたか」

失礼なことを口走った男の名はハロルド。

本名、ハロルド・リッカー・エルヴィンス・ベリュネヴァール・トレモン、三十二歳。俺より長い名前もなかなかに珍しいが、帝国中央に籍を持つ名家の出身で、俺の主治医だ。なんでも父親が断絶した親戚筋から大量の家名を押し付けられたらしく、本人は、いい迷惑だとぼやいていた。魔法について造詣が深い男だ。

「俺の頭を診断したのも貴様だろう。問題なかったと聞いたが」

「生憎、自分の腕をあまり信じられない性質《たち》でして。誤診ということもあります」

「相変わらず口の減らん奴だ……。続けてくれ、コンラート」

「了解です……。次にアリシア嬢の経歴です。現在の身分は学生。十二歳より王立学園に就学中。席次は実質主席相当とのこと。秀才ですね」

「それは実力によるものか?」

ハロルドが言った。

貴族向けの学校には、抜け道があることも多い。国によっては、頭の中身がバターケーキの指導者を量産するようなところもある。

しかし、コンラートは首を横に振った。それからなぜか言いづらそうに口を開く。

「その例にはあたりません。詳しくは省きますが、……その、俺よりも郵趣名ぐらいでして」

「……そうか。まぁ、そういうこともあるな」

全員が気まずげに沈黙した。

実は、このコンラートはこの王立学園に就学中だ。

童顔を武器に学園へ潜入し、諜報と工作活動にあたっている。

もちろん彼の中身は成人だ。帝国基準の厳しい訓練を容易にこなす程度には、頭も悪くない。そもそも軍大学を出ている。にもかかわらず、苦戦中という話。

「まぁ、多忙が原因ではあるのですが……」

「このアリシアはもっと多忙であろうしな」

敵国に浸透中の工作員と、軍総司令官のどちらが多忙かと言われると難しいが、確実に言えるのは、このアリシアという小娘が、帝国軍大学で最優相当の成績を修めた男と競り合って、普通に勝つ程度の学力の持ち主であるということだ。

……これはなかなか、すごいことなのではないか？

コンラートが頭を掻きながら言った。

「元になったゲームのネームドキャラには、なにかしらの補正が働いているのだと思います」

「いや、それを言うなら、お前もネームドだったはず……」

この世界は、異世界の乙女ゲーが元になっているらしい。

ゲームの名は『てぃんくる・らぶ・ふぇあ・すとーりぃ。アンヌのばっきゅん☆ぼーいずはんてぃんぐ。――アンヌよ、すべての男を狩りつくせ』。

これを名付けた人間が、どういう精神状態であったのかはわからない。我々は、この悲しい現実をただ厳粛に受け止めている。

沈黙が落ちた。

気まずい。嫌なことを思い出させたようだ。

「……よし、次にいってくれ」

「……はい。続いて、彼女の軍歴です。初陣は十三歳、ランズデール公の名代として昨年秋ごろ北方戦線へ赴任。当時は小規模な戦闘に参加の後、概ね後方の警備に終始しました。次に彼女の名前が公式に現れるのは今年の秋。アリシアは一軍を率いて北方戦線に赴任。蛮族の駆逐に大いに貢献したと発表されています」

うーむ。

「大いに貢献、とは随分曖昧だな?」

「同意します。そこで、実地で直接集めた情報が追加の資料になります」

資料へと視線が戻る。

隠しきれない驚愕が、部屋に満ちた。

まぁ、そうなるな。俺は少し誇らしかった。なにしろこの娘に一度ボコボコにされた身であるからして。

その彼女が偉大な軍人であったなら、俺の面目も立つというものだ。

これが、かわいいだけの姫騎士にやられたなら、俺は兵権を皇帝に返上せねばならぬところだ。

もちろん敗北は忌むべきものだ。しかしどうせ負けるのなら、尊敬できる相手であってもらいたいと思う。

お飾りのお人形にやられるのはなぁ。

俺たちにもプライドというものがあるのだ。

アリシアは、父ラベルをもしのぐ戦果をあげていた。

「対蛮族戦で撃破五万以上、不確実も含めると十万にも届くか……。これは、王国内に侵入した蛮族共は全滅したのではないか？」

「ええ、ほぼ根絶やしです。大小七十以上の戦闘に参加して負けなし、最大規模の会戦では、一万弱の義勇軍をもって倍以上の敵集団を撃破しています」

「つまり、とんでもない奴なのだな」

「一言でまとまりましたね」

「もう、会議は終わりで良いのでは？」

「まてまて」

これが遠い異国の人間の話なら「すごいねー」で終わらせるのも許された。

しかし困ったことに我々は、彼女が所属する国家と戦争中なのだ。しかもこの娘、敵の総司令官として出てくる危険性が極めて高い。

王国は割り切った軍制をしている。強い奴が司令官というバカみたいな人事を平気で繰り出してくる。アリシアは前司令官であるラベルの唯一の実子であるし、指揮権を引き継いでくるのは既定路線と見るべきだろう。

つまり帝国の東部戦線はラベル以上に厄介な相手と正対する羽目になるということだ。

当然、対策がいる。

最初に質問をしたのはハロルドだった。

「このアリシアという娘だが、魔導師なのか？」

「はい。まぁ、当たり前な気もしますが、大魔導師と言っていい能力者です」

魔導師、あるいは魔法使い。

この世の不思議の一部を担う特別な存在だ。

といってもそれなりにはありふれた存在で、探せば十人に一人ぐらいはいる。俺自身もその神秘の一端を手にしている。

コンラートは首肯した。

「アリシア嬢の魔法は、身体強化をベースにしたものです。これに加えて、回復、超感覚、感覚支配などを兼ねるとか。詳しい説明は資料にまとめました」

「一応目は通したが……」

ハロルドが紙片へと視線を落とした。

そこには、見ればわかる程度のことから、どうやって調べたのか首をひねりたくなるような詳細な数字まで、実に網羅的な情報が載せられていた。魔力の概算出力値や連続稼働限界ぐらいまではわかる。しかし例えば、暗所での光彩変化や、身体強化時の筋肥大抑制効果なんぞ、専用の機材を持ち込まねばわかるものではない。

同じことをハロルドも思ったらしい。

「これを、どうやって調べたのだ？」

「学園の健康診断に工作員を紛れ込ませました」

「……それは犯罪では？」

コンラートが目を逸らした。

十四歳の少女を薄着に剝いて、その肢体をくまなく調べる工作員の図。

アウト、アウトです！　俺の心の天使《りょうしん》が大きくバツ印を掲げていた。

この行為も相手が壮年の男であれば黙認されただろう。しかしアリシアは少女だ。越えたら駄目な一線を越えてしまったような感覚を覚える。

諜報部の者たちは自らの職責を果たしただけなのだが……。

「まぁ、担当者がこのアリシア嬢を使って個人的な欲求を満たしているのでなければ黙認しますが」

「それはお約束します。ただ、指示したジークハルト殿下はアリシア嬢に個人的な興味が山盛りであられたはずですが……」

「次いくぞ、次」

そこはごまかせコンラート。俺が、異国の少女に執着する変態みたいに聞こえてしまう。

まぁ、事実だけを述べるなら、国の機関を私的に利用し美少女の個人情報を収集しているストーカー皇子となる。

……だめだな。擁護できない。俺が裁判官なら絶対に有罪にする。もちろん執行猶予はつけない。即日鉱山送りだ。話を変えよう。

「体の大きさで気になったんだが、アリシアが十四歳というのは事実か？　俺が会った時はもう、二、三歳若く見えたが」

「ロリコン？」

「違うに決まってるだろ」

俺は巨乳派だ。

なお、コンラートによると巨乳とロリコンは両立できるらしい。ロリ巨乳というジャンルがあるそうだ。果てしなくどうでもよい。

「で、若く見える理由ですが、アリシア嬢、どうも食事を採らないことが多いようで」

「なんだ、拒食か?」

「いえ毒に対する警戒のようです。以前に、王妃殿下からよからぬ薬を盛られたことがあるようです」

「事実か」

「確証はありませんが、可能性としては十分ありうるかと」

不愉快ですが、とコンラートは吐きすてるように言った。

王妃マグダレーナ。王国の現王妃で王太子エドワードの母。彼女の出身はナバラ公国という小国だ。以前はそれなりの規模があったが、宮廷内で足を引っ張り合っているうちに国が弱体化した。

アリシアとは政治的な対立があるという。

おそらく実家から、よからぬ文化を王国に持ち込んだのだろう。

「ただ噂の続きとしては、薬を盛られても効かなかったらしいアリシア嬢が、さっさと中座して会食は流れたとか。事実として、ある時期からアリシア嬢が、晩餐会などでも一切食事に手をつけない姿が確認されるようになっています」

「随分と徹底しているな」

今まで沈黙していた男、マルゼーが口を開いた。

マルゼー・デラー。

茫洋とした雰囲気のうすらボケた男で、帝国軍中央情報局の最精鋭だ。

見た目はさえない中年男で、どこにいても目立たないことに定評がある。コンラート曰くカピバラなる生き物に似ているらしい。今日は、暇そうにしていたので呼んできた。

年の離れた嫁によく尻に敷かれている。

「毒に対する備えとしては不完全ではありますが」

マルゼーはそう付け加えた。

まぁ、壁や道具に塗って使うものもある。俺も以前、使われる側にまわったことがあるからな。

「もう一つの食事をしない理由なのですが、実戦や演習問わず、作戦行動時には絶食をするようです」

「どういうことだ」

「女性に対する表現としてははばかられるのですが、排泄にかかわる手間を嫌ってのことのようです。このためか長時間の行動も平気でこなすとか」

そんな馬鹿な話があるか。

「だが食わねば、動けまい」

「それが、身体強化魔法で代替できると周囲では捉えられているようで」

魔法についてはハロルドが第一人者だ。視線が集まる。

奴は頷いた。

「理論上は可能です。細胞の代謝寿命延長と、熱量の供給を魔力で代替すればいい。ただ貴重な魔力を単純な生命活動の維持に回し続けるなど、普通の人間は考えません」

「つまり魔力さえあれば可能であると」

「あくまで理論上可能と言うだけです。事実そのような手段、考えてもだれも実行してこなかった。おそらく年齢以上に幼く見える容姿もそのためでしょう。代謝と同様に、成長も遅れているのではないかと」

なるほどな。

沈黙が落ちた。

これがアリシアの経歴だった。

一言で言うならば、異常。しかし、予見可能な異常でもあった。

俺は、この時、彼女の真価についてわかったような気になっていた。

「ハロルド、まず確認したい。この資料を見る限りで構わん。アリシアの魔力の上限はどの程度だ？」

「そうですな。単純な膂力で言うなら約二十馬力前後にはなるかと」

「これを恐れる必要があるか？」

「その程度の出力、象でも出せます」

「ああ、戦象なら南方で相手した。俺の隊でも討ち取った。アリシアに軽く蹴散らされたうちの部隊で、な」

彼女の恐るべきは、その膂力ではない。彼女の一つ一つの特性はいずれも常識外のものではあったが、すべて理論的に説明できるものばかりだ。言い換えれば、我々が人為的に発生させることも可能なのだ。手段さえ選ばなければ。

彼女は学校秀才であり、美しい少女でもあった。しかし、それも一つ一つはありふれたものだ。俺にしたところで軍大学の首席なのだ。

アリシアはいくつかの優れた要素の寄せ集めだ。だが、その単なる寄せ集めに俺たちが負けたとは思えなかった。その既存の尺度では測れぬところに彼女の真価があると俺は思った。

つまりアリシアはすごい娘なのだ。

俺は高らかに宣言した。

「俺は、アリシアに惚れた。なぜなら俺よりも強く賢いからだ」

「まぁ、殿下、そういうの大好きですからね」

コンラートの言葉に、心からの頷きを返す。

そう、俺は、そういう奴が大好きなのだ。

ここで、予め言っておこう。

続く俺のセリフは、当時のアリシアへの思いを熱く語ったものである。

読まなくても今後の展開には何ら問題はない。あるいは、俺の当時の執心のその一端でも感じてもらえればと思う。

ではいくぞ。

「アリシアの強さは、魔力ではない。そんなものはだれでもできる。もちろん戦術家としての才でもない。ただの戦争屋は局地戦は動かせても、戦争は作れない。あれの真価は、戦争指導者としてのそれだ。アリシアは、俺の隊を潰したとき、俺の首を取らずに撤収した。俺を殺した瞬間、戦争は全面的な殺し合いに発展することを見切ったのだ。ゆえに、あれは、あえて大魚を逃したのだ。アリシアが事前諜報で俺の存在を捉えていた可能性は低い。王国のカスみたいな諜報力で第一皇子の存在を察知できるわけがない。あれは間違いなく偶発的な遭遇戦だった。にもかかわらず、俺は見逃された。今までの帝国軍指揮官がなで切りにされていたにもかかわらずだ。つまり、すべて、アリシアの筋書き通りだった！　ここにあの女の恐ろしさがある！　アリシアが見ているのは戦争だ！　一騎当千の英雄で、天賦の戦術的才能に恵まれた戦闘指揮官でありながら、それらすべてをおさえ込み、貪欲に戦争の勝利を志向する！　まさに天才だ！　奴は絶対に俺が知らないものが見えている！　ゆえに俺はアリシアがほしい！　絶対に、あの女は俺がもらう！」

もう一度言う。

読まなくていいぞ。

コンラートは

「推しのアイドルについて語るオタクみたいで、キモいですね」

と笑っていた。

俺も心から同意する。

# 14・こぼれ話

俺は帝国にとってよい皇子であったと思う。それは義務感というよりは、自身が求めたことであった。軍務であれ、政務であれ、自らの手で何かを成すことに、俺は強い喜びと充実を感じていた。俺の積極性と勤勉さは、賢帝と名高い父譲りであるとも言われたし、俺自身そのことを誇りに思っていた。

一方で俺の母である皇后は、そんな父にとって、少なくとも公的な理解者ではなかった。

「私には興味のないことですから」

そう言って政務から身を引いた皇后を、父はそういうものとして扱っていた。

わからぬものをわからぬとして、自ら距離を置けた母もまた賢い人であったと今では理解している。

俺も男だ。

社交もすれば、その延長線上で幾人かの女性と関係を持ったこともある。ただ、寝所で俺が抱く充足感や喜びを聞かされた彼女らは、母と同じように少し困った顔で首をかしげるだけであった。

俺は、俺のことを理解してもらいたかったのだと思う。しかし伴侶にそれを求めるものではないと、半ば諦めかけてもいた。后に、皇統をつなぐ以上の関係を求めるのは高望みだと、大して長くもない人生で思い知らされていた。

だから、俺にはアリシアが輝いて見えた。

会ったこともないアリシアに、俺はある種の幻想と仲間意識を抱いていた。

実際のところアリシアは、俺が思うように戦争を思ったことは一度もなかったのであるが、そんな彼女の思いを喜びをもって知ることができた将来の俺は、つくづく幸せものであったと思う。


俺がまだ見ぬアリシアに、あらぬ幻想を追い求めていた頃、彼女の人となりについて知る機会があった。

アリシアと鍋に関する逸話もその一つだ。

戦争中、アリシアに常に帯同できる部隊は存在しなかった。いかな精兵も、長期にわたるアリシアの作戦行動に追従することができなかったためだ。

そこで彼女は稼働中の部隊を転々と渡り歩きながら、出撃を繰り返した。

当然、専任の従卒などいない。ゆえに、食事も自分で用意しなければならないのだが、煮炊きする手間を惜しんだアリシアは一計を案じた。

夕食の時間になると、一番うまそうな料理の前に陣取って、その作り主に分け前をねだることにしたのだそうだ。

将兵は、こぞって料理の腕を磨いた。なにせ、アリシアに選ばれた料理人は、その口の夕食を麗しの公爵令嬢とご一緒できるのだから。

そのうちアリシアが、鍋を使った料理の前にしか止まらないことが知れ渡ると、だれしもが鍋を担いで従軍するようになったという。絶食明けのアリシアは、欠食児童もかくやという勢いで鍋の中身を食い尽くすため、作った当の料理人はアリシアに食わせるばかりで、翌日空きっ腹を抱える羽目になったそうだ。

自分もご相伴にあずかったことがありますと、俺が話を聞いたその男は誇らしげに笑っていた。

アリシアへの想いを隠そうともしない彼に、帝国に降った理由を尋ねたところ、

「自分はもう駆けれませんし、戻っても見舞い金を食うだけです。だったらせいぜい帝国の食い扶持を減らしてやろうと思いまして」

と、右足の義足を見せながら笑っていた。

どうやら俺に対する当てつけであるらしかった。

## 15．アリシア・ランズデールをめぐる企み

アリシアとの出会いから一年が経過した。

「誘いは我が父ラベルのもとへ。私が思いは、常に彼とともにある」

彼女への内応の誘いは、その言葉とともにすべて突き返されていた。

無論、ランズデール公ラベルへの勧誘も散々行っていた。しかし、返事はけんもほろろ。いまや担当者の手指はペンだこで膨れ上がり、手紙を書くのにすら難儀する有様だ。到底寝返らせる見込みなどなかった。


俺は東部方面軍の司令部にいた。

その年、我々が性懲りもなく実施した王国への侵攻作戦は、突如として逆侵攻してきたアリシアによる後方遮断と、彼女に呼応したんだかどうだかよくわからない諸侯連合軍の全面攻勢に直面し、早々に頓挫させられていた。

戦争再開から停戦協定成立までに要した期間は半月足らず。停戦までの最短記録を二ヶ月以上も更新する羽目になった遠征軍司令官ルーデンドルフは、自ら蟄居を願い出て受理されたため、今日の会議には欠席している。

宣戦布告からの土下座的即時停戦などあまりに無様。

全軍をもって国境線を封鎖し、もってアリシアを捕縛すべしという案も出た。出るには出た。

出ただけで、流れていった。

なにせ成算がないからな。俺だってやりたくない。

「酷い目に遭いました」

「鬼か悪魔かと思いますよ」

「まぁ、先に喧嘩を売ったのはこちらなんだがな」

前線から帰還した将帥には、なんとも自嘲の色が強い。まぁ、戦おうと白手袋投げようとしたら、投げつける前に先制パンチで沈められたのだ。

気持ちはわかる。

「しかし、突然、王国軍の陣容が厚くなりましたが、あれはどういう理由です？」

「北だ。王国は北を片付けたらしい」

状況が変化した一番の理由は、王国の北方戦線にあった。

蛮族共が駆逐されていた。

しかも一時的なものではなく、半恒久的な解決であるという。

一人の将帥が首をひねった。

「半恒久的な解決とはどういうことだ。策源地を絶たぬ限り、蛮族は永遠に侵攻してくるはずだが？」

「然り。その策源地が絶たれたのだ。報告にも北伐を実施し成功とあるだろう」

それを聞いて中央軍からの出向組が頭を抱えた。

「そう簡単に済ませられる話ではありません。一体どんな魔法を使ったらそんなことができるのです？」

「誰にも答えられん質問をするな」

俺が、終わらぬ議論を切り捨てると周囲からは苦笑が漏れた。

蛮族の攻勢に手を焼いているのは帝国も同じだ。

ひっきりなしに越境しては辺境を荒らしまわる蛮族は、帝国建国以来の悩みの種。しかし奴らの根拠地は、国境線のはるか向こうにあり、おいそれと攻撃できるものではない。

それを長駆して一撃となれば、革命的な軍事的成果なのだ。

かつての帝国でも同じ試みがなされなかったわけではない。むしろ毎年のように俎上に載り、そのたびに却下されている。作戦案のほとんどは、机上論の域を出ずに打ち捨てられ、実行に移されたわずかばかりのそれも、ほぼすべてが早期の段階で攻勢限界に達して、中断の憂き目にあっている。

帝国は軍事大国だ。二十を越す国を併呑し、「帝国の歴史は、血と鉄をもって彩られたり」と高らかに謳う。その我々ですらこの有様だ。

北伐の成功はまさしく軍事的快挙。窮地にあるはずの王国軍がそれをなしえたとなれば、その指揮官に諸将が興味を抱くのも当然と言えた。

俺か？　もちろん、俺も興味津々だ。

「というわけで、その偉業の英雄を引き抜きたいと考えている。その名前は諸君もそろそろ覚えただろう。アリシア・ランズデール王国軍元帥。喜ばしいことに、なんと、相手はかわいいお姫様だぞ！」

笑い声が上がった。

王国の北伐はアリシアが指揮したものだった。

北部の諸侯と大同したアリシアは、国境線を越えて敵本拠を一撃。多くの虜囚と財貨を取り戻したという。

そのアリシアを、帝国に引き込むのが今回の作戦である。

年かさの一人が挙手をした。

表情には浮かれた色はなかった。

「まず確認ですが、元帥の引き抜きは以前から試みられていました。しかし担当の工作員からは、泣き言以外聞いた覚えがありません。なにか進展があったのですか？」

「ああ、そちらは駄目だ。金も地位も領地にも興味なしで、一番食いつきがよかったのが食い物だったらしい。物で釣るのはまず無理だな」

「となれば、どうするのです？　あの姫君を戦場で捕らえるのは、斃す以上に面倒ですぞ」

「まぁ、そのまえに東部方面軍が全滅するだろうな。ゆえに搦手でいく」

意外そうな声が上がった。

なにしろ帝国は、ほとんどの外交問題を軍事力で解決して来た脳筋国家だ。諜報部頼みというのはなかなかに珍しい。

「では、マルゼー、続きを頼む」

俺の言葉に中年男が進み出た。

マルゼー・デラー。この男こそ本日の主役だ。

あのアリシア報告会の日以降も、この男は局の片隅で愛妻弁当を食べては帰宅する毎日を送っていたので、強引に引き抜いてきた。

転籍の辞令を受け取ったマルゼーは、「こんな形で、定時退勤のつけを払わされることになるとは思いませんでした」と嘆いていた。

むしろ喜べ、栄達の切符だぞ。

嫁から引き離されたマルゼーは、露骨にやる気を下げていたが、しかし、実力は本物だった。奴の提出した作戦案が、その事実を証明している。

のそのそと進み出たマルゼーは、眠そうな目をしたまま手元の文章を読み始めた。

「では、作戦計画概要を説明します。お手元の一番薄い資料をご覧ください。目標は、ランズデール元帥の身柄拉致。王国内部に浸透した工作員による誘拐を目指します」

要人誘拐。案自体は、陳腐すぎるものだ。

すぐに懸念の声が上がった。

「待て待て、気軽に言うが、誘拐は難しい。人数で囲めばなんとかなる相手ではない。貴様の前任が再三、試して失敗しているはずだ」

「ええ、五、六回、試されていますな。最後は情けまでかけられていたようで」

「情けない話だ」

マルゼーも、いつもより三割増しつまらなそうな表情で頷いた。

「ゆえに同じ手は使いません。今回は毒を用います。人の毒を」

幕僚たちが顔を合わせた。

「人の毒とは？」

「王国宮廷には並の毒より有害な人間が何人か生息しております。例えばアリシア嬢の婚約者エドワードの母、マグダレーナとか」

「ああ、なるほどな」

出席者の目に、理解の色が浮かんだ。

人の毒。つまり離間策だ。

アリシアは有能な将軍だ。しかし、宮廷における立場は強くない。

というより、劇的な軍事的成果に対して公的な地位が追いついていない。

ここを彼女の政敵に突かせるというわけだ。

「戦場では無敗を誇るアリシアも、宮廷内ではただの小娘というのが害虫共の見立てであるようです。我らは、それを利用します。アリシア嬢の今の立場は、戦争あってのもの。我が帝国との講和が成れば、王妃と王太子は、アリシアの排除に動くでしょう」

「つまり、我らはわざと負けて講和に持ちこみ、それをもってアリシアの政敵に彼女の背を撃たせるのだな」

「左様」

「情けないな」

「しょっぱい」

嘆息が漏れた。

俺もまた、率直な感想を口にした。

「実に、薄汚い作戦だな、マルゼー」

「最大級の賛辞と思っておきます」

まさに外道の所業である。

なにしろ俺たちは、祖国に献身し続けた少女を陥れるその手伝いをするというのだから。そして俺はその外道の首領であった。

まぁ、戦争そのものが、一般的な善悪の基準に照らし合わせるなら明確な悪なのだ。他国へと侵略し殺人を繰り返すことは、国家のためという名分でもって正当化しきれるものではない。道義的な意味での正当性とは、我々は常に無縁だった。

要は勝てばいいのだ。

そのうえで、こちらに向かう憎悪が少なければ申し分ない。

マルゼーが頭を掻いた。

「実際のところ、言うほど簡単な作戦ではありません。アリシア嬢には味方も多い。王国国王のジョンは凡庸な男ですが、陰湿な嫉視とは無縁で、宰相シーモアも清廉なこと清水どころか空気のごとしなどと言われるほどの堅物。王妃と王太子を動かしてアリシアの投獄までこぎつけても、早晩、王国の人士によって救い出されることになりましょう。そのわずかな隙に、アリシア嬢の身柄を確保しなければなりません」

「まぁ、そのぐらいの苦労はしろということだろう」

「我らの悪行にまた、新たな一ページが加わるのだな」

「実に楽しい未来図だ」

毒舌に、笑いが漏れた。

この軍議に参加しているのは戦争屋ばかりだ。

悪事と言われて怯む輩はいない。

「宮廷工作に先立ち、王国との戦争を終わらせねばなりません。諸将には負けすぎずに負けて頂きたい」

みなが頷く。この戦いの大前提として、俺たちは負けねばならなかった。

情けない話だが、反感を抱いた者はいないようだ。みな皮肉な好感をもってマルゼーの言葉を受け入れた。

「お安い御用だ」

「つい先だっても盛大に負けたばかりだ。いわば我々は負け慣れている。負け戦なら任せておけ」

「……ルーデンドルフには聞かせられんな」

「欠席しておいてもらって正解だったわ」

全員で笑い合う。

そしてマルゼーの作戦案は承認された。

次は、詳細だな。

聞く限り、大きな障害は見当たらない。

なにせ、王国の防諜はザルなうえ、宮廷内の王妃派は権力志向が強いだけの俗物がほとんど。なにより、まともな感覚がある人間は、既にアリシア支持に回っている。逆に言えば、崩しやすい連中が固まっている。

「工作の準備は整っています」

期待が膨らむ。

「では早速作戦の期日を決め……」

「お待ちください！」

と、ここでコンラートが、手を挙げた。

「どうした？」

俺は嫌な予感がした。

このコンラートという男、致命的でない範囲で悪い知らせを持ち込むことに定評がある。おい、余計なことは言うなよ、コンラート。と俺は目配せした。

奴は、任せてくださいと、自信満々に片目を閉じた。

「アリシア嬢ですが戦後の長期休暇に入りました。王国に帰還するのは、一年半ほど先になる予定です」

「つまり？」

「一年半ほど猶予があります。たっぷり事前訓練ができますので、是非吉報をお待ちください」

「つまり」

「一年半ほど待機です」

その後の会議は大いに荒れた。

ただえさえ無駄飯食いの誹りを受けているのだ。それをあと一年半も続けるなど、財務官僚の冷たい視線で、戦務が氷漬けにされてしまう。

案の定、憤懣やるかたない俺など頭突きで机の天板をたたき割り、全治二週間の怪我を負った。

バカですねーとコンラートには笑われた。俺は、奴の危険手当を王国の学園で使う文具類で支給することを決意した。

後にコンラートは激怒したが、俺は完全に黙殺した。

帝国皇子の権力をあまりなめないで頂こう。

## 16．辺獄の乙女作戦

そして、俺たちはようやく作戦の日を迎えた。

一年半待てと言われたが、本当に一年半待たされるとは思わなかった。

まだ、独り身の者はいいが、一部の将帥は自宅待機の期間が延びたため、リストラを心配されたりもしたようだ。最初は息子や娘から「パパが毎日おうちにいてくれてうれしい！」と歓迎された父親たちも、一月もすれば飽きられたらしく「パパ、いつまでおうちにいる気なのってママが言ってたよ」と二重に辛い言葉を投げられたりもしていたらしい。

哀れだ。

そんな奴らもようやく戦えると喜んでいた。

作戦の決行は、王国の建国記念日と定められた。

あの時の俺たちほど、その年の敵国記念日を待ち望んだ人間もいないだろう。その思いは、すべての王国国民よりも強かった自信がある。

さて、この一年半にあった王国側の出来事について軽く触れておこう。

まずは王妃マグダレーナに与する一派からアリシア謀殺に関する密書が届いた。急激に広がるアリシアの威勢に、いまさらながらの危機感を覚えたらしい。

首謀者は副宰相のなんとかいうおっさんだった。名前はもはや覚えていない。

その内容のお粗末さもだが、何よりアリシアの名誉と尊厳を貶めんとする内容が、彼女の訪れを一日千秋の思いで待ち続ける俺の神経を甚だしく逆なでした。

俺は諜報部を通じて、その男の寝室に直接、怒りの親書を叩き込ませることでその動きを封じた。

俺たち帝国がその気になれば、いつでも首を刎ねられるのだと理解させられた副宰相は、それからの数日の間、寝込んでろくに出仕もできなかったらしい。

後に素晴らしくどうでもよさそうな顔をしたマルゼーから、この男が処断されたと報告があった。心底どうでもよかった。

次に、王国西部の領主たちに対する調略の成功だ。

ウェルズリー侯ジョージが転向した。

狂奔のウェルズリー。あるいは、串刺し侯ジョージ。王国西部諸侯の首魁にして、アリシア狂いの最右翼が帝国側に寝返っていた。

「とんでもないのを引っ掛けたな」

「正直、肝が冷えました」

一報を受けたマルゼーもさすがに額の汗を拭っていた。

きっかけは、こちらの諜報員の失策だった。

商取引に紛れ込ませた諜報部の指令書が、現場のミスにより露見。偽装用に使っていた商会がウェルズリーの私兵に襲撃され、現地の工作員数名が検挙される事態となった。

この事態を受け情報局は、行方不明者をすみやかに殉職予定者として登録。しかし、こちらの予想を裏切って彼らは生還した。しかも、ウェルズリーからの密書を携えて。

そこには「アリシア様を女王にすえるという帝国の計画は事実であるか？」と、書かれていた。

むろん事実だ。

「必要であれば俺の名を使え」

既に帝国中枢では、アリシアに王国を継承させる方向で固まっている。

というか、もはや重要度は、王国よりアリシアのほうが高い。

王国のような国ならそこらへんにいくらでもあるが、アリシアのような人間はそうそう生えてこないからだ。

以上を説明すると、人食い鮫のウェルズリーが食いついた。

「心情的にはわからんでもないが……」

「あまりうれしくないのはなぜでしょうね」

領主諸侯の支持は、王家よりランズデール家にある。国王のジョンはともかく、二代目の馬鹿を推戴する気などさらさらないと、奴の親書には書かれていた。

ここまで言うかーと俺は思った。

「まぁ、協力してもらえるなら、断る理由はないな」

「ええ、殿下とも気が合うかと」

「馬鹿を言え。理知的な俺と、あのアリシア狂いでは話が合うはずなかろうが」

このウェルズリーだが、前科持ちだ。

以前のアリシア逆侵攻において、王国の留守部隊に玉砕命令を出した戦争狂。平和主義者の俺と気が合うはずがない。

などと思っていたが、意外や意外、この男との文通は楽しかった。

気のない社交辞令から始まったやり取りだが、アリシアの話になるとお互いに筆がヒートアップ。

なんでも奴は賊に襲われた妻と娘の命をアリシアに救われたのだとか。

実に俺好みの話で、わくわくした。当時の俺は「アリシア様のことになると、急に早口になるので気持ち悪い」という風評被害に苦しめられており、話し相手に不自由していたこともあって、大変に仲良くなった。

三回に一回の割合でアリシアがらみのマウント合戦が勃発することを除けば、概ね有意義なやり取りができたと思う。


そして、アリシア拉致計画、作戦名「辺獄の乙女作戦」が実行に移されるときが来た。

その第一段階。我々帝国軍はできるだけ被害を出さずに敗北することが求められた。

アリシアの襲撃に耐えるには、数の暴力に頼るより他はない。我々は七万を超える大軍でもって出撃した。

今思い返すと、当時の帝国軍はアリシアを、人間というより神話上の怪物のごとく考えていたように思う。我々は、まるで巨大な竜を相手にするかのごとく、ただ一人の人間を拘束するために一軍を動かすことを決めた。その異常性について、だれも何の疑問も示さなかった。

一方の王国軍だが、とうとう諸侯はおろか王国の中央軍まで動員して、五万を超える兵力を展開させていた。加えて、アリシアは、今までろくに貢献のなかった東部諸侯を小突き回し、金まで出させていたようだ。

幕僚の一人が唸るように言う。

「……年を追うごとに、状況が悪化するな」

おい、やめろ。

だれもがあえて口に出さなかった事実を指摘するのはやめろ。

みなが黙り込み、それから苦笑に近い笑いがおこった。

数だけはかき集めたらしい王国軍の布陣を見れば、アリシアの意図もわかりやすかった。

「要するに『こっちくるな、あっちいけ』ということでしょうな」

彼女の戦略は徹底した会戦の回避だ。今回あえて大軍を展開してみせたのも、おそらく示威だ。

「来るなよ。絶対来るなよ。フリじゃないぞ」とアリシアがしいた王国軍の布陣は語っていた。

「フォウニー・ウォーとはありがたいことで」

「こちらも戦場の休暇としゃれこみますか」

無論、このときの我々に恐れがなかったといえば嘘になる。

理屈の上ではわかっていても、アリシアが指揮する大軍には、凄まじい圧があった。

調教されたライオンの口に手を入れて、「この子、大人しい子ですから」と言われたからと安心できるかという話だ。くしゃみ一つで腕が飛ぶ。

要するに怖いものは怖いという話。

今回の戦闘指揮もルーデンドルフが執ることになった。

とにかくアリシアだけは、前線で拘束せねばならない。あれと対峙した経験がもっとも豊富なこの男に我々の命運は委ねられた。

ルーデンドルフは偽りの攻勢を装うため、大量の攻城兵器を進軍させた。

アリシアが来襲すれば引き、離れればまた寄せる。単純な手であるが、長い国境線の防御をアリシアの機動力で補う王国軍には効果的なやり方だった。

一ヶ月も無意味な部隊運動を続けた頃合いで、作戦の具申があった。

「腹案がございます。攻撃許可を頂きたい」

「許可する。ガス抜きだな」

「はい、はずかしながら」

まぁ、なにもない平原でエンドレス鬼ごっこに興じるのにも精神的に限界がある。それゆえのガス抜き。

立案された作戦は単純なものだ。

アリシアの体は一つ。ゆえに、彼女が守れる戦線も一カ所のみ。ならば離れた二地点へ同時に攻撃を仕掛ければ、片方は抜けるという算段だ。

国境線上、南北に大きく離れた二つの砦に攻城部隊を接近させる。

アリシアは、ほど近い南の砦へ向かうことが確認された。そこで南は後退させ、北側の砦へと攻撃を開始。帝国軍は、戦略上無意味な敵拠点に、丸一日にわたって石弾を打ち込んだ。

そして、翌朝。

攻撃隊指揮官のバーゼルは、なぜか夜明け前に目が覚めた。

嫌な予感がしたらしい。

わかるぞ。大体、予想通りの展開だ。

案の定、白み始めた東の地平に、砂塵が立つのが見えたという。

「敵襲！　ラッパ吹け！　全員起床！」

陣地全体が跳ね起きた。兵士たちが、テントから飛び出してくる。

遠目にも凄まじい勢いで近づいてくる騎馬隊が、払暁の下に見えたそうだ。バーゼルは直ちに決断した。

「撤収！」

彼は投石機の放棄を即断。先陣切って逃走した。

指揮官が逃げては勝負にならぬ。兵もみな命がけで走ったそうだ。

最後尾の兵士は、敵軍の先頭をひた走る騎士の銀髪がたしかに見えたと、その時の恐怖を語っていた。なおアリシアはかぶり物をしていたはずなので、おそらく彼の思い込みである。

実際に殿軍を務めたのは、一番に逃げ出したはずのバーゼルだった。

奴は後方に待機させていた殿軍と言う名の決死隊とともに殿を務め、部隊の退却を成功させた。

幸いアリシアに戦意は薄く、逃げれば追いかけてこなかったという。

「寿命が半分ほど削れました」

生還したバーゼルは言った。彼は命がけのピンポンダッシュからくる心労で倒れてしまい、速やかに帝国本土へと後送された。

最終的に、帝国軍は大した価値もない砦に丸一日投石を行い、代わりに投石機三基と兵士の装備約五百人分を失った。

「安いものですな」

一人の幕僚が言った。

人的被害はなかったため、その場に居合わせた全員が同意した。

アリシアを前線に拘束するためだけの作戦は、その後も二ヶ月間にわたってだらだらと続けられた。特に停戦直前には徹底した飽和攻撃が実施され彼女を国境線に釘付けにした。

アリシアもこちらに何かしらの意図があると気付いてはいたようだ。それでもあえて、この茶番に付き合ってくれたのは、我々にとって幸いだった。

「最後の勝負で、ようやく引き分けに持ち込めました」

停戦後、ルーデンドルフはそう口にすると疲れたように笑った。

彼は「最後」と言った。俺たちもそのつもりであった。

無論、作戦の失敗を考えなかったわけではない。だが、あえて目をつむったのだ。それが帝国軍全将兵に共通する思いだった。

戦闘終結後、無期限の戦闘停止が両軍の間で発効された。

帝国軍《こちら》はルーデンドルフが、王国軍《むこう》はアリシアが代表として停戦文章に調印。その後、アリシアは戦勝パーティーに出席するため王都へと戻っていった。

そして作戦の本番が始まった。

今頃学園では、パーティーが終わった頃合いであろうか。

俺は、物思いにふけっていた。執務室の扉を、ノックする音が聞こえた。

マルゼーが入ってきた。パーティーではエドワードがアリシアを挑発し、拘束されかけた彼女を、我々帝国軍の工作員が颯爽と救出する手配だった。

マルゼーが俺を見た。

いつものとぼけた顔だ。

その、この男の、ぼやけた風貌に、常の平静以外の感情が見えたのは果たして俺の錯覚だったのだろうか。

「作戦は、失敗です」

奴は、開口一番そう口にした。

「作戦は失敗、原因は不測の事態。しかし、状況を継続とも」

「どういうことだ？」

「それも不明です」

「そうか」

俺は頭を掻いた。

符号通信だけでは、詳細がわからんな。送受信の情報量に限界があるのはわかっているが……。

「状況を継続とは、まだ目があると考えていいのか？」

「わかった、ご苦労。続報あり次第知らせろ。さがってよし」

「はい」

マルゼーは一礼するとそのまま執務室を出ていった。

頭が冷えていくのを感じた。

俺は、手に持ったワイングラスを見つめると、勢いよく振り上げた。勢いでワインがこぼれて軍服にシミをつくる。

そして、俺は、そのまま、ゆっくりと、グラスを元の位置へと戻した。肺の底から息を吐き、心を鎮める。ワインやグラスに罪はない。モノに当たり散らすのは、俺の趣味ではなかった。

無駄に服を汚したと怒られるだろうな。

俺は、どこか遠くにそう思った。

状況は継続中、その言葉に賭けるしか今はなかった。


しかし、ここからが大変だった。

この後、すぐ続報があり、「状況よし」とのこと。しかしなにが「よし」なのかもよくわからない。

皆が首をかしげる中、幕僚の一人が言った。

「作戦は失敗したが、状況はよいということでしょう」

「そんなもん聞けばわかるわ！」

俺の心の声を代弁してくれたオスヴィン大佐には、あとで褒美を出さねばならないだろう。

それから続報はなく、みな、なんとも言えない焦燥感の中過ごした。

情報不足から来る不安が俺たちの情緒を不安定にし、軍議ではいくつかの珍説も飛び出した。

「もしや、変な薬を飲んだアリシア様が、帝国軍への転向を宣言されたのでは？　この世は不思議に満ちている。可能性はゼロではない」

「なんと！」

「素晴らしい、大歓迎です」

「陸軍は薬品の開発者に対し、帝国軍銀剣武勲章を贈る準備があります」

「ランズデール元帥には、是非、総司令官職の用意を」

待て、アリシアが総司令なら、現職にある俺の立場はどうなる？　降格して副司令官か？　帝国軍総司令官アリシア、同副司令官ジークハルトか。意外と悪くないな。うむ、褒めてつかわすロイシュナー。

俺たちはくだらない会議で、着実に時間を浪費した。

雁首揃えたアホ共が無意味に機嫌を上下させている間にも事態は進む。

明けて翌日。

もはや「もう特に話すこともないけど、みんなで集まっていたほうが落ち着くよね」程度の目的で開かれていた軍議の場に急報が届く。

マルゼーが駆け込んできたのだ。あの、いつも薄らボケた顔をした、細目のマルゼーが、なんと笑顔を輝かせている。

「作戦、成功です！」

作戦室に歓喜の声が弾けた。

皆立ち上がってわけの分からない大声を上げながら抱きつきあう。

俺もまざってむさい男共と抱擁を交わしあった。

俺もまざってむさい男共と抱擁を交わしあった。

メッケル、苦労をかけたな。クレメンス、貴様もよく尽くしてくれた。そして、ルーデンドルフ、抱きつく時は加減しろ。背骨が折れる！

みな笑顔であった。

ここ数年で一番の笑顔であった。

俺たちは、もう戦争に勝った気でいた。


そうここで終われればよかったのだ。だが、しかし、まだ続きがあった。

主に俺にだけ被害を及ぼす爆弾が。

歓喜を爆発させた後、どこか浮ついた雰囲気に包まれたままのカゼッセル要塞に、絶望的な顔色をした伝令が駆け込んできたのは、それから二日後のことだった。

駆け込んできた伝令は、聞き間違いようもない明瞭さで、伝令内容を絶叫した
「アリシア様が！　アリシア様が、ジークハルト殿下のお名前を耳にされた途端、態度を硬化され

ました！　至急対応策を！」

この時の俺の気持ちを、百文字以内で述べよ。

# 17．アリシアとの出会い

「いなかったことにしませんか」

近衛騎士のクラリッサが口を開いた。

彼女は今回の作戦に際し、本国から出向してきたお目付役だ。

視線が俺に突き刺さる。皆、だれを？　とは聞かなかった。

「一応、報告をもう一度整理しますよ。まず計画発動初期段階でトラブルが発生。これに伴いアリシア様が王都脱出を図られたため、緊急対応にあたっていたコンラートが接触後、乗馬を譲渡。次にウェルズリー侯領館にて、帝国への一時的あるいは恒久的な帰属について打診したところ、極めて好意的な反応を頂く。ここまでよろしいですか？」

俺も含めた皆が頷く。

ここまでは非常にいい流れだ。むしろ当初の予定よりもさらにいい。なにしろアリシアが、進んで帝国に帰属してくれるというのだから。まさに理想的といっていい展開である。

「で、ここからが問題になります。アリシア様は、現任の東部方面軍司令官を、ルーデンドルフ大将と推察されたため、ジークハルト殿下である旨訂正、ここでアリシア様が明確な拒絶反応を示されたと報告にあります」

「拒絶とか言わないでくれ！」

俺はたまらず叫んだが周囲の視線は冷たかった。

「殿下……、アリシア様に一体何をしたんですか？」

「何もしていない！　むしろされたのは俺の方だぞ！」

「しかし、それ以外に説明がつきません」

沈黙。

ここで一人の幕僚が口を開いた。

「あのアリシア様だぞ。殿下の並々ならぬ執着を感じ取ったのでは？」

「ありうる……」

なにがありうるんだ！

反駁しようとも思ったが、残念ながら俺も少し納得してしまった。

なんだ、何か気取られたというのか……？

クラリッサが再び挙手。

「提案。一時的にジークハルト殿下の東部方面軍司令官職を、ルーデンドルフ大将閣下に移譲、現

任の殿下には一時、この要塞から離れて頂く。これで一旦の問題は解決します」

「……嫌だ。皇子としての強権を発動する」

周囲からため息が漏れた。そして苦笑も。

「しょうがないですね。では別の案を考えましょう」

クラリッサが聞き分けのない弟をなだめるような口調で言った。

おのれ、貴様が始めたことだろうが……。

しかしもう俺には何かを口にする気力は残っていなかった。それからも会議は続いたが、内容はほとんど耳に入ってこなかった。


とにもかくにも、アリシアはカゼッセル要塞まで来てくれることに決まった。

当初は俺自身が出迎えた上で要塞内を案内する予定であったが、それはとりやめになった。

代わりに情報を集めるため、クラリッサがアリシアに接触、その後、善後策を再度協議する方向で会議は決着した。

要塞に勤務する全将兵には、女王を迎えるつもりでことにあたるよう通達があった。

実際問題、帝国公式の文章には、開戦時よりランズデール公が王国の王として記されることになったため、帝国の公式見解における彼女の地位は王女ないし女王で間違いではない。

王国軍最高の英雄を出迎えようと、予備の儀仗兵の制服が奪い合いになり、本来のルート以外にも、偽装した馬鹿共が並ぶなど大変な騒ぎであったようだ。

当然のように全員が蹴散らされた。

その後、アリシア一行が到着。

彼女と一度接触し、身辺の世話にあたったクラリッサが幕僚団に再召集をかけた。

俺もついでのように呼び出された。

なぜ現状をクラリッサが仕切っているのか、疑問に思う余裕さえなかった。

「……まず最初に、極めて重要な点なのですが、アリシア様と我々の間で非常に大きな認識の齟齬があるように思われました」

クラリッサの言葉に首をかしげる。

齟齬とはどういうことだ？

「そもそもの問題は、我々が殿下に少し感化されすぎてしまったことにあったようです」

彼女は全員を見回すと、続けた。

「初の対面で、殿下はアリシア様にけちょんけちょんにのされました。そしてアリシア様に強い好感を抱いた」

「それだけ聞くと俺が変態のようだな」

「はい」

まて、そのはいはどういう意味だ、クラリッサ。

「反面、アリシア様は極めてまっとうな感性の持ち主でした。痛めつけた殿下からの誘いに、報復の意図を感じておられるようです」

「なるほど、たしかに」

「極めて自然な発想だ」

「なぜ我々は気が付かなかったのか」

気づけ貴様ら、すごいばかみたいな発言になっているぞ。

しかし、言われてみればたしかにその通りである。

俺は大きく息をついた。

「諸君も知っての通り、俺に報復に類する意図はない」

「であれば、その点を率直にお伝えするべきでしょうね」

クラリッサの言葉であった。

その後もいくつか意見は出たが、結局彼女の言葉がこの会議の結論となった。

さて、であれば俺はアリシアになにを伝えるべきであろうか。

いくつかの案をコンラートたちと検討した結果、帝国としてはさしあたって、当初の、その、俺の伴侶であるか、あるいは直轄領の代官としての籍を用意するという二つの選択肢を用意することで決まった。

念のため俺が候補の代官地を、俺の別荘地に指定していたことは後に発覚し、一部の人間から執拗に絞られる羽目になった。

当然、帝国軍人としての地位を、という声もあった。

だが当のアリシアが、閣下と敬称されることに抵抗感を示したとコンラートの報告にあったため、この時は見送られることになった。

幕僚共の酷く落胆した顔に、先程までさんざやり込められた俺は、溜飲を下げた。

案ずるな。

折を見てお前らの希望も話しておく。俺に対する誤解が解けてからな！

彼女は領主貴族の娘であったし、あまり社交に積極的という話も聞かなかった。

あるいは彼女から希望があるやも知れぬ。

詰め込み過ぎぬよう、再三念押しされてから、俺たちは彼女のところへ向かった。


「アリシア・ランズデールと申します」

戦場の砂塵に晒されたなどとは思えぬ、涼やかな声だった。

俺はアリシアに再会した。直接言葉を交わすのは初めてのことだった。

そしてここから俺は、彼女の容貌であるとか美しさであるとかについて言葉を尽くし語るべきなのだろう。しかし、あえてお断りさせて頂く。努力はした。

が、どうやっても無理だった。

一応お断りしておくと、詩文の腕はそれなりだ。

つまりそれなり程度ではダメだということだ。

彼女は、きっと俺の理性だけを殺す魔法を使う。身体強化とはここまでのことを可能にするのだと、俺は思った。

予め考えていた話題をすっかり忘れてしまった俺が、中庭にある楡の樹齢や、この要塞の食料庫の広さなどを語っている間、彼女はにこにこと相槌をうちながら話を聞いてくれた。

二人きりになるに際して、理性に限界が達しつつある俺に彼女の侍女から釘が刺された。まことよい侍女をお持ちであると思う。

加えて、男としての本能的な部分に関する失敗も語らねばなるまい。

彼女はコルセットをつけない、そうだ。

結果、胸から腹、下腹部までの、その女性的としかいえぬ曲線に、俺はひどく、とてもひどく視線を拘束されてしまい、これをアリシアにさえ気付かれて苦笑されてしまった。

「コルセットはつけないのです。お見苦しいものをお見せしてしまい申し訳ありません」

この件について、執務室に戻った俺に注がれた幕僚たちの視線が、いかに冷たいものであったかについては、あえて語らずにおこうと思う。

以上が、アリシアと俺との初の会談である。

概ね、俺だけが醜態を晒し続けて、会見は終了した。

ただ一つ、一つだけ、鈍く、愚かな俺にもようやく気づけたことがあった。

彼女は、アリシア・ランズデールは単なる一人の女性であるということだ。あの日出会った彼女の瞳に、たしかに、怯えの色があったことを俺は生涯忘れないと思う。

それまで、俺は彼女について思い描いた幻想についてさんざ惚れ込み、ただ彼女を求めるだけであった。

怜悧で鋼鉄のように研ぎ澄まされた彼女を幻想し、その思い込みに勝手に懸想していた。

それが誤りであるとあの日知れたことだけは、幸いであった。


執務室に戻った俺は、机に突っ伏した。撃沈である。

幕僚たちと多少のやり取りがあった後、コンラートだけを残し、俺は極めて重要な指令を出した。

「一つ目だ。アリシアを外で男に会わせる時は、必ず軍服を着せるようにしろ、絶対にだ。二つ目、彼女がいる部屋の窓を、外部から見えないように細工してくれ。これも大至急だ。三つ目、周辺警備を増強する。近衛騎士でもなんでもいい、女性騎士について追加の派遣要請をたのむ。あー、あとなんだったかな」

「殿下、悋気が酷い恋人みたいなことになってますよ」

とコンラートには苦笑された。

## 18．皇子とアリシアのなれそめ

翌日、朝一番に幕僚たちが召集された。

アリシア到着後、早々の緊急会議だ。

何事もなくアリシアとの会見が終わるなどという楽観は、皆とうの昔に捨てていたため、早朝の召集にもかかわらず定刻前には全員が顔を揃えた。

コンラートが報告を始める。

「また、問題が発生しました」

「問題が起こるのは予測済みです」

「無事に事が進むなどとはだれひとり考えておりません。それより、問題の詳細をうかがいたい」

もはやだれひとりとして動じない。精強をもってなる帝国軍幕僚団、皆、揃いも揃って訓練され過ぎである。素晴らしい調教具合であると言えよう。

あるいは、アリシアをして査閲官に任ずれば、軍の練度も高まるかもしれぬ。

俺は、しかし、嬉々として彼女に鞭打たれる帝国軍士官の姿を想像して、すぐさまその危険な考えを捨てた。

危険だ。

なによりその鞭打たれる士官の顔が、俺そっくりだったのが危険だ。忘れよう。

コンラートの報告が続く。

「アリシア様との会見は終了しました。会見終了後、クラリッサから帝国側の迎え入れ体制についても説明し、無事ご理解を頂けた模様です。非常に良好な感触をつかんだ、と報告にありました。今後の状況についても、アリシア・ランズデール元帥の帝国への帰属を軸に進めていく予定です」

皆の表情に安堵が広がっていく。

そうとも、我々は成し遂げたのだ。

帝国軍は遂に、かのアリシアの呪縛を乗り越えた。もう夜営のたびに彼女の影に怯え、馬蹄の音に高くそびえる鉄帽子を幻視して震える必要はない。それどころか、かの悪魔の大鎌は、そのまま我らを守る聖霊の剣となりうるのだ。

幕僚たちの顔は明るかった。その明るい表情のまま、幕僚の一人が当然の疑問を投げかけた。

「それで、殿下とのお話はどうなったのだ。殿下とランズデール閣下の婚約に関わる話だ。あれも重要な案件であろう」

俺は肩身が狭かった。

コンラートの視線が冷たい。

「アリシア様に打診だけは行わせて頂きました。ただ交渉中、ジークハルト殿下に問題が発生したため、それ以上の内容については、すべて保留となっております。現在、交渉再開の見通しは立っておりません」

「またか！」

「ことアリシア様に関してとなると、どうしてこう殿下は弱いのか。相性が悪いのではないのか！」

「相性は関係ないだろうが！」

「いや、あるでしょうよ」

コンラートの返しが冷静すぎて辛い。

あと、またって言うな。

騒ぎを抑えるように、初老の重鎮ルーデンドルフが口を開く。

「ジークハルト殿下に起こった問題とやらについて、詳しく説明をお願いしたい」

コンラートは能面のように表情を殺すと、淡々と報告を続けた。

「アリシア様は大変お美しい方でした。その姿に心奪われた殿下が、会談中に支離滅裂な発言を繰り返されました。同時にアリシア様の肢体を凝視し、ご本人から苦言を呈されております。アリシア様随行のメアリ准男爵も、懸念を示されております。会談中も、終始、アリシア様が殿下のことを警戒されているご様子であったため、一旦すべての提案を保留、状況についても一時凍結する方向で調整中です」

「どういうことですか、殿下!」

ルーデンドルフの怒号に、会議室が物理的に震えた。

奴は吠える前に、一瞬ためる癖がある。幕僚のほとんどはそれを知っていて、とっさに耳を押さえたので、皆の鼓膜は無事であった。

運の悪い従卒が、衝撃でひっくり返った程度の損害は甘受すべきであろう。

それからは会議という名の罵倒大会であった。

一部、不敬罪に片足を突っ込んだような発言まで飛び出した気がするが、ここで反論しても火に油を注ぐだけだと判断した俺は、発言者の名を強く記憶するにとどめた。

会議に先立って俺は頼んだのだ。ほとんど懇願であったと思う。

今少し、今少しだけ表現に手心を加えてもらえないだろうか、と。

結果わかったことが一つだけある。奴には、クラリッサには、絶対に悪魔の血が流れている。

会議後、俺の執務室には、これまでと今後のアリシアに関わる者たちが集まっていた。

コンラート、クラリッサ、ルーデンドルフ、マルゼーだ。

議題はもちろん俺とアリシアの婚約話だ。

「はい、では無事暗礁に乗り上げた、ジークハルト殿下とアリシア様の婚約問題について、対策会議を始めます」

「まて暗礁に乗り上げて、無事ということはないだろう」

「沈没しなかっただけましという意味ですよ。あの態度じゃ、既に破談を言い渡されててもおかしくなかったんですから、首の皮一枚でもつながってるだけましと思ってください」

ぐうの音も出ない。

へこんだ俺が沈黙すると、ルーデンドルフが発言を求めた。

「軍人の私が政治の話をするのもおかしな話ではあるが、そもそもアリシア嬢との縁談は、政略的なものではなかったのか？　殿下との婚姻は、彼女自身の立場を強化するものでもあるし、新領の統治にあたる上での後ろ盾ともなる。先の王国王家との婚約と比較して、こちらの条件が劣るものとはとても思えぬ。無論、ランズデール元帥を、帝国軍にお招きしたい軍部の思惑もあるが……。この婚約、アリシア嬢にとってても悪い話ではないはずであると、ただそれだけを提案すればよかったのではないか?」

「まったくもって、閣下の仰られるとおりであります。ですが、今それを殿下の口からアリシア様にお伝えしても空々しく聞こえるだけかと」

ルーデンドルフが唸る。

「実際にその場を見たわけではないのだが、殿下の好意は、そこまであからさまなものであられたのか? それこそ、もうごまかしが利かぬほど」

「はい」

「そうか……」

沈黙したルーデンドルフに代わって、コンラートが口を開いた。

「いっそ、このまま殿下には、個人的な感情で突き進んでもらって、アリシア様から引導を渡してもらうのはどうでしょうか。その後、改めて政略的な相互利益に基づく婚約を打診させてもらえばいい」

「コンラート、お前まで裏切るのか……」

「俺は帝国全体のメリットを見据えて話をしています」

「そうか。貴様は忠義者だな」

概ね察して頂けるであろうが、この時点で俺はすっかりなげやりになっていた。アリシアと初めて戦場で出会った時に投げ込まれた投槍もかくやという投げっぷりだ。

しかし、ここで俺にとっての転機が訪れる。

マルゼーの発言だった。

「殿下がアリシア嬢を射止められるのであれば、それが一番よい。違いますか？」

「ああ、そうなる」

「であれば、アリシア嬢の側近であるメアリ嬢を引き込んでみては？　彼女を籠絡するうえで、必ずや役に立つはずです。主人のためとあらばメアリ嬢も嫌とは言わないでしょう」

マルゼーのこの提案は、俺にとってまさしく福音であった。

どん底にあった俺は、一も二もなくこの提案に飛びついた。でも籠絡とか言うな。

すっかりやさぐれていた俺は、そのまま強引に会議の終了を宣言すると、さっさと自室に引っ込んでふて寝した。

最近酒量が増えている気がしたが、飲まねばやっていられなかった。

翌日、俺は予定通りメアリを執務室に呼び出した。クラリッサに伴われてきた彼女に、俺は早速用件を伝えた。その時々のアリシアの気持ちであるとかを俺に知らせてくれないか、と。

メアリはわずかに眉をひそめて言った。

「私が、仮にそのお話をお断りした場合、アリシア様のお立場はどうなりますか」

「なにも変わらないな。俺の立場は確実に苦しくなりそうだが」

「殿下のお立場が、ですか？」

「ああ、俺の恥ではあるが、聞いてくれ」

そして俺は、包み隠さず現状について彼女に伝えた。

つまり俺がアリシアに盛大に警戒されて、婚約に関する交渉が暗礁に乗り上げていること、現状の打開策が見当たらずに情報の提供を頼みたいことなど全部だ。

俺の好意についても包み隠さず話した。どちらにせよ俺の気持ちはバレているのだ。下手に取り繕っても仕方がない。

半ばはヤケクソであった
メアリは時折訝しげな表情を浮かべつつも、最後まで俺の話を聞いてくれた。

最後に俺は聞いた。

アリシア嬢の今のお気持ちをうかがいたい。

そしてできればとりなしを頼めないだろうか、と。

その時のメアリの返事は、俺には信じられないものだった。

「アリシア様は、自分を守ってくださった殿下にとても感謝しておられます。会談でも、殿下は、とても紳士的で情熱的なお方であられたとうかがっています。こんなにもお世話になっているのだから、是非、殿下にも一度会ってお礼を申し上げたいとアリシア様は仰られています」

「天使かよ」

あぁ、天使だな。

だがコンラート声に出てるぞ。

地獄から天国だった。

俺は逆方向の動きも体験したことがある。きっとこれで釣り合いが取れたのだろう。なにがどういう理屈でここまで好意的な解釈に至ったのかはさっぱりわからなかったが、アリシアが喜んでいるそうなので、俺はもう深く考えるのをやめた。

これ以上話を聞いて、この夢が終いになるのを恐れたのだ。

とりあえずメアリに個人的に礼をしたい旨告げると、彼女は酒を所望したので秘蔵の赤ワインを持たせて帰らせた。

メアリという女、見かけによらず酒飲みであった。

「追い詰められすぎて、幻覚が見えるようになったのかもしれん」

「俺まで巻き込まないでくださいよ」

どうやらコンラートは俺と同じ夢を見ているらしい。奴と一緒に、その夜は俺も一本開けた。

どん底で神経をすり減らしていた俺は、このメアリの言葉で緊張の糸が切れてしまい、それからしばらくは流れてくる書類に決済するだけの日々を過ごした。

さて、どうやって仲良くなったらよいのだろうか。俺はやくたいもなくそんなことばかり考えていた。

ところで、アリシアとの仲はすぐに進展した。

アリシア・ランズデールに対する反逆罪の公布と追悼軍の発起。この迎撃を巡って、俺はアリシアと話す機会に不自由しなくなったのだ。

# 閑話　帝国と戦争と私

帝国軍とはなんであるか。帝国軍とは帝国臣民を守るものである。帝国臣民とはなんであるか。帝国臣民とは帝国領土内に住まうすべてのものである。では、帝国領土内に住まうすべてのものを守るとはなんであるか。

すべての戦争を、帝国領土外のものとすることである。

王国と帝国の戦いは既に十年以上に及んでいる。王国にとって、帝国の侵略はまさしく侵略なのであるが、実は帝国にとってのそれは、一つの防衛戦略なのだ。彼らは常に自国の国境線の外で戦うことを目指す。ゆえに他国へと攻め込む。

そして事実、今回の王国との戦争において、帝国はただの一度たりともその国土を侵されてはいないのだ。

……うん、私は今、嘘をつきました。

実は、昨年、帝国は私アリシアによる極めて小規模な襲撃に見舞われている。それはなしとしてもらいたい。

一部の例外を除いて、帝国軍は、常にその本分を全うしてきたのである。

ちなみに、国体に関わる対外戦争には、中央の直轄軍が動員される。総動員数は、予備役を含めると二十万以上、末端の兵士に至るまで高い訓練を受けた職業軍人である。相手がある程度の強国であれば、当然帝国も不用意に戦端を開いたりはしない。そしてそういった国との戦争には、相応の戦力が投入されるのだ。

帝国は、異様に喧嘩っ早いといわれるが、彼らに気軽に小突かれるのは、弱くて防衛がおぼつかない国、地域ばかりなのだ。

帝国にとって戦争とは経済でもある。帝国軍兵士のほとんどは、農家、商家、工人問わず、跡継ぎの目がない次男坊、三男坊やらである。自国にあっては浮かぶ瀬のない彼らにとって、武勲を狙える戦争は、ある意味で最大のチャンスであった。

加えて王国は小さな国なので、輸入に頼る産品も少なくない。そして帝国は、王国との貿易を停止していない。戦争は物資を大量に消費する。王国には、帝国からの輸入で賄わなければならない品も数多くあるのだ。

帝国にとっての戦争は、だから、貿易政策であり、産業振興策であり、雇用対策でもあった。彼らは国内の余剰生産力を土国への侵攻という投資に振り向けていたに過ぎない。そして帝国では、この戦争を通じて、人的、物的資源の消耗が、その想定を上回ることは一度としてなかった。

つまり、この戦争において、最終的な勝者は常に帝国であったのだ。局地的な戦闘の帰結がこれに影響を与えることはなかった。

私たち王国の者たちからすると、この状況は絶望的であるように見えたかもしれない。

しかし、実際のところは異なった。

なにしろ帝国との戦争に勝てないことは最初から織り込み済みであったし、私たちの目標もまた戦争の勝利にはなかったからだ。

中央集権を旨とする帝国は、割拠する地方領主は取り潰すものの、国の統治機構はそのまま再利用することがほとんどだ。王や官僚機構はしばらく残され、徐々に帝国に同化させれられる。

生き残るには、帝国から王と認められればよい。

ある時より、ランズデール公、ウェルズリー侯、バールモンド辺境伯らの間には、そのあたりを見こした密約があったのではないかと私は考えている。

帝国軍の幕僚諸卿とお話した折、随分と私の評価が高いことに驚かされた。

私の能力はたしかに少し人間離れしているし、戦場での活躍も多かった。しかし、この帝国と王国の戦争を全体から俯瞰した時、そこまでの重要人物ではなかったように思うし、その考えは今でも変わっていない。

ジークハルト殿下は仰っていた。彼がもし、私アリシアと出会った三年前の戦役で王国を併合していれば、帝国はランズデール公をこそ王国の主権者として認める予定であった、と。

当時はそんな確証は得られなかった。だから私が殿下を襲撃……、いまもってひっどい出会いだと思うけれど、襲撃したことが間違いだとは思わない。ただ、私があの時いなかったとしても、帝国と王国に関してだけであれば、戦争の結末は大して変わらなかったように思う。

今回の戦争について、結論を述べよう。

帝国は、想定の範囲内の戦況推移を続け、当初の予定とは異なるものの、最終的な勝利を手にした。一方で、私たち領主諸侯は、開戦当初に奪われようとした権益と尊厳を護り抜くことに成功した。

そして私たち両者の取り分は、己が地位や権利に付随する義務を果たしてこなかった者たちから、等しく徴収されることになる。

ある種の因果応報として、きれいな決着といえるのではないかと、私は考えている。

さて今回私は、大変真面目な話をさせて頂いた。

実は今、私はとびっきり綺麗で、とびっきり真っ白な、もう純白と言っていいドレスを着て、人生初の、その、意中の殿方とご一緒するお茶会に参加している。

お相手はジークハルト殿下だ。

殿下もそれはそれはびしっとした素敵な格好であらせられる。

楡の木の下、木漏れ日の下で優雅なお茶会。

アリシア・ランズデール、人生初の体験である。

とその時、芋虫が木の上からおりてきた。

ふふふ、そこな芋虫君。私の人生初デートを邪魔するとは君もなかなかいい度胸だ。だが私は今日大変に機嫌がよい。

私は優雅な貴族の心を胸に、ノーブルな白手袋をつけた左の手で招かれざる芋虫さんを受け止めると、ぺっと木の上へご退場頂いた。

ただ私の右手には、普段使いの水筒ではなく、香り高い紅茶がなみなみと注がれた白磁のカップがあったのだ。

ベタなオチだ。

紅茶がこぼれた。

ドヤ顔でポーズを決める私の、それはそれは綺麗なドレスに茶色いしみがつく。じんわり広がる暖かさに私は気付いた。

まずい。

「きゃっ」

私はかわいく声を上げた。

芋虫にびっくりした風でこの失態をごまかすのだ。完全にずれたタイミングは、私の溢れ出るかわいさでカバーしたい。

殿下を見る。彼は、少し思案する顔をした。それから「見事なお手前だった」と笑顔で褒めてくれた。私のかわいい悲鳴には、特にこれといって言及はなかった。

私はそれからすっかり無気力になった。

みんな経験があると思うんだ。

こう、自分の人生のちょっとした、でも気合の入ったイベントですごく残念な失敗をした時に、世界の真理や人生の意義に意識を飛ばして考えこんじゃったりすることが。

だから今日の私は、そういう気分になった、ということで一つご理解をお願いしたい。

## 19．忠誠の赴くところ

再びの場面転換だ。今回は王国側よりお届けする。

語り手は、私レナード。王国宰相シーモアの不肖の息子が務めさせて頂く。

まずは簡単な自己紹介だが、私は今年十八歳になったばかりだ。

どうも老けて見えるようで、先だって遊びに来た大叔父の孫娘からは、伯父様呼ばわりされる栄誉を賜った。まことに遺憾である。

つい先日、主君エドワードの暴走に巻き込まれ、王国の元勲アリシアを誣告した挙句、返り討ちにあい、簀巻にされるという醜態を演じたばかりだ。名誉に対する侮辱は、その身命をもって贖われるのが王国の常。相手が温厚なアリシアでなければ、今頃はひき肉にされていたことだろう。

地面で尺取り虫のようにもがく私に向けられたバールモンド辺境伯令嬢アデルのネズミを見る猫のような目がいまだもって忘れられない。

その日、私は宮廷会議に呼び出されていた。

アリシアは逃亡。彼女の王都脱出に関わるごたごたの後始末は、いまだにめどがついていない。

議場には、見知った顔含めて二十人近い人間が参加していた。半数以上は王妃マグダレーナ殿下の取り巻きだ。知らずため息がこぼれた。

面倒な会議になるであろうこと、芋を食ったら屁が出るぐらい確実だった。

王妃殿下は、会議室に一番遅れてやってきた。遅刻の詫びは一切抜き。喜色満面で出席者に挨拶をした。

「皆のもの。よくぞ来た。今日集まってもらったのは他でもない。あのアリシアについてのことじゃ。ついに、あの禽獣が本性をあらわしおった」

そう。

この日の会議は、アリシアの処分に関するものだった。といっても、王妃殿下の主催だ。結論など見え透いている。

「アリシアを断罪する！　たかが下賤の娘一人を裁くのに随分と時をとられたが、それも今日までのこと。奴にはたっぷりの縄をくれてやる！」

王妃の取り巻きたちが喜びの声を上げた。

私がいる一角からは、またしてもため息がもれた。

下賤の娘とは、アリシアに対する蔑称である。

アリシアの母は、名も知られぬ平民の娘であるという。それを指しての侮辱だろうが、彼女の残り半分の血脈は王家嫡流のそれ。由緒正しい平民出の私からすれば、雲上人であることに変わりない。三年前、彼女から親しく「アリシア」と呼ぶ栄誉を賜った時の喜びを、私は今でも覚えている。

一方のマグダレーナ殿下であるが、ナバラ公国という小国の王女様であらせられた。伝統と格式と対外借款の総額しか取り柄がない国で、三年前に我が国からの借金を踏み倒した前科がある。百年以上の昔に取り交わしたなんとかいう約定がなかったならば、とうに見捨てていたはずだ。実に、王妃殿下にふさわしいご実家であらせられる。

まずいな。

積年の恨みのあまり、溢れ出る呪詛が留まるところを知らない。このぐらいにしておこう。

マグダレーナは周囲を見回すと、不機嫌そうに眉をひそめた。

「しかし、また陛下はお見えにならないのか？　あれの断罪について、今日こそ御裁可をと思っておったのに……」

「はい。別のご予定がおありだとかで」

「なんともはや……。陛下には国王としてのご自覚はおありなのか」

もちろん、おありである。

陛下の別のご予定とは、閣僚会議だ。すなわち王国の最高意思決定機関。

今、ジョン陛下は父シーモアを始めとした主要閣僚とともに、今回の騒動を収めるべく実効的な対策会議にあたっておられるはずだ。

そもそも今回のエドワードの失態がなかったならば、閣僚会議では、アリシアに対する論功行賞が話し合われる予定であった。

ランズデール元帥ことアリシアの活躍によって、王国は蛮族を退け、対帝国戦争の勝利を手にした。

同時に、彼女からは軍務からの引退と婚約解消の打診が予想されていたのだ。

「やっと、普通の女の子になれるんだぁ。えへへ」

というアリシア衝撃の発言が、信頼すべき情報筋から届いていた。

私たちは震撼した。

本戦役においてアリシアの勲功の大なるは王国の常識だ。街角の幼児から、救貧院を常宿とするアル中患者まで、知らぬ者など存在しない。

その彼女が婚約破棄からの引退である。王国の一大危機だ。なんとか引き止めねばならなかった。

我々は、国益とランズデール元帥アリシアの女の子願望を天秤にかけ、適切な落とし所を求め激論を交わしていた。

とりあえず山盛りのお菓子で時間を稼ごう。

ジョン王陛下の素晴らしいアイデアである。我々はそのご深慮を実現すべく、世界の甘味集めに着手したところだった。

その矢先のエドワードのやらかしだった。アリシアは流れるように出奔し、宮廷は阿鼻叫喚のるつぼとかした。

現在は、閣僚総出で家出した元帥殿への土下座文を起草しているはずだ。

これをマグダレーナに邪魔されるわけにはいかぬ。彼女を牽制し、この馬鹿騒ぎを収拾することが私に課せられた役目だった。

ただ、非常に厄介なことに、現在の王国法はマグダレーナの言い分を一部ながらも肯定する。アリシアの暴行罪自体は、成立してしまうのだ。私は法務次官補として、この問題に折り合いをつけねばならない。

マグダレーナは扇子をたたいた。

「まぁ、陛下などおらずともよい。あれには反逆罪を適用するだけのこと。この期に及んで反対するものもおるまいな」

「お待ちください」

私は挙手した。たちまち非友好的な視線が向けられた。「面倒な」という内心も隠さないマグダレーナの視線を私は故意に無視した。

「その件に関しては、現在省内で判例を調査中です。今しばらくのご猶予を頂きたい」

「なにを迂遠な……。妾のエドワードは殺されかけたのじゃぞ！　護身の魔道具を四つもつけておったのに全滅じゃ。今、あの子は顔が腫れて、公式の場に出ることもかなわぬ。これは、間違いなく反逆罪じゃ！」

「しかし、殺意が認められませぬ。アリシアの凶暴なること王妃殿下もよくご存じのはず。加減を誤っただけと言い張られれば、逃げられます」

杜撰極まる理屈だが、今回はこれで十分だ。

一週間も時間を稼げばよいと父からは話を受けている。

しかし、私の提案は王妃殿下に一蹴された。

「ふん、名分などどうでもよいわ。とにかくなにがしかの罪状をでっちあげよ」

でっちあげ。

その言葉に、頭に血が上る音を私は聞いた。

百年前、王国は野蛮の国だった。すべての争議は暴力に拠って解決される。双方譲れぬなら殴り合え。正しい方が勝つ。ゆえに勝つものが正しい。暴力が支配する未開の国こそ王国の姿だった。

それを根本から変えたのが、先々代の賢王ジェームズであり、私の祖父を筆頭とする宮廷官僚団だ。長い長い苦闘の果てに、ようやく王国は理性による統治を実現しつつある。

それをこの女は！　私の怒りがムカチャッカインフェルノだ。さすがの私も激おこである。

……ああ、落ち着け、レナード。

とにかくも、アリシアの罪状については、マグダレーナから一任されたのだ。

今回の件、アリシアは被害者だが、出奔の過程で落ち度がなかったわけではない。例えば、学園内に踏み込んだ近衛騎士は、捕虜となる際に下着まで剝ぎ取られていた。

であれば、八百人分の強制わいせつ罪が成立する。

捕虜虐待、あるいはわいせつ物ちん列罪。

被害に遭ったむくつけき男共からも、恥ずかしかった、我らの尊厳にもご配慮頂きたかったと、涙ながらの嘆きが届いている。

あるいはアリシアも、おっさんのゾウさんを大量ちん列した罪に問われれば、抗議のために戻ってくれるやもしれぬ。

反逆罪をでっちあげるよりよほど効果的だ。

「承知いたしました。アリシアに対する罪状につきましては、確定次第、また改めてご報告いたします」

「うむ、それでよい。で、あやつの身柄じゃが、なぜ取り逃がした？　グランデール」

「はぁ、いろいろとありまして」

指名を受けて騎士団長が起立した。

「一言で申すなら、アリシア殿のご学友にいいようにやられましたわ。いや面目ない」

「なにをのんきな」

「いやぁ、はっはっは」

笑い声とともに、見事な太鼓腹が揺れた。

近衛騎士団長グランデール・ギルフォード。私の友人であるアランの父親だ。

彼こそは、気難しい宰相と癇癪持ちの王妃が陰湿な抗争を繰り広げる地獄の宮廷に咲いた一輪のおっさん。あるいは、過剰分泌される胃酸から宮廷官僚の胃壁を守る最後の壁。彼なしでは、月一で過労死者が出そうなのが王国宮廷の現状だ。

なにより、大事なのは我らと志を同じくする御仁であることだ。

今回のごたごたでも、「アリシアに扮した女学生たちによる凱旋パフォーマンス」という苦しい言い訳を、乱闘を目撃した王都市民に納得させている。彼が出れば、どんな深刻な問題も、そうは見えなくなると評判だ。それでいいのかと思うときもままあるが、今回はドンピシャだった。

なにしろ切れる御仁だ。

会議中、新生児のごとき勢いで惰眠を貪るお姿は、無能を装う擬態であると私は確信している。

「ご安心くだされ、王妃殿下。騒いでいた者たちは、なだめて帰宅させました。今は自宅で休んでおりましょう」

「つまりその者らは今、この王都にいるのじゃな？　即刻捕らえて吊るし上げよ」

グランデールは、かわいらしく小首をかしげた。毒気が抜ける。

「これは異なことを。お祭り騒ぎでハメを外しすぎただけの娘たちを吊し上げとは、穏便ではございません。若者は元気すぎるぐらいが丁度いいと某は思いますぞ」

「ごまかすでない、グランデール。その者らが王家にたてついたこと、既に調べがついておる。忠誠義務違反じゃ」

ため息が出た。

王妃殿下はわかっていない。

彼女たちの忠誠はアリシアに捧げられたものだ。

数年前、彼女らのほとんどは、辺地に暮らす平民だった。

ただ魔力を持ち合わせて生まれただけの娘たち。それが蛮族の脅威に晒されて選択を迫られた。すでに、動ける男は軒並み動員されている。だが、それでも人手が足りぬ。

そして、ただ、戦うことのみを求めるなら、魔力を持って生まれた彼女たちは男共に勝る力があった。

戦場の危険と、不自由と、蛮族共に囚われた者の悲惨な末路を受け入れるだけで、彼女らは戦いの場に赴ける。

それらすべてを飲み込んで、娘たちの半数が剣を取った。家族と暮らしを守るために。

その彼女らに訓練を施し、戦う術を授けたのがアリシアだ。

「諸君は、今日をもって死ぬ」

出陣の日、アリシアは言った。

「しかし、諸君らの犠牲は多くのものを生かすだろう。諸君、諸君は、ひと粒の麦だ。これより諸君は、大地に蒔かれて死に、いつの日か穂をつける。諸君が、一人の侵略者を殺すたび、十の民が永らえて、百の命を育むだろう。そのために諸君よ、死ね！　我らが故郷を穢す有象無象を滅ぼして、死ね！」

文字通りの死兵だった。

延べ人数五百二十名、二年にわたる死線を通じて発生した戦死者は七十四。

アリシア直掩の一角として、彼女たちは煉獄の北方戦線を駆け抜けた魔導騎兵の最精鋭だ。その戦果は、畏怖と敬意をもって語られている。

戦後、功績をたたえられて彼女らは騎士として叙勲され、王立学園への入学も認められた。

その時、剣を捧げられたのはアリシアだ。

王家ではない。

思い返せば、今回の乱闘騒ぎでも、練度の違いを見せつけられている。

戦場を知らぬ者は、容易に逆上する。生命の危機に瀕した体が、意図せず頭に血を上らせるのだ。

彼女らは、その戦いの狂騒に囚われかけた近衛騎士を片手間であしらいながら、近衛騎士団の仮設司令部を襲撃までしてのけた。

結果は、双方の死者なし、重傷者なし。報告を見て私たちは凍りついた。

十倍以上の戦力差があった。にもかかわらず、彼女らには手加減する余裕さえあったのだ。

これを討てと？

まぁ、無理だな。挙手をする。

「難しゅうございますな」

「なんじゃと？」

「彼女らには実家がある者がほとんどです。アリシアと対峙するなら、これ以上、敵は増やせませぬ。それより別案がございます」

「……申せ」

「身代金を取ればよろしい」

私の言葉に、ぴくりとマグダレーナは反応した。

よし、食いついたぞ。

「今回の騒動に参加した者の数は多うございます。まとめ討つのは手間ですが、身代を取り立てるならばむしろ好都合。全員から金を巻き上げればかなりの額となりましょう」

マグダレーナは悩みだした。

悩んだところで答えは一つだ。

王妃殿の歳費が底をついていることは、既に調べがついている。

マグダレーナが嫌そうに口を開いた。

「……わかった。王家に対する敬意のかけらもない小娘共じゃ。搾れるだけ搾り取るがよい」

「承知しました」

金の問題ならどうとでもなる。

なにせ、今の我々には財源があるのだ。

手付かずのままになっている対アリシア対策費が。

「じつはあーちゃん（あーちゃんとはアリシアのことだ）は少女趣味なんだよね。かわいいドレスでご機嫌が取れると思うよ」という、貴重なタレコミがあったのは今年の春。

ならば、王妃殿下すらご存じない最新式のドレスをお贈りしよう。もちろん対価など無用でだ。

この表面上、得にしかならない提案は、しかしアリシアに拒絶された。

「いらない。だって、そのドレスを受け取ったら、エドワードとくっつけられそうなんだもん！」

ぐぬううううう！　私たちはうめいた。

するどい。さすがアリシア、するどい。見事な危機回避だ。凄まじいまでの嗅覚は、もはや動物じみている。本当に人間なのか？

王太子エドワードも男だ。

あれで、美しい娘には人並みの優しさを見せる。そして、アリシアの素材はよい。なにせ化粧なしであの美貌だ。着飾ったアリシアを見てエドワードが骨抜きになれば、多くの問題が解決するという目論見だった。

「情報は渡すけど、あーちゃんが嫌がったら、作戦は中止よ」

それが情報提供者がつけた条件だった。

絶対嫌がると思うけど、せいぜい頑張ってね。とも言っていた。

彼女の予言通り、アリシアは激烈な拒否反応を示した。作戦は中止となり、私の手元には、ダースどころかグロス単位のドレスを準備できるだけの宮廷費が残された。

これを使おう。迷惑料として配ろう。そして一部を身代金として回収しよう。

平騎士の身代金の相場などたかがしれている。相場の三倍も徴収すれば、王妃殿下も黙るはずだ。

「では、身代金を取り立てます。徴収した金額は、すべてマグダレーナ様の歳費へと充てましょう」

「うむ。可及的速やかに実行に移せ」

「議題は以上でございますか？」

「以上じゃ。実に有意義な時間であった。解散！」

王妃殿下には無事ご納得頂けたようだ。ご機嫌で退出するドレスの背中を私たちは見送った。

「さて、本番だ」

私には、いくつも仕事が残っていた。

この事件の真の黒幕と、私はこれから向き合わねばならない。

## 20・王権と高貴なる義務《ノブレスオブリージュ》

「うーん、私が黒幕というのはどうかと思うのだけど」

王城、雛菊の間。

王家より許された者のみが立ち入りを許された小さな談話室に、私はいた。

同席者は、同僚のアランともう一人、アンヌという零細貴族の令嬢だ。

私の睨むところ、エドワードの暴走から始まるアリシアの出奔劇には、彼女の関与が疑われた。

戦勝パーティーの主催者は彼女だった。

アリシアだけでなくエドワードにも招待状を送付。しかし、本人は体調不良を理由に当日は欠席。

なによりエドワードが当日手にしていた手帳の内容は、ほとんどが彼女に関する告発だった。これだけの状況証拠がありながら彼女を疑わない司法関係者がいたら、頭蓋骨を開けて中身を確認せねばなるまい。

脳みそ以外のなにかが見つかるはずだ。例えば腐りかけのピーナツバターとか。

「この部屋には私たち三人以外いない。内容についても口外しない。あなたの安全も私たちで守る。だから、知る限りのことを教えてほしい」

私の懇請に、彼女は口元に人差し指をあて、優しげな丸い瞳をまたたかせた。

レナードは、真面目ねぇ。というのんびりした言葉とともに、桜色の唇が動く。

「私がやったのは、パーティーを主催して、王妃様にあーちゃんとエドワードにパーティーの招待状を送って、エドワードの手帳を準備して、あーちゃん逮捕の話を伝えて、近衛騎士団の配置を確認して、それを当日参加の女の子にリークして、王都守備隊のみんなにアリシアの脱出を助けてもらっただけよ」

「ほとんど全部じゃねぇか！」

アランが笑った。私も笑った。

もはや笑うしかない。すべて彼女の仕業だった。

つられるようにアンヌも笑った。

「全部じゃないわ。実際に手を動かしたのは、ほとんど他の人よ。例えば、エドワードの手帳も、私は素案を作っただけで、校正、校閲、脚色と宅配は全部帝国の人たちがしてくれたし」

あっけらかんと内通までほのめかす。声が震えた。

「……なぜ、なぜ、そんなことを？」

「戦争が終わったからよ。飛鳥尽きて良弓蔵る程度の話なら我慢したけどね。狡兎死して走狗煮らるなんてこと、私は絶対に認めない」

元いた世界の故事になぞらえ彼女は言う。

楽しげな口調とは裏腹に、彼女が瞳にたたえる光は鋭かった。

王立学園始まって以来の才媛、恵みの聖女と謳われる少女アンヌは、異世界からの転生者だ。


てぃんくる・らぶ・ふぇあ・すとーりぃ。

アンヌのばっきゅん☆ぼーいずはんてぃんぐ。——アンヌよ、すべての男を狩りつくせ
自らの制作した作品にこの題をつけた作者の精神状態に対して、私は深刻な危惧を抱かざるをえない。アンヌの話すところによると、この「乙女げー」の世界が、私たちが生きる世界の元だという。

彼女アンヌ・ストーナーは、そのゲームにおけるヒロインであるそうだ。王子エドワード、近衛騎士団長令息アラン、そして宰相令息レナードこと私はその攻略対象で、アリシアはラスボス。

当事者の私としては、配役に山脈一つ分ほどの異論をはさみたいところだ。ラスボス、アリシアについてだけは同意せざるを得ないけれども。

攻略の可能性に重大な疑義がある以外は、完璧すぎる配役だ。横に並んだ私たちを、端から一人ずつワンパンで沈めていくアリシアの図が浮かんだ。「一ターン三回行動で確定クリティカルとか

しそうだね」とアンヌは笑っていた。

「ま、ゲームと現実は違ったわ。ゲームのアランはもっと常識人で、エドワードは普通の王子。レナードのすかしたインテリぶりはあんまり変わらないけどね！」

「バカ言え、俺ほど常識と博愛を体現する人間は王国にはいないぞ」

と、アランが笑った。私も反論した。

「すかしたインテリ呼ばわりはやめてくれ。さすがに傷つく」

「客観的事実を認めなさい。でも、ま、一番の違いはアリシアだけど」

「それは同感だ」

アリシアは、元の話の中では、権力と家柄をかさに着た高慢ちきな少女であったという。現実との乖離がひどい。高慢ちきな権力女とは一体だれか。王妃殿下の間違いではないのか。

「あーちゃんは優しかったわ。三回も家族と一緒に助けてもらった。大して義理堅い性格じゃないけれど、恩の一つぐらいは返さないと、さすがにバチが当たりそうなの」

「それで、エドワードを嵌めたのか？　いい性格してるな」

アンヌが口の端を吊り上げる。

たちまち堕天使のごとき雰囲気が漂った。本当に女は怖い。アンヌは性格が怖いし、アリシアは物理的に脅威だ。その他の女子は覚悟が決まりすぎていて恐ろしい。これは王国だけの話だろうか？　外国の友人ができた日には、一度聞いてみたいところだ。

「先にちょっかいを出したのは、王妃殿下のほう。それで返り討ちにあった挙句、逆恨みしてアリシアの粛清とか馬鹿げてるにもほどがあるわ。だから潰す。宮廷内の陰謀は、アリシアが苦手な分野だから私が潰す。エドワードも向こうについた以上、あれも私の敵。人を陥れるなら、やられる覚悟を持つことね」

「違いない。喧嘩は負ける奴が悪いと決まっている」

アランが笑った。

それが私には辛かった。

忸怩たる思いは、おのが身の不甲斐なさゆえだろう。宮廷で王妃の跳梁を許した結果が、陰に二代目の馬鹿とまでいわれるエドワードの現状だ。彼の今には、私にも責任の一端がある。

エドワードの性質は決して悪ではないと私は思う。ただ、厳しすぎる国内外の状況と、甘すぎる王妃の教育が、彼にはことごとく悪く働いたのだ。

幼馴染ゆえの身贔屓かもしれないが。

豆腐メンタル。

かつて、アンヌが寄越した私の評が脳裏をよぎる。

ふと気がつくと、私の肩に、彼女の手が置かれていた。

「だから、ごめんね、レナード。そんな顔しないで。あなたが悪いわけじゃないわ」

アンヌが首をかしげると、特徴的なピンクブロンドが肩に揺れた。本人は「こんな髪色が実在するとは思わなかった！」「私の毛根どうなってやがる！」と吐き捨てていた髪だ。アンヌはお気にめさないようだが、私はとてもきれいだと思う。……他意はない。

「すまない、アンヌ。私も、被害者のような顔をするつもりはない。少し、辛かっただけだ」

「ほんとに真面目ねぇ……。背負いこみすぎると禿げるわよ」

「余計なお世話だ」

父はふさふさだから大丈夫だ。たぶん大丈夫だと思う。大丈夫だよな。

アランがため息を吐く。

「まぁ、できれば、なにかする前に話してもらいたかったと思う。俺もそうだし、それはレナードも同じだろう。」

アンヌの視線が落ちた。

「……ごめんなさい。でも、どうしても失敗できなかったの」

ごめんなさい。

その言葉だけで、なにか救われた気になってしまう。私が、ちょろいと笑われる所以だろう。

アンヌとアリシア、それにメアリの三人ほどではないが、私やアランと彼女たちの間にも友誼は存在した。

思い出すのは三年前。

五人で軍用の行動食を作ったときのことだ。

発端は
「ろくな食べ物がない！」

という、アリシアの言葉だった。

当時の北方戦線の食糧事情は逼迫していた。固い黒パンにありつければまだましなほう。特に前線での行動を強いられるアリシアに与える影響は深刻で、彼女は生の芋や雑草をかじりながらその命をつないでいた。この惨状に我慢強さに定評があるアリシアも噴火した。

自分にも健康で文化的な生活を営む権利はあるはずだと、親友のアンヌに泣きついたのだ。

もっとましなものを食べたいよぅ、と。

当時の私は、アンヌの異世界知識に強い興味を抱いていた。

そこで彼女の発明現場に同席を望んだところ、あっけなく許されたのだ。私は手土産を手にいそいそとその集まりに参加した。

そして、当日。

「かろりーめいとを目指したんだけど……」

うつむくアンヌの手元には、レンガと思しき固形状のブロックが並んでいた。

小麦と油とその他もろもろを混ぜ合わせ、オーブンで焼成したとのこと。

いや、その調理法では、焼きレンガができるだけだ。そして、予定通りレンガが出てきた。

これが天才の発想か。

アランの末の妹といい勝負の発想力に、私は強い衝撃を受けた。

しかしアリシアからすると、アンヌの失敗は慣れっこであったようだ。「ぬっころ（アンヌのあだ名だそうだ）なら、いつものことだよ」とうそぶくと、彼女は素晴らしい勢いで試作品を食べ始めた。

「うぉおん、今から私は人間ミキサーだ！　ある分、全部もってこい！」

言っている意味はわからなかった。しかし、メアリから給餌される失敗作を、端から噛み砕いていく勢いに、私はなんとなく納得した。

なるほど、これが人間ミキサーか。

対抗意識を燃やしたアランの挑戦を鼻先で吹き飛ばし、アリシアは行動食の出来損ないを綺麗に食べ尽くしてげっぷした。

「お味はいかがでしたか、アリシア様？」

「そこそこおいしかったよ。ごちそうさま」

「作った私が言うのもなんだけど、あーちゃん、舌大丈夫？　私、口の中ぱっさぱさだよ。ぱっさぱさ。めーちゃん、お茶頂戴」

「まったくだ。普段、何食ってやがる。俺にも茶」

「承知しましたわ、皆様方」

「メアリ、いいお茶なんだから、丁寧に淹れて頂戴ね」

「お任せください。アリシア様」

メアリは実に丁寧に、手土産の紅茶を淹れてくれた。

私もご相伴に与った。メアリが淹れてくれたそのお茶は、香りは完全に飛んでいて、地獄のように苦かった。

ああ、彼女のメイド服は、ただの雰囲気作りであるのだな。

私は魂で理解した。「うちのメアリは、見た目だけなら立派だ」とアリシアが自慢していたのも納得の酷さである。私が、熟練メイドとの交換をそれとなく提案すると、メアリは本気で震えていた。

あのときの皆の笑顔を、暖かい午後の日差しを、私は、業火のごとき苦味とともに、今でも懐かしく思い出す。


「レナード。大丈夫?」

「少し、昔を思い出していた」

「なんかおっさんくさいわね」

「そうだ、お前、おっさんくさいぞ」

「黙れ。だったら少しは手伝え、アラン」

法務局に入ってもう二年、仕事の片手間に学園とエドワードと実家の仕事も回している。激務なのだ。特にエドワード関連の仕事が、私の若さを侵食する。こんなことなら、王宮になど出仕するのではなかった……。

それはここにいる三人に共通する思いだろう。

三人、顔を見合わせ、ため息を吐く。

アンヌが私を見た。

「いい加減、見捨てればいいのに、レナードはいつまで付き合うつもりなの？」

「義理がある。それに父との約束なのだ」

「この、ファザコン」

なんだとぅ！

まぁ、否定はしない。だが、それを言うならここにいる三人とも、ファザコンだ。

「自分だっておなじだろうに」

「だってうちのパパかっこいいもん」

開き直られると返す言葉もない。

「で、アランはどうするの？」

「俺も付き合うさ。レナードを一人にしとくと死にそうだ」

「過労で？」

「過労で」

「私の仕事の三割は、貴様の後始末なんだが、それについてはどう思う？」

「サーセン」

「かけら程度は誠意を見せろ」

はぁー。

ため息が出てしまう。

エドワードだけでなく、アランも負けず劣らずのトラブルメーカーなのだ。

趣味が、喧嘩の安売りという時点で終わっている。

白手袋のバーゲンセールはやめろ。手袋の回収を私に押し付けて突貫するのもやめろ。

私の内心などどこ吹く風でアランがうそぶく。

「ま、さすがにエドワードも廃嫡だろう。俺たちも晴れてお役ごめんだ」

「長かったような、短かったようなだな」

アランが晴れ晴れとした顔で笑う。

不謹慎な奴だ。私も人のことは言えないが。

思えば、王妃マグダレーナの手によって型どられた「王太子エドワード」という器は、最初から歪んでいたように思う。最初から自立が危ぶまれるほどに。それでも周囲が支えれば、王器たりえたのかもしれない。

しかし王国にはアリシアがいた。精神と能力と実績と、血統までも兼ね備えた王権の象徴が。

ゆえに、エドワードは歪まざるを得なかったのだ。

ちなみに、アリシアに言わせれば、「人のせいにするのもいい加減にしろ!」となる。ぐうの音も出ない正論で、返す言葉もない。

「だが、だからこそ、殿下一人に背負わせるわけにはいかない。私は最後までご一緒する」

アランが頷いた。

「俺も、それなりにいい目を見てきた立場の人間だ。苦労と釣り合い取れてたかは、だいぶ怪しいが」

「レナードはともかく、あんたがした苦労ってなによ？」

「そうだそうだ、アンヌよ、もっと言ってくれ」

「前から思ってたが、レナード、お前、外面と中身違いすぎだろう」

「十歳までは下町育ちだからな」

「私たち三人だと、アランが一番、お坊ちゃんなのよね」

「世も末だな」

「同意するぜー」

どれがだれのセリフかはご想像にお任せする。

ひとしきり、三人で、十代の若者に面倒事を押し付ける大人たちへの悪口を並べたあと、私は、一番の当事者《エドワード》のもとへ足を運んだ。


「すまなかった、レナード」

私を迎えたエドワードの第一声がこれだ。反省できるのは悪いことではないと思う。いかんせん遅すぎるが。

悄然としたエドワードが言葉を紡ぐ。

「予め、お前には話をしておくべきだった。周りの者から煽られて、気がせいてしまったのだ。許せ」

「許せじゃありません、殿下」

「本当にすみませんでした」

「言い方の問題でもありません！」

え、そうなの？　という顔が私を見た。

これなのだ。ずれているのだ。性根が悪いというわけではないのだ、エドワードは。

アリシアとの確執も、市井の男女がする喧嘩ならまだ許された。しかし、相手は国内屈指の大諸侯の一人娘で、国家の元勲で、救国の英雄なのだ。たとえアリシアが許しても、周囲は彼女に対する害意の一切を許容しない。

……それを教育しきれなかったのは私たちの責任だ。

父も私も宮廷も、エドワードの教育を約束して、アリシアに婚約を押しつけてきた。その結果がこれだ。神輿の失態は担ぎ手の私たちの責任である。

と私の理性は言う。

感情は、かけらも納得していない。

エドワードの教育のためには、嫌われるわけにはいかない。しかし、手綱を握れとは無理難題にもほどがある。

「もはや、単なる謝罪ではすみません！」

「だが、謝るしかないではないか！」

「ならばせめて、アリシア様に謝ってください」

「嫌だ！　それは母上も許さぬぞ！」

あの女《マグダレーナ》を盾にするな、ばか！

この、ばか！　ばか王子！　いかん語彙力ががが。

私は説教しようとしたが、そっぽを向かれた。

子供か！　いや気長にあたるしかない。私が決意を新たにしたとき、闖入者がやってきた。

「殿下、失礼いたします。検診の時間です。お怪我の後遺症について調べるよう、ご母堂より申しつけられました」

「もう大丈夫だぞ？　まだ少し鼻の頭が痛いがそれぐらいだ」

「いえいえ、殿下のお体は大事なのです」

それから医者は、慇懃な視線を私に送った。

「というわけで、レナード殿。退席をお願いできますかな？」

「今は、私が話している最中だが？」

「日を改めればよいでしょう。殿下の健康にくらべれば大した話ではありますまい？」

なにが健康だ。

エドワードの取り柄は、何度殴られても立ち上がる雑草のごとき打たれ強さだ。

あのアリシアが、唯一遠慮なく暴力を振るう相手がこのエドワードだ。彼女は加減を見誤らない。

要するに、このぐらいなら問題ないとアリシアが保証しているのだ。

今回、威力が高かったのは、エドワードが身につけている護身用魔術具の防御を抜くためだろう。

それなしでは即死する威力であったために、反逆罪だなんだと騒いではいるが、彼女に害意があったとは思えない。

が、それが通じる相手でもないか。

主治医とともに入室した侍従の目は「平民出の成り上がりが、学友の身分をかさに増長するな」と語っていた。

おそらくマグダレーナの命だろう。エドワードの身辺に関する限り、私の公的な身分はエドワードの厚意以外に存在しない。

退くしかなかった。

結局、なにもできなかったか。

私は、エドワードにだけ一礼すると、黙然として部屋を出た。


私が、王城を出る頃には、日もとっぷり暮れていた。

沈む日が、西翼尖塔の端にかかり、輪郭を赤く染め上げている。

この光景を見るたびに、初めて登城した日の帰り道を思い出す。これからお前はこの城で、王子殿下に仕えるのだと、父から言われたのだ。幼心に、たいそう誇らしく思ったものだ。

わずか三日で、大後悔する羽目になろうとは、想像だにしなかった。そして今、私の脳裏をよぎるのは、我慢の日々のことばかり。まずいな。ろくな思い出がない。感傷にさえ浸れないぞ。

最後の用事はアデル・バールモンドに関するものだった。

アリシアの盟友にして、北部の雄バールモンド辺境伯家代理人。

彼女が住むタウンハウスは、広大な敷地を有するがゆえ、王都の中心から少し外れた場所にあった。

屋敷は、厳戒態勢だった。

篝火がたかれ、完全武装の私兵が公然と出入り口を固めている。

怖い。とても怖い。

古くより辺境を治めるバールモンド家は武闘派だ。アデルはその薫陶もあつい。あのアリシアをして、「アデルにこそ常在戦場の名はふさわしい」と言わせしめた娘なのだ。ろくでもないにもほどがある。

内心の震えを隠して、私は来訪の目的を告げた。

剣呑な目をした将校が、五人ほど部下を引き連れて私を奥へと通してくれた。槍の穂先は抜き身だった。

怖い。死にそうだ。膝とか叩かれたら死ぬ。なんか悲しくなって死ぬ。

幸い、歓談室までは無事通された。むやみに膝を叩かれたりもしなかった。よかった。

待つことしばし、アデルが来た。

彼女の口元には笑みがあった。

「レナード様、面会予約ぐらいとってくださいませ。礼儀にもとる行いですわ」

「申し訳ない。先にいくつか、予定がありまして、いつ体が空くかわからず……」

「つまり私の優先順位は一番下と。なめられたものですわね。連隊長《ロズウェル》に、報復準備をさせま……」

「本当に、すみませんでしたぁ！」

私が宮廷貴族最強の武器、ＤＯＧＥＺＡで謝罪を表明すると、アデルは笑って許してくれた。

私はエリートだ。プライドの捨てどきはわきまえている。

「まったく、最初からそういう態度でいらっしゃいな」

「ご無礼の段、平に平にご容赦を！」

「ふふふ、許します」

私がバッタのように這いつくばるとアデルは鷹揚に笑った。

実際、私とアデルの間には、このぐらいの身分差があるのだ。

私の家は父方も母方も、由緒正しき平民の血筋。祖父が取り立てられる前までは、王都の小さな商店で赤ちゃんのおむつなどを売っていた。

一方のアデルは、王国の建国時より続く由緒ある血筋の直系。靴をなめろと言われたら、ノータイムでなめるぐらいの身分差があるのである。

ちなみにアデルの靴だが、しなびたいちごの味がするという噂。

……「しなびた」、というあたりに妙な真実味があって恐ろしい。だれかなめたのか？

「で、本題に入りましょうか。今回の件、宮廷はどうするつもりなのかしら？」

これこそが訪問の目的だった。

バールモンド家は、アリシアシンパの筆頭である。

彼らは、盟主に対する害意の一切を許容しない。ゆえに話し合いが必要だ。肉体言語によるお話し合いになる前に、対話の姿勢は見せねばならない。

「王国法に則って厳正に対処します」

「その『対処』とやらの具体的な中身を聞いています」

私はつらつらと並べた。

迷惑を被った貴族諸家への賠償金。王太子エドワードの廃嫡。王妃マグダレーナの蟄居。最後にアリシアに対する陳謝。しかし、対応時期については今しばらくの猶予を頂きたいこと。

正直、尻の毛までむしられて鼻血も出ない有様だ。

しかし、これでも足りないのはわかっていた。

アデルは小さく笑った。

「ご苦労様。私から特別に『頑張ったで賞』を差し上げます」

「光栄です。つまり、だめということですね」

「ええ、だめね。おさえきれないわ」

アデルはアデルで疲れた顔をしていた。

実家とやりあっていたのだろう。

私も知らずため息が出た。

「私たちからの要求をお伝えします、レナード様。我らバールモンド一党は、ジョン陛下の退位と今回の主犯全員の処断。そしてアリシア陛下の登極を求めます。これは絶対条件です」

「……やはり、そうなりますか」

予想した通りの内容だった。

封建主義とはそういうものだ。

その地の支配権に対する保証。

その裏付けは、血統でも法でもない、力だ。つまり武力だ。外患に対する絶対的な守護に対してのみ、諸侯は忠誠を約束する。

そしてバールモンド家にそれをもたらしたのはアリシア率いるランズデール家だった。

王家ではない。ましてやエドワードでは決してない。

「レナード。私たちのことを話しましょう。私たちの恥の話を」

アデルは自嘲気味に口元を歪めた。

「この十年間の北部辺境区の戦いで私たちは、万を超す兵とそれに数倍する民を失いました。彼らを守り、北の辺地を安寧たらしめるのが、我らバールモンドの役目。私たちは、その任を果たせなかった」

「それは違います。あれは仕方のないことだった」

「あなたたちにそれを決められる謂われはありません。私たちが自身をどう断ずるかという話です」

ノブレス・オブリージュ。

正しい意味で、貴族的というのだろう。

権利にともなう義務を、彼女たちは当然のこととして背負っていた。

「私たちは手段を選びませんでした。一定年齢以上にあるすべての男子を徴兵。物資の強制徴用に踏み切り総動員を発令。無辜の民に血と涙を流させて、それでも力及ばず、私たちはランズデール家に泣きついた」

たしかに、彼らは、持ちうるすべてを投じていた。

アデルの二人いる兄のうち、長兄は国境をめぐる戦いで戦死している。

残る、次兄も利き手を失うに至り、アデルが前線指揮を強いられる事態となった。北部の諸家はそれほどまでに追い込まれていた。

「ランズデール家は、私たちの恥知らずな要請に応えてくださいました。彼らの助力によって、私たちは勝利した。北の辺地に散ったかの家の精兵は二千四百八十余。私たちは彼らの献身に報いねばなりません」

異論はない。

沈黙する私に、アデルは、小さく苦笑をひらめかせた。

「それとは別に、北部の避難民を受け入れてくださったこと感謝しています。宣戦布告に先立って、三ヶ月の不可侵期間を約束しますわ」

「感謝します。白旗の百本も準備できそうです」

「降伏宣言の起草も忘れずに。あと、アリシアが戴冠式でかぶる小さめのティアラもいるわ！」

「時間足りないじゃないですか、やだー」

「ご愁傷さま。私と同じね、頑張って」

そして疲れた顔で笑い合った。

北方の諸家を束ねるバールモンドは、南方の雄ランズデールとも並び称される名家だ。

アデルとアリシアは、その両家の直系。

二人の仲のよさも手伝って、よく並び称されていた。

社交的で活発なアデルと、引っ込み思案でのんびり屋のアリシア。

非力で好戦的なアデルと、温厚な軍神アリシア。

北部山岳地帯のアデルと、南部大平原のアリシア。

まったく、最初に言い出したのはだれだったか。いいセンスだ、殺されるぞと、男子一同、心からの賛辞を送った覚えがある。

幸い、まだ、男子生徒の不審死は出ていない。

アデルは大きい。女性はみな、男の視線に気づいていると聞く。こんな立派なものを見せつけられて、見るなというのが無理な話だ。視線をさまよわせる私に、アデルはいたずらっぽく視線を向けた。

「それで、残る今日のご予定は？」

「ここで最後ですから、自宅に帰って休みます」

「外はもう真っ暗よ。泊まっていって」

「しかし……」

「万が一、あなたに死なれると困るのよ。私たちが殺ったようにしか見えないもの。お宅の晩御飯はなにかしら?」

「ビーフシチューと聞きました」

「平民の分際で生意気ね。今日の我が家の夕食は、野菜くずのスープと黒パンです。楽しみにしていなさい」

「悲しい」

「黒パンは二年前の在庫処分よ」

「本当に悲しい」

私の母は優しい女性《ひと》だ。「今は大変なときだから、おいしいものを作って待ってるね」と、今朝、出掛けに言ってくれた。

母の悲しげな微笑みと、妹たちの邪悪な笑顔が脳裏に浮かぶ。

おいしい料理は争奪戦だ。育ち盛りの妹たちが残り物を見逃してくれるはずもなく、鍋の中身が、明日の朝まで残っていることはないだろう。

私の嘆きを見かねたらしく、アデルは、夕食に、立派なブルストをつけてくれた。

そうだけど、そうじゃない。

おいしかったが。たしかにとてもおいしかったが。さすがは、バールモンド家の銘品の味だったが。

そういえば、アリシアも好きだと言っていたな。どうしようもないシモネタが浮かんだが、断じて口には出さなかった。私だって命が惜しい。

私の家に向かったバールモンド家のお使いは、母から「アデル様に粗相がないように気をつけなさい」という伝言と手製の焼き菓子を手に帰還した。

アデルはそれを将兵たちに分配。最後に残った一枚を、私と半分に分けてくれた。

少しだけ甘くて、おいしかった。

翌朝、私は王宮へと戻り、雑多な処理に忙殺された。

三日後、帝国よりアリシアの政治亡命が通達された。

私たちは完全に退路を断たれた。

## 21．お茶会とわたし

さて、皆さんごきげんよう。こちら、アリシア。アリシア・ランズデールです。

ちょっと前に所属先が変わりまして、現在は帝国軍にて元帥を拝命しております。

いやー、当初の予想に反して、とてもスムーズに所属替えが終わりましてね。

階級含めて王国時代から変化なし。正直ちょっと驚きである。

なにしろ私は敵国からの降将である。

さらに帝国における元帥は、基本的に皇族用の階級だ。

となると階級は変わるだろう。私の扱いどうなるのかな？　もしかして一兵卒スタートかも。それはそれで気楽だな。なんて思っていたところ、普通に元帥号と杖をもらった。

帝国における元帥の重みがよくわからん。

いいのだろうか？　もらえるものはもらっとくが。

でも、頂いたぴかぴかの軍服は超かっこよくて、これはとても嬉しかった。

やっぱり大手所属の安心感は違うね。


そして、心配されていたジークハルト殿下のあれこれだけど……。

「では、始めましょう。題して『ジークハルト様ってこんな人』の会！　提供は私クラリッサと！」

「コンラート！」

「そして、この俺で提供するぞ！」

「わー！」

「ぱふぱふ！」

メアリが楽しそうに変な音を口で鳴らした。

私は要塞のお茶会室にいた。要塞にお茶会室がある時点で、やっぱ帝国すごいなって感心した。

今日は、おいしいお茶をしばきながら、私の新しい主人であるジークハルト殿下について教えてもらう日なのである。

いや、ジークハルト様ってどんな人かなぁってつぶやいたら、「せっかくの機会なので、いろいろと教えちゃいますよ！」とクラリッサが言ってくれたのだ。

折角だから他にも人を呼んで「殿下の売り込みをしちゃいます！」といろいろと準備してくれた。嬉しい！

だって、殿下を売り込みたいって事は、私のこと、大事に思ってくれてるってことでしょう？

こんな扱い初めてだから、とっても照れてしまう。

えへへ。てれてれアリシアである。

まぁ、それはそれとして先に確認しておこう。

「『ジークハルト殿下について聞く会』なのになんでご本人がいらっしゃるの、クラリッサ？」

「呼んでもないのについてきました」

「俺抜きで俺の話などゆるさん！」

「本人いても、隠し立てなんてしませんから、ご心配なく」

コンラートがいい笑顔だ。良いのか帝国。良いんだろうな。

ここに来てから十日も経った。だんだん彼らのノリもわかってきた。

だから、気にせず聞いていくぞ。まずは、最初の質問だ。

「殿下ってエッチな人ですか?」

「ドスケベです」

「大体、エロいこと考えてますよ」

「よせよ、照れるじゃないか」

殿下が照れ笑いした。ちょっとかわいい。そして、やっぱりエッチなのか。

では、次の質問だ。

「じゃあ、あの、もしかして、私のこともそういう目で見てますか?」

「見てるぞ! 超見てるぞ!」

「きゃーー!」

照れるー!

実は、最初に会った時、まじまじ見つめられちゃって、ちょっとだけ恥ずかしかったのだ。でも、私の自意識過剰かなって、それで、聞きたくなっちゃったわけでして。

うん。

あれだ。

「やっぱり、殿下に直接聞くのおかしくない!? 私、今、すっごい恥ずかしいんだけど!?」

「質問する前に気づいてくださいませ、アリシア様」

メアリ、常識的。

でもでも、乙女的には最重要案件だったのだ。私のこと、どういう意味で好きなのかなって。とりあえず、そこが聞けたので、私はもう満足です。「お前、王国背負ってんだぞ、大丈夫か」って顔でメアリが見てるけど、私は気にしません。

「他にはありませんかアリシア様？」

「今、考えてます」

「このままだと、俺は、エロいだけの男になってしまうな」

「真実に限りなく近い実像」

「それってただの実像では？」

メアリがはーって顔をした。

「では、私から質問させてくださいませ。ここまでの質問だと、アリシア様がドスケベ女になってしまいますから。……そうですね、では、ジークハルト殿下のすごいところについて、お聞かせください」

真面目だ。

私よりよほど真面目だ。普段はアレなのにこういうときだけ点数稼ぐのかお前は。

私の凝視をよそに、コンラートとクラリッサは顔を見合わせていた。話す順番を決めたらしい。

「じゃあ、私から。殿下のいいところはノブレス・オブリージュの人ってとこですね」

「あ、ちゃんと褒めてもらえるのか」

「そりゃ褒めるところは褒めますよ。私も恩がありますしね」

そしてちょっぴりほっぺを染めつつクラリッサは語ってくれた。殿下のすごいところを。

ジークハルト殿下は軍人だ。

皇族の軍人だ。

皇族の軍人って基本はお飾りである。もっぱらの仕事は慰問とか、激励とか。まぁ、かわいい皇女様がわざわざ会いに来てくれたら嬉しいしね。実際、私が前線に顔を出した時も、現場の士気はガン決まりしてた。目とかすごい血走ってた。そんなに熱く見つめないで、照れちゃうわ。

でもジークハルト殿下は違う。彼はお飾りじゃなく、本当に軍人として戦争してた。それも華々しい勝ち戦じゃなくて、撤退戦とかの不利な戦場をメインの仕事場にして。

今、帝国は国土が広がりすぎて、いろんなところで問題を抱えているのだそうだ。そこら中の国に気軽に戦争ふっかけまくった結果、紛争地域が増えて困っているのだとか。意外とアホで心配になるが、ジークハルト殿下は、そのアホの尻拭いを頑張っているらしい。世界中飛び回ってとっちらかった戦線を、まとめまくっているのだそうだ。

皇族出のお飾り軍人のふりをして「自分、いるだけっすからー」みたいな顔で現地に乗り込み、隙を見て馬鹿な軍政官を殴り飛ばしつつ戦線を畳むのだという。物わかりが悪い太守や将軍をダース単位でやっつけた実績があるそうだ。

「すごい！　すごいです、殿下！」

「ああ、すごいな。自分のこととは思えん。あとクラリッサから褒められたの久しぶりすぎて、それにも感動してる」

「尊敬はしてるんですよ、これでもね」

「ちなみにだが、ノブレス・オブリージュとか特に意識したことはない。やりたい放題やっている」

「台なしだよ！」

クラリッサはぷんすかした。でも、私はそれこそすごいことだと思う。

だって、やりたい放題して、それでもだれかの役に立つってすごくない？　昔の偉いおじいさんだって、七十にして心の欲する所に従えども矩をこえずって言ってたもの。殿下はその偉いおじいさんが七十歳で達した境地に三十手前でたどり着いたのである。七十歳相当の皇子様である。

なんかじじ臭いな。本人に言うのはよしておこう。私はおじいちゃんも好きだけど。

「次はコンラートですね」

「そうですね……。俺が思う殿下のすごいところは、無意識イケメンムーブですね」

「無意識イケメンムーブ!?」

「気になるぅー！」

私とメアリが食いつくと、コンラートはきらりんて目を光らせた。

「そう、例えば、かわいい女の子がいて、突然ご両親が亡くなっちゃって、それで叔父さんに財産を取られそうになってたらどうします？」

「女の子を助けます」

「うん、そうだね。みんなそうする。俺もそうする。じゃあ、小太りのモテないおじさんがいて、突然かわいい女の子に迫られて、ちゃんとお断りしたのに『襲われました!』って言われてたらどうですか?」

「おじさんは、無罪なんですか?」

「うん、完全に無罪。でも女の子のほうがこっちに有利な証言してくれたら、一回サービスしてくれるって言ってる」

ひどい! 籠絡される人も多そうだ。でも、でも……!

「おじさんを助けてあげて!」

すると殿下が、ばっと立ち上がり、両手を上げてガッツポーズした。

「俺は、しっかり助けました!」

「きゃー! 素敵ー!」

クラリッサは当然だろって顔をした。

メアリは優しい笑みだ。どっちかというとこいつの場合、嵌める側だからそういう顔にもなるだろう。気をつけろよ。もう酒の盗み飲みはだれもかばってくれないぞ。

それから、コンラートは詳しく中身を話してくれた。殿下のかっこいいエピソードを。

被害者は、コンラートの親戚のおじさんであったらしい。おうちに財産はあるけれど、引っ込み思案で独身で小太りの優しい人であったそうだ。なんかイメージがわく。美人局に狙われそう。で、案の定、狙われた。テンプレ過ぎる。金髪ツインテールがツンデレってほどじゃないけれど、それでも結構なテンプレだ。

帝国にも法律はある。だけど、戦うのにはお金も力も必要だ。名誉も傷つけられてしまう。「示談にするなら許してやる」と言われて、そのおじさんが屈しそうになったその時、殿下が颯爽と現れたのだ。

「男の敵は俺が許さん！」

そして殿下は、並み居る悪党共をバッタバッタトノサマバッタとなぎ倒した。

「内気なおっさんなんてだれも助けてくれません。なにしろかわいくないですからね……」

「そんなことないよ！」

優しいおじさん、私は好きだよ！

「では、かわいいと思いますか？」

「それについてはノーコメントで」

コンラートが頷いた。

「この世の中、かわいいは正義。そして悪いおっさんも多い。ゆえに善良なおっさんはとにかく苦労が多いのです。ジークハルト殿下は、そのおっさんを助けました。俺は殿下のその姿にとても感動したのです」

「私もとっても感動しました！」

「お前ともそこそこ長い付き合いだが、そこに感動されたとは思わなかった」

殿下は首をひねっていた。

なんでも、コンラートは滅茶苦茶アナーキーな男だそうで、それで気が合ったのだと思っていたのだそうだ。殿下もコンラートも反逆者や汚職官吏の息の根を止めるのに、人生の生きがいを見いだしているのだとか。

こわーい。でも、かっこいい！

ちなみに、その助けてもらったおじさんはその時の体験記を出版して、ベストセラーになったらしい。帝国における殿下の人気の一因だそうだ。

すごいすごい！

「他に質問はありますか？」

「えっと、しばらく今の内容を噛みしめたいです。沢山面白い話が聞けたので」

「そうですか。ではそのまま『アリシア様の秘密のあのねの暴露会』を始めます！」

「は？」

「では、不肖、このメアリが、ご質問にお答えします！」

「は？」

いや、お前、どういうことだ。

「うむ、俺のことも話したのだから、アリシアのことも、な？」

そして、殿下はウィンクした。

いや、「な？」じゃないですけど。だれも許可してませんけど。

でも、状況は四対一だった。割ともうどうしようもない戦力差だ。丸テーブルの全域が敵。というか、ほとんど包囲攻撃じゃないかこれ。あと、もう一点聞きたいのだけど、わざわざ私がいる場

所でそれをする理由はなに？

「では、この俺、ジークハルトから最初の質問だ。……アリシアはエロいのか？」

「セクハラ！　セクハラです！」

「清純ぶってますけど、内心はドスケベだと確信します」

「黙れメアリ！」

「エロい！」

「かわいい！」

「最高か！」

いや、ほんとセクハラですよ、これ。

しかし、こいつらは止まらなかった。何よりメアリが止まらなかった。

好きな小説の主人公を聞かれ、好きなシチュエーションを聞かれ、いや、エロいシチュエーションを聞いてるんだと補足され、殿下がなぜか私のパンツに興味を示されたので、私のパンツが三枚しかなかったことをメアリに暴露された。木綿製の温かいぶかぶかパンツが好きだとばれた。男二人は興奮してた。さすがにクラリッサはドン引きしてた。

酷い目にもあったけど、私はとっても楽しくって、何度も何度も大笑いした。

本当に、とてもとても楽しかった。

私は、社交が苦手だ。

私は綺麗なドレスを持っていなかったし、最新の話題も全然知らない。だから、お茶会に呼ばれても、寂しい思いをすることが多かった。

殿下は皇子だ。

きっと礼儀作法とかもすごくしっかりしていらっしゃるに違いない。私はそれが不安だった。そして、そのことをぽろっとクラリッサに話したら、「じゃあ、今度、本当のお茶会をしましょうね」って言ってくれたのだ。

それで、開かれたのが、このお茶会だ。いや、本当にお茶会か？　高級軍人で集まって猥談してただけだった気もするが……。

私は軍人として雇われたのだと思っていた。でも、そんなことはなかったみたい。

殿下は、気さくで、優しくて、あったかい方だった。それがわかったので、私はとても嬉しかった。

「ありがとう、クラリッサ」

「いえいえ、このぐらいお安い御用です！」

私がお礼を言うと、クラリッサはにっこり笑ってくれた。

なお、ジークハルト殿下とコンラートは、

「俺、今夜、興奮して眠れないかもしれん……」

「メアリさんバージョンもやりましょう……」

などとクソみたいな感想を残していた。

もうもう！　エッチなのはだめですよ！


そして、翌日。

王都からの宣戦布告が私たちのもとへと届けられた。

私は、やるぞ！　と気合を入れた。

# 22・近衛騎士団とわたし

やるぞやるぞ、私はやるぞと王国への帰還を申請したところ、「うぉおん、我らを置いていかないでくだされぇ！」と帝国の将軍さんに泣き付かれました。

こんにちは、アリシアです。一応帝国で軍人をしています。

なんでじゃ。

「あの、ジークハルト殿下。王国のごたごたの収拾は私の職責だと思うのですが……」

「それはわかっている。そのうえで、俺からも頼みたい。帝国軍《おれたち》も使ってくれ」

そして、殿下はぺこりと頭を下げた。

帝国軍のおじさんたちも、私に縋るような目を向けてくる。

なんでだろう。

増援もらう側なんだけど、私の方が頼み込まれてる。

「あの、その、承知しました。では作戦案を練り直します」

当初の予定では、エドワード率いる王国軍をウェルズリー侯家の防壁に食いつかせて、その後方を騎兵の小集団で荒らす予定だったのだ。しかし「会戦がしたい。戦力もこっちで出します！」と帝国軍の皆さんに言われてしまったので、私としては従うより他はない。

いや、ありがたいんだけど。

「どういうことなんだろうね？」

「帝国にも、いろいろ事情があるんでしょう」

メアリが訳知り顔に頷いた。

私は知っている。メアリがこの顔するときは、何も考えてない時の顔だ。それっぽい顔しとけば切り抜けられると、こいつは経験から学習してる。ちなみに何も考えてない顔をしてるときも本当になにも考えていない。つまり、いつも何も考えていないと言っても過言ではない。

これが副将……？

私の戦闘指揮官としての実力が今、試されている。

「というわけで軍議だ。とりあえず、呼ばれてない連中は退出しろ」

「……」

「いや、お前らだ。攻城部隊の連中は全員出てけ！」

「殿下、我ら昨日より破壊兵に転向いたしました！」

「軍制なめてんのか！」

「軍制なめるなら、閣下の靴を舐めますよ」

「馬鹿が、そんなもん俺がなめたいわ」

「馬鹿はお前だ……」とクラリッサが頭を抑えた。

初参加の軍議であるが、始まる前から大騒ぎである。

突っ込み役大変そう。

クラリッサが頭を下げた。

「すみません。いつもはここまで酷くはないんですけど」

「まぁ、王国《うち》も似たようなものですから」

隙あらば酒みたいな奴らもいるから。

ねー、メアリ。

ちなみに奴は、よそ行きモードのキリッとした顔をしていた。外面だけはいっちょ前である。まぁ、これについては私も人のことは言えない。

さて戦争の時間である。

まずは、状況の分析、その後具体的な作戦の説明かな。

ごほん。

「では、これより今回計画されている王国本土決戦について作戦概要を説明いたします。まずは敵情分析から。メアリ」

まぁ、使えるところで使っていこう。

カンペを頑張って書いていたメアリが起立する。

「はっ。現在、王都に駐屯中の部隊は、王家直轄の近衛騎士団および王国中央軍の両者です。このうち今回の敵は、近衛騎士団を想定しております。総戦力約四万」

「中央軍は？」

「おそらくサボタージュするものと思われます」

王国軍は国軍だ。私やメアリの薫陶も篤い。「ばあさんの隣のうちの猫を預かってるから出撃できない」とかなんとか理由をつけて出撃をサボるだろう。

帝国軍の皆さんも、だろうなって顔をした。彼らは物知りだから、たぶん調べもついていただろう。問題は近衛騎士団だ。

「近衛騎士団は王家直属の部隊、要するに王家の私兵です。彼らの存立意義にかけて出撃してくるでしょう」

「練度は？」

「精鋭です。具体的には、強い、固い、重いという感じでしょうか」

「なるほど、だいたい想像がつく」

殿下が笑った。

近衛騎士団は、重装備の野戦用決戦部隊だ。

重装騎兵一万二千とその二倍の重装槍兵を主体とする高破壊力の戦闘団である。

こう聞くと、強そうだし実際強いのだが、運用する側としては正直扱いづらかった。

まず仮想敵の一角である北の蛮族だが、奴らはケツが軽い。

足も速い猿みたいな連中で、やばくなったらすぐ逃げる。重装の板金鎧に身を包んでえっちらおっちら追いかけるのは大変だ。鬼ごっこする場合、立派な鎧はハンデにしかならない。

もう一方の帝国軍は、今度は高すぎる破壊力が災いする。奴らの突撃は殺しすぎるのだ。戦争計画上それはまずい。

そしてなにより、鈍足からくる作戦行動範囲の狭さが致命的なのだ。王都から前線まで遠足させるには、ちょっとばかりおデブに過ぎたのである。強けりゃいいってもんじゃないというか、うまく状況と噛み合わなかったというか、とにかくいろいろと不遇な部隊であった。

私がことごとく出撃要請を止めちゃうので、恨み節の一つや二つは耳にしたこともある。

すまんな。でも君たち使いにくい。

「しかし、今回の戦場は王都近郊となります。一応彼らの得意戦場ですね」

「……面倒だな」

「実際はそうでもないのです！　ポイントは、彼らは戦うしかないってことですね！」

そして、私は作戦を説明した。

まず、大前提として王都の近衛騎士団は出てくる。そうせざるを得ない。このままだとじり貧だからだ。

だから彼らは、いっちょぶつかって、自分たちの威勢がいいところを国の内外に示さねばならないのだ。選択肢がない軍を破るのはたやすい。なにせ、どう動くか丸見えだからだ。

私は作戦を説明した。

みなさん、むむむって顔をして聞いていた。

まぁ、前線は激戦になるからね。

手伝い戦だ。ためらいが……。

「じゃあ、出撃したい人ー！」

「「「うおおおお！」」」

取り合いだった。

なんで？


私の地元はランズデールという。

騎兵部隊が強い。ランズデール騎兵隊という、わかりやすい精鋭部隊を抱えている。

三千ぐらい欲しいなぁと、父には手紙で書いていた。

訂正が要りそうだ。

「ごめん、千に減らしといて」

「了解です……」

私たちの目の前では、配置をめぐる熱きじゃんけん大会が始まっていた。

世界最強を謳われる軍事国家の軍議は、私の予想とは違う感じの代物だった。

# 23. 連合軍出陣式と皇子

視点変わってジークハルトだ。

俺たちは約一万の軍勢でもってカゼッセル要塞を出撃した。

アリシアの同盟者であるウェルズリー侯家郷土軍約八千に、ランズデール家の精鋭である騎兵一千騎と合流。

ウェルズリー侯領領都レンヌにて出陣式を執り行う運びとなった。

「総員、傾注！」

青空の下。

レンヌ市城外、第二演習場と名付けられた原野に俺たちはいた。

風雨による浸食が激しい演説用のお立ち台には、アリシアが立っている。

その日のアリシアは、真新しい帝国の軍服にその肢体を包んでいた。

戦場に赴く兵士たちに、彼女の訓示がなされるのだ。

「諸君、また戦争だ」

アリシアの声はよく通る。

それを聞くのは、王国と帝国の人間からなる連合軍だ。つい先だってまで殺し合いをしていた者たちが、同じ指導者の声を聞いている。しかし彼女に向けられる感情は、おそらく同質のそれ。尊敬と畏怖。俺は、不思議な光景だと思った。

「今度の敵は王国軍近衛騎士団だ。その数は約四万。諸君らも知っての通り、我が王国軍精鋭中の精鋭である。敵部隊は完全充足、装備は万全で、練度は抜群、士気は当然旺盛だ。我が王国の国体を護持する最後の盾が、これから戦う我らの敵だ」

王国近衛騎士団。

国土の奥深くまで入り込んだ侵略軍を一刀のもとに刈り取るべく、研ぎ澄まされてきた王国の剣。

その練度は再三にわたり知らされている。

「翻って我が軍は素人の集まりに過ぎない。訓練未習の民兵の群れ、有象無象の集まりが、まごうかたなき我が軍の実態である。ボロをまとい、毀れた刃とすり減った斧を闇雲に振り回す、痩せこけた野良犬のごとき群衆が我々だ」

これもまた事実だ。

郷土軍と言えば聞こえはいいが、領主諸侯の連合軍とは前時代的な兵農混成軍がその実態。よくそのような弱兵で、我ら帝国軍や蛮族共の侵略を退けたものだと感心する。

「しかも此度の戦には、外国からのお客さんまでご一緒する。国境の防衛線で追いかけっこに興じた記憶も新しかろう。我らのごとき弱兵と熾烈な闘争を繰り広げた帝国軍の皆さんが、死に体に鞭打って合力に駆けつけてくださった。実りなき戦場で、泥のような戦禍に疲弊した我らの総勢は、二万にはるか及ばない。敵軍との比較で言えば、数は半ばに満たず、質においては比べるべくもない。我らは、まさに烏合の衆である」

否定はすまい。我々は、たしかに疲弊していた。

三ヶ月間にわたる拘束戦、その間、我々帝国軍は運動し続けていた。両軍の通算戦死者二桁という実績は、アリシアの鋭鋒を避け続けた必死の戦域機動に由来する。ようは走り続けたのだ。当然のことながら我が帝国軍に疲労の色は濃い。

それはここに居合わせた王国軍も同じだ。これで、我々は勝てるのか。

勝てる。俺は確信する。

「そうとも、諸君！　つまりはいつもどおりだ！　いつもどおりの戦場だ！」

そして、暴虐の妖精が牙をむいた。

同時に、悪鬼の群れが覚醒し、歓呼をもって応じてみせる。農夫の、工人の、町人の皮を被った人狼共が羊の皮を脱ぎ捨てたのだ。地鳴りのような怒号が、鼓膜を激しく乱打した。

これが、これこそが王国軍の本質だった。二年前、鉄の濁流となって押し寄せた生ける亡者の幻影を俺たちはたしかに幻視した。帝国人の戦慄を、続く叫びが粉砕する。

「常に我らは劣勢にあり、敗亡の危機に瀕してきた。絶対的な強者による包囲と襲撃と圧力こそが我々の友だった。ぼろぼろに疲弊し、いるんだかいないんだかよくわからん友軍と、あるんだかないんだかよくわからん兵站を頼りに、我々は戦い、戦い、そして戦い抜いた！　諸君、思い出せ！　我らは今ここに至るまで、ただの一度の敗北もない！　あらゆる敵を突破し、粉砕し、撃滅し、そして我らは今、この場に立っている！　すべては諸君らの奮励ゆえだ！　誇れ、我らこそ最弱の兵。そして、我らこそ最優の軍隊である！　諸君、武器を取れ！　粛々と戦い、粛々と殺せ！　勝利は流した血と鉄の先にしかありえない！　征くぞ！　連合軍、戦闘発起！」

「アリシア様万歳！　王国軍万歳！　我らが祖国に栄光あれ！」

怒号、歓声、咆哮。無敗の妖精に直卒された戦鬼の群れが草枯の大地を震わせた。

俺はこの瞬間、理解した。地獄の悪鬼かと思われた王国軍は、本当に地獄の悪鬼だったのだ。衝撃の事実。これは負けても仕方がない。これまで繰り返された敗北の歴史に、俺は一定の納得を得た。

見れば帝国から来た馬鹿共も、王国万歳を叫んでいた。死に体呼ばわりに歓呼で応えるノリのよさは、もうさすがと言う他がない。たった半月で寝返りを決めた帝国諸卿の忠誠心に、俺は心からの拍手を贈りたいと思う。もう、お前ら王国で暮らせよ。

すごいなぁ。俺が幼年学校生並みの感想とともに呆けていると、演説を済ませたアリシアが戻ってきた。楽しげな紫玉の瞳がこちらを見上げる。

「あの、ジークハルト様」

「なんだ？」

「せっかくですから、ジークハルト様からも一言お願いできませんか？」

「はっはっは。……本気か？」

乾いた笑いが出た。笑うしかないとも言う。

アリシアは恐ろしい女だ。実に致命的なタイミングでアドリブをぶっこんでくる。念のためお断りしておくと、この後に俺のスピーチなどまったく予定されていなかった。

冗談じゃないぞ！

突然の死刑宣告だ。このアリシアの演説に続けて話すなど、笑いものになる以外の未来が見えない。ましてや俺は帝国の第一皇子で、実質的な軍の最高司令官だ。白けた演説などした日には、一身上の恥に上乗せして、国家と軍の威信まで泥まみれにしてしまう。地面の味は、王国との戦いでもう十二分に味わった。もうお腹いっぱいだ。

内通相手と密談中に、俺と野戦憲兵に踏み込まれたあの太守は、あるいはこんな気持ちであったろうか。おれはしみじみとかつて粛清した豚面に思いを馳せた。

とりあえず、なんとか逃げたい、この場から。

字余り。

生憎、俺の願いは叶わなかった。アリシアの「ジークハルト様なら大丈夫です。私にもできたんですから」といういじらしい微笑みに、がっつり退路を塞がれたのだ。やむをえず、俺は処刑台へと登壇した。

知ってるか？　王国のギロチン台は演説台の形をしている。

つくづく、本番に強い性格でよかったと思う。アリシアに徹頭徹尾にやられ続けた俺たち帝国軍の黒歴史は、王国の戦闘狂たちからもそこそこの好評を頂いた。アリシアも照れ笑いに、はにかんでいた。

ああ、アリシアはかわいい。本当にかわいい。

だが、かわいければ、何でも許されると思うなよ！

今日の恨みは忘れない。絶対に復讐する。絶対に、ベッドの上でだ！

いまさらエロいなどとは言うまいな。男の半分はこの手の欲望でできていて、残りは見栄と虚勢でできている。俺調べだ。

出陣式はつつがなく終了した。俺もまた、決意も新たに馬首を戦場へとめぐらせる。抜けるような青空の下、アリシアときゃっきゃうふふする未来を幻視しながらの出陣だった。

# 24．近衛騎士団出陣式

「すまなかった、レナード」

疲れ切った父の言葉だった。

アリシアの帝国軍への合流が確認された。王権に対する挑戦。彼女をそこまで追い込んだのは、我々王国の宮廷だ。疲れ切った父の顔には、絶望の二字が浮かんでいた。

まずいな。父のいつものパターン、「私が頑張ればよかったんだ」病が発症している。なんとなくかっこよく見えるかもしれないが、身内は「だから私たちで頑張ろう？」みたいな感じで否応なく巻き込まれるのだ。

まずい。

父は気にせず続けた。

「陛下より、すべて任せる旨お言葉を賜った。このすべてには、王位の禅譲なども含まれる」

つまりは無条件降伏か。

たしかに、最初から勝ち目などない。いや、そもそも必要のない諍いだったはず。

アリシアは自身の権利を侵されぬかぎり、驚くほどに寛容だった。彼女に政治的な野心があったならば、今頃、父と私は王家とともに、北の大地で荒れ地を耕している。

ただ、アリシアの本質は、この騒動の前後で大きく変わってはいないだろう。

「父上、残念ながら、まだ終わってはおりません」

「なにを言う」

父が私を見た。父は、ここ数日で目に見えて痩せた。

父の毅然とした姿に乱れはない。だが、頬がこけた。もとより肉がつきにくい体質の父は、貫禄を出すために無理に沢山食べていた。父の努力を私と母は知っている。

特に母は、スレンダーな父が好きだったので、血涙を流しながら芋を油で揚げていた。

王国初のジャンクフードはすべて母の手によるものだ。

「もう終わったのだ。これ以上、お前が無理をする必要はない」

思えば二人きりになるたびに、父にはよく頭を下げられた。

エドワード殿下の側近として、大変な苦労をさせてしまったと。自分の見込みが甘かったと。宰相シーモア。鉄人と謳われ、王国を支えた父は、私たち家族にはその素顔を見せてくれた。私はそんな父が好きだ。多少は、お恨みしたこともあったけど。

でも今回は、私も頑張らねばならぬ。

「父上、まだやりようはあります。戦いは避けられぬとしても、その後も王国は続くのです」

父は瞑目し、悩み、そして言葉を絞り出した。

「……たしかに、お前の言うとおりだ。だが、私もジョン陛下も武張ったことには心得がない」

「はい、私が名代として参ります。多少の実績もあります。実戦の指揮までは難しゅうございますが、そこは騎士団に任せます」

実績といっても、旅時行軍の経験があるだけだけれども。

目的地にたどり着く前に迷子にならない程度の保証。だが、ないよりはましだろう。

というか、過去の記録を漁ってみたが、近衛騎士団は遠征の記録がないのだ。まずいぞ、引きこもりの軍隊である。

父は、やはり悩む様子を見せたものの、最後にはうなずいた。

そして父が覚醒した。

「そうか……。ならばやってみるがいい！　責任は私が取るぞー！　任せておけーー！」

「さすが父上！　私にお任せくださいませ！」

これだ。これこそが父なのだ。

傍目には立派に見える人間も、中身は同じ人間なのだ。

特に私たちの一族は、凡人の血統である。その事実を私はよく知っている。それが有事に際して、王家の直属となり、多くの戦場を生き抜いてきた。

その秘訣は、ずばり、開き直りである！

どうしようもないもんは、どうしようもない！　やってられるか、こん畜生！　それこそが、祖父の代から脈々と受け継がれてきた我らが奥義。それは、父の中でもいまだに健在なのである。

父の手に力がみなぎる。

「うむ、レナード！　私は陛下と隠居の相談でもしておく！　実に楽しみだ！　ついでに、あの宮廷雀共の墓石も並べておく！　……ふん、それにしても、この期に及んで「アリシア様との執り成しをおねがいします」だと？　いまさら青くなっても手遅れよ、不定見の愚か者共め、ばーかばーか！　奴らもろとも不愉快な宮廷は爆砕よ！　今から楽しみで仕方ないわ！」

そして、父はキリッとした顔で私の肩に手を置いた。

「ということだ。父は好きにやる。お前も好きなようにやれ」

さすが父上！　略してさす父！

「はい！　不肖レナード、父上の名を汚さぬよう頑張ります！」

ブチ切れ宰相シーモア、宮廷のホワイトデビル、なぜあれで戦争に出られないか不思議な男。我が父のかつての名を知る者も、宮廷には少なくなった。

しかし、その威勢は未だ健在だということを、宮廷のバカ共は思い知ることになるだろう。

「宮廷は掃除しておく。お前はお前の戦場でうまくやれ」

そして、私は王国軍のお飾りの大将に就任した。

「お前は真面目だなぁ」

以上、父と話したことを伝えたところ、アランには笑われた。

だが、知っているぞ。貴様は貴様で大変だったのだろう。

アランの一家は、長子のアランに妹が五人という家族構成だ。

出陣に先立って、奴は別れの挨拶をした。「俺がいなけりゃ、妹の結婚話も捗るはずだ。俺が運良く戦死すれば、厄介者が片付いて武名まで上がるのだ。家族のほうは万々歳さ」とアランは常日頃から言っていた。

そんな彼が意気揚々と出陣を宣言したところ、妹たちから容赦ない十字射撃を浴びたそうだ。

「アリシア様になにかあったら許さないんだから！」

「でも絶対に戻ってこなきゃだめなんだから！」

「私のお嫁入りがこんなに遅くなったのは兄さんのせいなんだから、絶対に私の結婚式にも出てもらうからね！」

「そうよ、そうよ！」

「もらうかあね！」

末の妹レイチェルの舌っ足らずな激励が笑いを誘う。

さすがのアランも仏頂面で黙るしかなかったそうだ。

戦いは数だな。貴重な戦訓である。

「包囲攻撃かくあるべしだな。参考にさせてもらう」

「……総大将殿のお役に立てたようでなによりですよ」

そう言って、アランはそっぽを向いた。耳が赤い。

本当に珍しいこともあるものだ。遠からず、矢と血の雨が降るな、これは。

エドワードもまた出陣するらしい。私が出向くと悄然とした顔に虚勢を浮かべて、こうなれば勝つだけだと、息巻いていた。ああ、頑張ろう。虚勢でも張れる意地があるのは結構だ。

そして私たちは、出陣式の日を迎えた。


王都中央、第一演習場に据え付けられた演説台、その壇上にアランが登る。

近衛騎士団出陣式、居並ぶ騎士たちの士気は一様に低かった。

大義なき戦い。無名の戦にかり出される軍人の気概などこの程度のものだろう。

アランは言った。

「諸君、我々は死ぬ」

死ぬ。その言葉に異論はない。

なんとなれば、我らが敵はアリシアなのだ。

周辺諸国を濁流のごとく飲み込んだ蛮族の颶風をそれすら凌駕する暴虐で粉殺した不壊の盾。超大国帝国の侵攻を一撃のもとに叩き潰した常勝の戦姫。人の姿をした不敗神話に我らはこれより弓を引く。

「王家は、ランズデール元帥アリシアを反逆罪と断じた。我らは、王家の剣となり、これを討たねばならない。これは王命であり、また我らの義務とするところである」

王命である。

軍令である。

その言葉に納得するより他はない。王都の民に罵られ、一族郎党に嘆かれようと、それが私たちの義務なのだ。

「いまや、我らに味方する者はない。我らがこれより討たんとするアリシアは、常に前線にあり、身命と誇りを賭して王国を護り抜いたまさに聖女。北辺の蛮族共を撃滅し、かの帝国までも退けた護国の剣こそがアリシアだ。その宿恩の将に我らはこれより矛を向ける。その善悪の如何なるかは、もはや語るまでもない。王国諸州はおろか、いまやすべての周辺諸国も我らを悪と断じた。我々は、あらゆるものに見捨てられた。孤立し、包囲され、石持て追われる軍隊が我々だ。ゆえに、諸君。我々は死ぬ。絶対に死ぬ」

ただ事実を繰り返すだけか。

周囲に騎士たちに失望が広がっていく。だが、それは、大いなる間違いだった。

これこそが始まりだったのだ。

「そうとも！　喜べ、諸君！　我々はついに死ねるのだ！　夢にまで見た戦場で、我らは戦って死ぬ機会を得た！　王都のもぐらと嘲られ、鎧を着た馬車馬とまで揶揄された我々に、親愛なる王家は討ち死にする権利をくださった！」

団員の目に、光が灯るのを私はたしかに見た。

そうだ。これは機会だ。戦いの、待ち望んだ闘争の機会だ。

終戦までただの一度の出撃もなく、穀潰しとそしられてきた自分たちが初めて赴く戦場がこれだ。王都の城壁に籠もり、アリシアのスカートの陰に隠れているなどと後ろ指さされてきた我々近衛騎士団に闘死する機会が与えられたのだ。

騎士団員たちの背より闘志がのぼる。

思い出せ。我らこそが、護国の盾。

思い出せ、故国を守るため、剣を槍を取ったあの日の決意を。

そして、知らしめよ。栄えある近衛騎士団のなんたるかを。

騎士団員の声なき声を、アランが、狂犬とまで称されたあのアランがすくいあげた。

「諸君、これより向かう先は地獄だ。戦狂い諸侯共に加えて、かの帝国までもがアリシアに与した。ここから先、我らを待ち受けるのは、帝国の物量であり、諸侯連合の全周包囲であり、そしてアリシア直卒の騎兵集団による高機動強襲打撃である！　喜べ！　我らは最高の敵に恵まれた！　いまだかつて、これほどの敵を向こうに回した軍隊は、この地上には存在しない！　世界のどこにも存在しない！　世界最高の敵が我らの敵だ！　つまりこれは、世界最高の戦争だ！　これより我ら騎士団は、世界を敵に闘争を開始する史上初の軍隊となる！　もはや我らをして、王都のもぐらと称する者はいない！　この無謀を為す狂人は、絶対に、鎧を着た羊などではありえない！　世界でもっとも愚かで、もっとも狂った集団が我ら近衛騎士団だ！」

騎士たちの腕に力がみなぎるのが私にもわかった。

王国旗と団旗が風の中になびく。泥にまみれた軍旗を掲げて王都に凱旋する義勇兵を、どれほど羨ましく思ったことだろう。

ただの一度の戦場すら知らぬ真新しい騎士団旗。色鮮やかな騎士団の誇りを掲げ戦地へと赴く日を、彼ら騎士団はどれほど待ち望んでいただろうか。今日こそがその日なのだ。

近衛騎士団とは、すなわち王家の私兵。王命をもって、その敵を討つことこそ、私たちの存在意義に他ならない。その事実を、その紛れもない事実を、アランは壇上で叩きつけた。

「我らに大義はない！　大義なき軍、正義なき騎士団こそ我々だ！　我々は、ただ我らの意地と見栄と傲慢を糧に戦場に立ち、故国のために勇戦した英雄たちを道連れに死ぬ！　クソのような王命と、カスみたいな虚栄心を守るため、我らはこれより悪を為す！　それこそが戦争、これこそが軍人の本懐！　これは我らの闘争！　我らだけの戦争だ！　何者にもはばかることなく奮戦し、力戦し、そして死ね！　王国近衛騎士団第一軍団、全力出撃する！」

戦争を！　地獄のような戦争を！　王家と我ら騎士団に栄光を！

「オオオォォォオオォォォォオ！」

歓喜の絶叫が唱和した。

曰く王都のもぐら、曰く近衛騎士団は無害、曰く鎧を着た羊の群れ。好意的なからかいに曖昧な笑みで応えてきた団員たちの胸の奥には、燠火のごとく闘争心がくすぶっていたに違いない。

そこにアランが爆薬をぶちこんだ。

戦意は、炎上する間もなく爆発した。その圧力は大地を轟かす咆哮となって、王都第一演習場の外壁を物理的に揺るがした。気づけば私も声の限りに叫んでいた。最近気がついたことであるが、私も存外ノリがいい。違う自分を新発見だ。世界は驚きに満ちている。

その様子をアリシア子飼いの娘たちが見ればなんと言うだろう。

今思い出すと少々恥ずかしい。当時の私は紛れもなく、彼女らが言うところの戦争童貞であったと思う。

翌日の早暁、近衛騎士団は王都を進発した。

見送りはごくごく近い親族だけという寂しい出立の朝だった。

その先に歓呼とともに凱旋する未来があることを、この場のだれが想像しただろうか。まったく、一寸先は闇とはよく言ったものだと思う。

## 25・グリム要塞跡の戦い

出撃したレナードたち王国軍に飛び込んできたのは意外な報告だった。

「なに、奴らも出撃してきた、と？」

「はい、帝国軍と領軍の混成からなる連合軍が、領都レンヌを出立した由」

「……どういうつもりだ？」

隊商から得た情報だった。王国軍近衛騎士団司令部には困惑が広がった。

出陣した彼らの目的は、会戦による決着だった。

彼ら王国軍の戦略上の敗北は確定している。周辺勢力はほぼ敵ばかりだ。あと二ヶ月と少しで、アリシアの同盟者たちが足並みを揃えて動き出す。戦力差は二倍か十倍か。どちらにせよ勝ち目はない。

その前に、なんとしても一戦。願わくば、野戦による短期決戦が彼らの希望であった。

しかし当然のことながら、その王国軍の希望をアリシア率いる連合軍が汲んでやる必要はない。彼女たちは、ただ、持ちこたえるだけで、勝てるのだ。

「欺瞞情報の可能性は？」

「複数の情報源で裏取りした。斥候も出したが、万単位の軍事行動をごまかすのは不可能だ」

「閣下に限って後退はあるまい。だからこそレンヌ籠城を睨んでいたが……」

閣下。

アリシアに対する敬称を、軍を預かるレナードは禁止していなかった。

敵将に対する敬意は、自軍の油断を戒めるのにも役立つ。アリシアの訓示を、彼らはよく覚えていた。

だからこそ、首をかしげざるを得ない。ウェルズリー領都レンヌは、帝国軍五万の包囲攻撃を二月にわたってしのいだ堅城だ。守るに易く、攻めるに地獄。その優位を、あのアリシアがむざむざ捨てた。その意味はどこにある？

司令部の懊悩を断ち切ったのはアランだった。

「悩むな、諸卿。野戦は我らも望むところ。ならば受けて立つまでだ。今は、城壁にへばりつくカエルのまねごとをせずに済みそうなことを喜んでおけ」

「たしかに」

「どう転んでも悪くはない」

そして、王国軍は前進した。

戦場は旧グリム要塞跡。

アリシアの布陣を察知した王国軍は進軍、同地にて彼女率いる連合軍と対峙した。


グリム要塞は、数十年前に放棄された城址だった。

朽ちた要塞跡の防壁は、かつての堅牢さを彷彿とさせる。その城壁は高く、大の大人の背丈を五倍するよりもさらに高い。

その東壁と前面に、アリシアは展開を済ませていた。

敵情偵察に出た斥候からの連絡を、レナードはアランとともに本陣で受け取った。

「敵前衛は両翼騎兵三千ずつ、中央が五千前後。それとは別に城壁上に弓兵が展開しております。総兵力約一万五千程度」

「対するこちらは、歩兵一万六千、騎兵八千。合わせて二万四千だ」

「数の上では有利だな」

そう、数の上では有利。しかも野戦。

今後、これ以上の機会は望み得ないほどの好機。当然、罠が予想された。慎重を期すべきか、勢いを活かすべきか。逡巡が王国軍を支配した。

王国軍の司令部には、既に敵増援の報が届いていた。帝国本土から、万を超える部隊が国境線を越え進発済み。

つまりは、この戦場が彼らにとって、唯一の勝機だ。ここグリム要塞跡の戦いでアリシアを取り逃せば、彼女はレンヌに逃げ込むだろう。そうなれば、あの堅城を落とすより先に、各地の増援が彼女のもとへと殺到する。そうなれば、玉砕か降伏の二択だ。

元より、戦うよりほかはない。

日は中天にさしかかろうとしていた。

敵陣連合軍の本陣で動きがあった。

一対の人馬が、のんびりと進み出てきたのである。

真新しい帝国軍士官服。しかしその小柄な体躯と、風に揺れる銀色の髪は見間違いようもない。

アリシアだ。

「王国軍諸君。今日はピクニックにでも来たのかね?」

挑発の口上だった。

いつまでそうしている気だと問われれば、受けて立つのが軍隊だ。王国軍は、即座に戦闘準備に突入した。

それを尻目に確認すると「出番だな」とうそぶいて、アランが陣頭へと進み出た。

戦場、両軍を後ろに従えて、アリシアとアランは対峙する。

両者とも戦場の作法はわかっていた。開戦前の通過儀礼。すなわち口喧嘩である。

口火を切ったのはアリシアだった。

「やあやあ、ようこそ。道中、迷子にもならず、よくぞここまでたどり着いた。まずは私も一安心だ。ひきこもりの諸卿におかれては、遠足もできないのではと心配したが、杞憂で済んでなによりだ！」

アランが怒声を張り上げる。

「ぬかせ、アリシア！　貴様こそ、大人しくレンヌで震えておればよいものを、のこのこ出てきたのが運の尽きだ！　そのよく回る舌を抜き取って、下の口を犯してやるわ！」

下劣極まる返礼に、アリシアは哄笑した。

「言うな、アラン！　口喧嘩の練習もしてきたか。大変結構！　ならば、けなげな貴様の努力に免じて、しょーがないから付き合ってやる！　せいぜいあがいてみせるがいい！」

「おうさ！　言われるまでもない！　者共、あの阿婆擦れを叩き潰す！　第一陣、突撃開始！」

「オォオオォォオオ！」

そして、地をとどろかす怒号とともに、戦闘が始まった。

開戦のラッパが両陣営で吹き鳴らされ、ときの声が唱和する。

そして近衛騎士団の誇る重装歩兵が敵陣めがけて突撃した。

「速戦し、ここで決めるより他、道はない！　進め！」

突撃が槍衾に激突した。長槍の柄と柄がからまり、穂先が交錯する。非生産的な喧噪が、戦場の空間を支配した。両軍の練度と士気は互角だった。連合軍前衛は帝国軍より抽出された精鋭部隊。対する王国軍も、先方には最精鋭をあてている。

両者の対決は、しかし一方的なものになった。

「だめだ、突破できない！」

「縦壕が邪魔だ！」

原因は、アリシアがもうけた縦壕だった。

畑の畝のごとき穴の列が、王国軍の行く手を阻んだのだ。攻め手である王国兵は、その掘られた穴を進むより他はない。重装備ゆえの鈍重さで、畝のごとき土の山を進むことができないのだ。

結果、王国軍は横の連携がとれなくなった。縦一列で接敵した王国軍の戦闘は、一人あたり三人に囲まれて散々に槍でたたかれた。

同時に、城壁上に展開した連合軍の弓兵が矢の嵐をまきちらす。分断され敵前に孤立した王国兵は、容赦ない滅多打ちに晒された。

「があああ！」

「おのれ、上からとは卑怯だぞ！」

しかも、王国軍の不利はこれにとどまらない。王国兵は壕の底に足をつけていた。

対する連合軍の兵たちは壕の上に陣取っている。正対する王国軍は高さの利を失っていた。

突き上げるより、突き下ろすほうに分があるのは自明の理。まして槍を打ち下ろして使うなら、一方的な戦いとならざるを得ない。一方的に王国軍が倒されていく。

突撃した王国軍の第一波は、散々にたたきのめされ撃退された。

まともな戦いにすらならない。

歯がゆさからくる憤怒が、王国軍を支配した。

「おのれ、なぜこんなところに縦壕が!?」

「対帝国戦で、アリシアが使う予定であったらしい」

「それに我らが嵌まったと!? けったくそ悪いにもほどがあるわ！」

前線の苦境は、本陣、レナードのもとにももたらされた。

その内容は悲愴なものだった。

「戦況は不利。しかも奴ら、負傷者を積み上げて、こちらの足止めに使っています。……倒れた味方の兵で、前衛は前に進むことも困難です」

「おのれ、奴らめ、姑息な手を……」

歯ぎしりが響く。

狡猾だが、有効な手段だ。戦死した兵士は一時捨て置くことも許される。しかし、負傷者は救護を必要とする。当然人の手が取られることになる。一人を救うために、多くの兵が拘束されてしまう。

それを聞く、師団長ベッサウには諦めと苦衷の色があった。

あえて平静を装い口を開く。

「動けぬ兵は捨て置きましょう。前衛に死体の山を積み上れば、壕もいずれは埋まります」

しかし、レナードは激発した。

「認めん！　兵は絶対に見捨てるな！　彼らは、強大な敵に正面から立ち向かうことを強いられている。その背中を、我ら戦友が守らずしてなんとする！　負傷者は、生きて連れ戻せ！　必ずだ！」

「レナード様！　戦場に情けは無用。我らは勝たねばならぬのです！　なればこそ、彼らにはこの戦いの礎となってもらわねば……！」

「違う、情けなどではない！　救いと信頼は、兵を戦わせるためにこそ必要なのだ」

レナードを支えるのは、戦訓だった。

北方戦線、数々の勝利をあげたアリシアがもたらした戦訓。

彼女の軍は強かった。それはなぜか。アリシアの作戦が、常に部隊の生還を前提に立てられたものであったからだ。どんな死地であれ生還する。ゆえにアリシアの兵は戦った。自らと自らの戦友を生かすため、活路なき死中に血路を開いてみせたのだ。

「必ず死ぬ戦場で、だれが必死で戦うものか！　生きる希望があればこそ、兵は命をかけるのだ。生きることを諦めた兵は弱い！　そして、我らに弱兵を許す余力はない！　生きる希望はくれてやる。その代わり、皆には死兵となってもらう！」

宰相代理のお飾り司令官。レナードは彼自身が自らに与えたその評価を、眼前で砕いてみせた。

師団長ベッツサウの目に光が灯る。

「……たしかに、たしかにその通りでありました。我が不明、お許しいただきたい」

「謝罪は不要だ、中将殿。文官あがりの小僧でもこのぐらいはできる。あなたにはそれ以上を期待したい」

「ええ、必ずやご期待にお応えします。連絡将校、伝令だ！　負傷者を後送させる！　死地であろうと、必ずや助け出せ！」

「了解です！」

その命を前線で受け取った第一連隊長ベルナールは力強く頷いた。

「承知した。軍令とあらばやるだけのことだ。救援部隊を抽出する！」

そして戦友を助けるもう一つの戦いが幕を開ける。長きにわたる王国の戦い。その中で近衛騎士団が従事したのは、後方での支援活動だ。傷ついた市民を助け、荒れた国土を復興する。彼らにとっての戦場は、だれかを救うためのものだった。もう一度、それを繰り返すだけのこと。

降りしきる矢の雨をかいくぐり、打ち下ろされる槍の乱打を耐え忍ぶ。そして、地に伏した戦友を担ぎあげ、命がけで彼らは駆けた。前線で救助にあたる兵の献身は、もはや英雄的ですらあった。

彼らは多くの戦友を死地より助け出すことに成功した。

まもなく戦力が枯渇し、第二派と交代したベルナールは陳謝のため、司令部へと出頭した。

「申し訳ありません。敵は健在ながら、我が隊は半壊です。すべて私の未熟ゆえに」

膝をつく彼をレナードは称えた。

「そんなことはない。あなたは多くの兵を生還させた。あなたは軍を全うしたのだ」

ベルナールは深く深く一礼した。

王国軍の奮励と献身は、しかし連合軍の堅陣にことごとく阻まれた。

第一波攻撃はたちまちのうちに瓦解。第二派、第三派もしのがれて、都合、六千の兵が撃退されている。

死者こそ少ないものの、戦局の不利は明らかだった。負傷者にしたところで、重傷の者が多い。腕を折られ、あるいは両肩を砕かれた兵は、この場に限っては死んだも同じだ。既に二千近い兵たちが戦列からの離脱を余儀なくされている。

対する敵の損害は、極めて軽微。

攻撃を一時中断して集合した諸将の顔も、ただ一人を除き一様に暗かった。

「まるで歯が立たぬ。敵前衛もだが、それ以上に矢雨がきつい」

「城攻めの想定で、大楯を持たせたのはせめてもの慰めだな」

「だが、守るだけではらちが明かぬ。こちらも弓兵を出せぬのか？」

「矢が届かぬ。高所を押さえられた上に完全な向かい風だ。撃ったところで味方の背中に穴を開けるのが関の山よ」

「アリシアめ、気候まで味方につけるとは……。一体どこまで読んでいた？」

「かくなる上は、両翼騎兵の突撃をもって……」

「待て、諸卿」

声の主はアランだった。視線が集まる。

「何を焦っているのだ、諸卿。我らは今、有利に立っている。追い詰められているのはアリシアたちのほうだ」

「どういうことか？　詳しい説明を求めたい」

「そのままの意味だ。奴らは早晩、限界が来る。永遠の運動などありえない。もう奴らの戦力は底が見えかけている」

「そう断言できる根拠は？」

「経験さ」

端的な回答。聞いた者は顔を見合わせた。アランは苦笑とともに補足する。

「喧嘩の経験だよ。殴り続けていれば、いずれは腕が上がらなくなる」

「それは、殴る側に立った経験か？」

「いや、殴られる方の経験だ」

笑い声が上がった。ややヤケクソ気味の笑いになってしまったのは、仕方のないところだろう。現在、王国軍は殴られっぱなしだ。だが、勝負とは最後に立っていたものが正しいのだ。

「いじめられっ子の経験から言わせてもらうと、そのうち限界が来る」

「たしかに、敵の前衛には交代要員がいない。腕が動かなくなるというのもわかる」

「いずれは矢玉もつきよう。あるいは、敵弓兵の指がちぎれるまで、我らが耐えればいいだけの話だ」

アランは力強く保証した。

「そういうことだ。今は信じて攻め続けてくれ。必ず戦機はやってくる」

彼の言葉には根拠があった。事実、王国軍の戦力の半数は、まだ戦闘にすら参加できずに温存されている。

対するアリシアの連合軍は、中央の部隊に加えて支援の弓兵も常に戦闘に参加中。消耗は相手の方が大きいはず。

「どのみち攻めるより他に道はない。間断なき攻撃によって、敵軍を消耗させるしかない」

「ならば、奴らが休む暇をなくすべきでしょう」

「今が踏ん張りどころですな」

そして攻撃が再開された。

「進め！　勝利の女神は、強い男がお好みだ！　組み敷いて、ドレスと下着をむしり取れ！」

優美さに欠ける激励が、王国軍の背を押した。

それを迎え撃つのは、矢と槍の重層的な防御陣だ。しかし王国軍は重装備の優位があった。盾でもって槍をいなし、掲げた籠手で矢を弾く。ただひたすら堅守でもって耐え抜けば、打ち付けられる剣も、突き込まれる槍も、いつかは折れ砕ける時がくるはずなのだ。

一秒でも長く持ちこたえる。自分たちが倒れても、後に続く戦友が必ずや勝つ。その決意が、王国兵の盾を持つ手に力を与えた。

第四派攻撃が後退し、第五派が前進を開始する。

状況の変化は、後方にいるレナードの目にも明らかだった。

「城壁上から射かけられる矢の勢いが衰えたように見える。これは私の錯覚か？」

「いえ、私にもそのように思われます。敵の前衛の勢いも落ちてきました。兵たちが粘れるようになってきた」

怒号飛び交う前線では、王国兵が健闘するようになってきた。

いまだ、劣勢にはあるものの、隙をついて槍を繰り出す姿も見える。今まではありえなかったことだ。

「どうも、アランが正しかったようだ」

「まさか、団長ご令息の喧嘩癖が、こんなところで役立つとは。長生きはしてみるものですな」

永遠の運動などありえない。

アランの言葉の意味をいまや全員が理解していた。敵の前衛は、わずか五千の兵でもって一万の敵を撃退してのけた。それはたしかに凄まじい戦果であるが、その分、疲労も蓄積しているのだ。

王国軍の置かれた絶望的な状況。失われた地の利。それら困難を、彼らは意志と覚悟と結束と二万超えの大兵力で、乗り越えようとしていた。戦場においては数こそ力だ。そして力こそパワーなのだ。

「だが、まだだ」

「ええ、あの方が残っています」

あの方とは、アリシアだ。

王国を守護する聖霊の剣。あるいは悪霊の大鎌。常勝不敗の代名詞は、いまだこの戦場では動いていない。

勝利の女神の偏愛は、未だアリシアの元にある。

その寵愛を奪い取る困難は、いかほどのものか。

供物や賄でなんとかなるなら、いくらでも積み上げるのだがそうもいくまい。だれかが口にしたように、この女神は力ずくで組み敷くしかないのだ。

「で、準備と言うが、私は何をすればいいんだろうな?」

「とりあえず、本陣で応援をお願いいたします」

男の応援で士気が上がるのかとレナードは思ったが、第一師団長ベッサウの目は本気だった。


予測は間もなく現実となった。

敵右翼騎兵集団に翻るアリシアの旗。青地に白の一角獣、盾と茨と純白の羽の紋章旗が動きだす。

これを迎え撃つべく、王国軍も動き出す。

「王国諸君、よろこべ、最高の死に場所だ!」

「馬場のかかし呼ばわりも今日までですな!」

「さぁ、逝くぞ、全軍、突撃!」

そして、王国軍重装騎兵が動き出す。

左翼集団四千。人馬一体の勢いに重装甲の鉄量を乗せ、波濤となって押し寄せる。

対するアリシアの騎兵隊も疾駆する速度を上げた。

激突。遠目に王国軍の突撃が一瞬怯むように見えたのは錯覚であったろうか。打ち崩されることを危惧された隊列は、しかし無事アリシアの一撃を受け止めた。

舞い上がる砂塵、軍馬の嘶き。人馬入り乱れての闘争が王国の野を血で濡らす。

拮抗は一瞬だった。

なんと王国軍が押し始めたのだ。

あのアリシアを王国の騎兵たちが正面から圧倒し始めたのである。

本営に驚愕のうめきが響く。

「馬鹿な……！　いや、勝っているのにこの言い草はおかしいな。だが信じられぬ」

「まさか、アリシア様が正面から押されるなど……」

知らず復活させたアリシアに対する敬称が、彼女に対する畏怖を物語る。なぜ押している？　その疑問に、一人の将校が答えを返す。

「……兵の数と質ではないか？」

数と質。ごくごくまっとうな分析だった。

アリシアの率いる部隊は、明らかに数で劣った。おそらく二千から二千五百。対する王国軍左翼集団は四千。明らかに劣勢。

もう一つは騎兵の質。王国軍重装騎兵は、騎馬にまで装甲を施した突撃力特化の兵種である。遅い、高い、コスパが悪いと散々な評価もされたが、戦闘力だけなら王国屈指の実力を持つ決戦部隊である。

対するアリシアは帝国の軽装騎兵を率いていた。帝国の騎兵は補助兵科としての色彩が濃い。優れた機動性と多目的に運用可能な小回りの利く兵種だが、直接の戦闘では王国のそれに一段以上劣る。

「これだけ有利な条件があれば、むしろ勝って当然というべきだが……」

「その常識が通じる相手であれば、我らとて苦労はせぬわ」

我が方有利。その思わぬ展開に動揺する本営。しかし、吉報は続いた。

「アラン様より伝令！　我が右翼集団が敵騎兵部隊に逆撃を加え、これを潰走せしめたとのこと！」

「事実か!?」

「でかした！」

ほぼ同時刻、アランも連合軍騎兵の襲撃を受けていた。

正面からの激突。アランの部隊による一撃を受けた連合軍騎兵部隊はもろくも壊乱。すぐさま逃走を開始する。

その背中に目をやって、アランは舌打ち交じりに乗馬の手綱をゆるめた。追って来いとばかりに遁走する連合軍騎兵の後ろ姿を忌々しげに睨めつける。

「露骨に手を抜きやがって……。偽装だ、深追いするな！　城壁《かべ》の上から鴨撃ちにされるぞ」

「それは勘弁願いたいですね。腹に二つ目の口は要りません」

「ああ、俺もだ。追撃は適当に切り上げろ。俺は本陣まで下がる。……どうにも嫌な予感がする」

一方で王国軍本営には、浮ついた空気が広がっていた。

アリシアが後退した。

信じがたい事実を前に、彼らは最初、我が目を疑った。押しているのは最初だけで、瞬く間にひっくり返るのではとも、彼らは危惧した。

しかし、徐々に離れていく左翼部隊の背中が、その懸念を打ち消した。

押している。間違いなく押している。こちらは前進し、アリシアは後退を続けている。遠ざかる剣戟の響きが、絶望の彼方にあった勝利を、王国軍に錯覚させた。

この時、左翼の前線で戦う王国軍は、すべての意識を眼前のアリシアに向けていた。

騎士たちは必死で槍を振るう。その先は、馬上にいる小柄な少女に向けられていた。

「とにかく、アリシアだけはおさえろ！　他はどうとでもなる！」

「死ね、小娘ぇぇぇぇええ！」

「唐突にモテモテだな。ダンスの相手は一人ずつ順番でお願いしたいところだが」

「ぬかせぇ！」

王国軍の猛撃をげんなりした顔のアリシアがさばいていく。

複数の騎士に囲まれたアリシアは、繰り出される槍の穂先をいなしつつ、せっせせっせと後退した。アリシアは戦意に乏しかった。ろくに攻撃も繰り出さず、有利な位置を取りながら、ひたすら防御に徹している。

彼女のやる気のなさを察知した者もいたが、彼らにつけ入る余裕はなかった。手加減交じりの一撃でさえ、腕ごと千切れそうな勢いなのだ。彼女の戦意の低さを疑うより、食らいつくので精一杯だ。

王国軍の鋭鋒は、そのもっとも鋭利な一撃をアリシアに集中させた。アリシアは後退したが、突破もゆるさなかった。彼女は敵の一撃をふわりと受け止めてみせたのだ。

そしてアリシアは、王国軍をその腕の中に引きずり込んだ。王国軍が進み、連合軍右翼部隊の中央がゆっくりと後退する。

つかまり立ちの乳児が、慈母の手にひかれるように、王国軍左翼集団はアリシアの包囲下へと引き込まれつつあった。

最初に異変に気づいたのは本営のレナードだった。

「……待て。アリシアの部隊だが、なにかおかしい」

「おかしいとは？」

「なにかを見落としているような……」

レナードの中では、漠然とした不安が形をとっていた。

彼が知るアリシアは、彼我の戦力差を見誤り、単純な力くらべで押されるような将帥ではなかった。それが、こうも精彩を欠くなど当然なにかあってしかるべき。

アリシアの脅威は、単純な腕力ではない。彼女の脅威は、非凡な戦術指揮能力であり、状況判断力であり、兵を活かす術に長けている点にある。要は自分で戦うより、人を動かすほうが得意なのだ。横着といってもいい。結果、アリシアの配下では雑兵が精兵に、そして精鋭は一騎当千の英雄と化す。

では、一騎当千の英雄がアリシアの配下にいたとすれば？

レナードの脳裏に一人の名前が閃いた。

主の世話より騎馬突撃。

王国独立郷土軍騎兵総監を兼任するアリシアの侍女。レナードはその存在を思い出した。

「メアリだ！　メアリは今どこにいる⁉」

「それは、当然アリシアの本営に……」

「いや、軍旗がない！　奴は、まだ戦闘に参加していない！」

「なんだと！」

王国軍将帥の目が、敵陣へと注がれる。

メアリの軍旗は予期せぬ場所に存在した。

アリシアが出払った後の敵陣右翼。その只中に赤い旗が立っていた。それこそが、メアリの軍旗だ。赤地に双角の山羊、その周囲を守るのは槍と剣と戦槌と大弓だ。全部が全部殺しの道具。まさに殺意の塊だった。

メアリ・オルグレン。アリシアに影と寄り添う腹心は、いまだ敵陣奥深くに控えていた。

しかもだ。彼女は、アリシア子飼いの部下を引き連れていた。

「ランズデール騎兵隊……！」

黒衣黒装の騎兵集団が軍旗の周囲を固めていた。北方で、あるいは西の国境で、アリシアの不敗神話を支えた精鋭の群れ。ランズデール領軍にして、アリシアによる殺人強度の訓練を耐え抜いてきた猛者たちだ。

数はおよそ千程度。しかし彼らは、二倍程度の相手なら容易に粉砕してのける。つまりこの戦局においては致命的な破壊力を持った集団だった。

王国軍の本営に危機感が炸裂した。

いまや、左翼集団の窮地は明らかだった。彼らは、アリシアに引きずり出されたのだ。その背後を守るべき本体は、遥か後方に置き去りにされている。

彼らは無防備な背中を敵前に晒してしまっていた。

「まずい、たばかられた！」

「伝令をいそげ！　左翼を即刻後退させろ！」

「戦術予備を出せ！　すべてだ！　動けるものはすべて出せ！」

「なぜこうも気づくのが遅れた!?」

「アリシアに気を取られすぎました！」

「おのれ、自ら囮になったのか！」

すべてが一歩遅かった。王国軍にとって最悪のタイミング。そしてアリシアたちにとって完璧なタイミングで、赤の軍旗がはためいた。

「逆撃します。全軍、突撃発起」

たおやかな号令を、彼らはたしかに耳にした。

ランズデール騎兵隊が、王国軍本営の者たちが固唾をのんで見守る前で疾走を開始する。瞬く間に馬群の影が近づいてくる。その圧力は王国軍将校の肺腑を押し潰さんばかりだ。

殺到する騎馬集団は、あきれ返るほどの鮮やかさで見事な突撃隊形を構築すると、王国軍左翼の背中に食らいついた。

痛打された王国軍騎兵隊は大混乱に陥った。

「何事だ!?」

「敵襲！　後背よりランズデール騎兵た、ぎゃあああ！」

「さあ、袋のネズミだ諸君！」

「お嬢様のお尻を追いかけるのに夢中で、ケツを掘られる気分はどうだい、坊やたち！」

「女狐ぇ！　このまま終わりはせぬぞ！」

「はい、指揮官みっけ」

メアリの手には弩弓があった。撃てるのはただ一発。その一発が、左翼を指揮するロレンスの乗馬の長首を貫いた。ロレンスは馬上から転落した。こうなれば重装備ゆえに、にわかには立ち上がれない。

「ぐおぉぉお、おのれえええええ！」

「しばらくそこで転がってなさい」

全周を包囲され、指揮官を失った王国軍は壊乱した。

続くのは一方的な蹂躙だ。

王国軍は瞬く間に、見せかけの善戦から全滅の危機へと転落する。しかし、彼らはまだ諦めてはいなかった。

王国軍は、未だ万に近い無傷の戦力を抱えているのだ。一つは本営の予備選力であり、もう一つは敵を蹴散らしたアランの騎兵部隊だ。対するアリシアは戦力の底を見せたかのように思われた。

本営のレナードもそのことに気づいていた。

「救援準備できました！」

「アラン様より、伝令！　『敵の包囲を外側から食い破る』とのこと」

「こちらも全軍をもって左翼を救援せよ！」

王国軍が、包囲下の友軍を救うために動き出した。


一方のアリシアだが、メアリとの合流を果たしていた。今は部隊の指揮は部下に任せて、王国軍本陣を見据えている。彼女が見守る前では、王国軍が隊列を整えつつあった。

呑気な声がアリシアの口から漏れた。

「あー、これは、突っ込んでくるパターンね」

「指揮官はレナード様でしょうか？　経験が少しばかり足りませんでしたわね」

そして二人、顔を見合わせて笑いあう。

「勝ったね」

「ええ、お見事です」

アリシアが髪をかき上げた。

「レナードもアランも、頑張りすぎよ。これ以上粘られたら、本気でやるしかなかったわ」

「思ったよりも根性があったことは認めます。早期の決着を彼らのために喜びましょう」

それからメアリは背後の伝令に、アリシアの命を下達した。

「プランBよ！　各隊、隊列散開準備に入りなさい！」

「了解です！」

彼女たちの目の前では、王国軍の反撃が始まっていた。

友軍を救うため、王国軍が走り出す。

本陣と左翼の間のごくごく狭い戦域へと突撃する。

一方のアリシアは、敵左翼に対する包囲を解いた。

アリシアの指揮のもと人馬の群れが流れるように、敵の退路を作ってみせる。

全滅の危機に瀕していた王国軍の左翼集団に差し伸べられた唯一にして突然の活路だった。

彼らは、そこに殺到した。

「下がれ！　下がるんだ！　部隊を建て直せば、まだ勝機はある！」

一方で、救援の部隊の足も速い。

「進め！　味方を救え！　その二本の足で走り抜け！」

「アラン隊、突撃しろ！　接敵後は各員に任す！」

壊走する左翼、突き進む救援、そして割り込んできたアラン隊。

北と南と東の三方向から突進した王国軍は、一つ所で激突した。

急上昇する人口密度。結果巻き起こるのは、殺人的な渋滞だ。

前衛は立ちはだかる味方に阻まれ停止した。しかし、後続は急には止まれない。後列が前列を押し込んで、その後列はさらなる後列によって押し込まれた。みるみるうちに人馬のだんごができあがる。

「どけ！」

「貴様がどけ！　いや、どいてくれ！」

「待て、押すな、後ろからアリシアが！」

連鎖する混乱により浮き足立つ王国軍。

勝利を見届けて、アリシアはほっと一息吐き出した。そして号令がくだされる。

「さあ、とどめの時間よ！　総員、展開！　各自、擲弾投射準備！」

「了解です！」

命を受け包囲を解いた騎兵隊が、三列の横隊に再編された。彼らは混乱する王国軍に肉薄すると、そのただ中に最後の一撃を投擲した。

「プレゼントよ！」

「受け取れ、王国人共！」

投げ込まれたのは炸裂弾だ。派手に音と火花を散らすだけのハラスメント専用携行武器。帝国軍謹製のいやがらせ爆弾を、アリシアと彼女に続く騎兵たちは大量に投げつけた。

身体強化によって遠投されたてき弾が、王国軍の隊列深くに降り注ぐ。

一瞬の間をあけて、爆音と閃光が炸裂した。

そして、臆病な馬たちが悲痛な暴走を開始した。馬とは元来臆病な生き物だ。特に大きな音に弱い。軍馬と暮らしたアリシアはそのことをよく知っていた。

転倒する人馬の群れ。下敷きになる者たちの悲鳴が、狂騒の中で連鎖した。

「馬を、馬をおさえろ！」

「ぎゃあああぁあああ！」

アリシアの作曲、連合軍演奏による戦争音楽。最終楽章は、連鎖する衝突音と悲鳴の不協和音でいろどられた。

そして、この瞬間、勝敗は決したのだ。


レナードは本陣で、全軍が崩壊する様を、ただ呆然と見守っていた。

戦闘時間は、わずか半日に満たない。そのわずかの間に、二万の軍勢が敗亡の危機にひんしていた。

その肩を、師団長がたたく。彼の目には、落ち着いた光があった。

「どうやら我らの負けのようです。レナード殿におかれては、どうかお下がり頂きたい」

レナードは激昂した。戦いの興奮が彼の足首をつかんでいた。

「まだだ！　兵を残して私が逃げるわけにはいかぬ！」

「はい、兵がまだ残っております。だからこそ、お引きくだされ。それまでは我らも逃げられませぬ」

ベッサウは笑っていた。近衛騎士団全軍は、力戦した。戦い、力を尽くして、破れたのだ。文字通り死戦して届かなかったのだ。晴れやかな笑顔だった。

「レナード殿、それぞれ役目というものがございます。エドワード殿下をお頼み申す」

「……わかった。だが、あなたも最後まで生きることを考えてくれ」

「無論、そのつもりでございます」

レナードの周囲を固めた王国軍は、規律を保ったまま退却を開始した。


一方、その頃、前線に突入したアランも危地を脱していた。指揮官先頭を体現するこの男は、我先に突っ込もうとして、状況の危機に気がついた。急激な進路の変更で、なんとか難を逃れたのだ。

混乱の渦中からようやく抽出した残兵を前にアランは笑った。

「まだ千はいるな」

アランが叫ぶ。

「喜べ、諸君、殿軍だ！　相手は、あのアリシアだ。よもや不足とは言うまいな！」

「くだらん喧嘩で犬死により、幾分かはましです！」

「アラン様もたまには、意味ある戦いをされるのですね！　驚きです！」

「おうよ、俺も捨てたもんじゃないだろう！」

彼らの戦意は、どの戦場にあっても称揚されるべきものだった。唯一の不幸は、相手がアリシアであったことだ。

何しろ彼女の戦意は乏しかった。

勝利を確定させたアリシアは、部隊に撤収を命じ、自身もとっとと帰投した。

アランたち殿軍の悲壮な決意は空振りする。

死戦どころか、一部の残兵を収容する機会まで得たアランたちは、気まずげに己の職責を果たした後、すごすごと戦域を離脱した。

こうして戦いは終わった。

グリム要塞跡攻防戦。王国軍の戦闘参加者は三万弱。うち、戦死者八百、負傷者四千七百。そして一万以上の捕虜を出す結果となった。対する連合軍の死傷者は、五百に届かなかったという。

# 26・帝国軍と私

帝国軍強いわ。

私の感想だ。

なにせ、進めと言えば進むし、守れと言えば守る。叩き潰せと号令すれば、全力全開で敵の頭をかち割りに行く。やっぱ正規軍は違う。命令通りに動いてくれる軍隊がこれほど扱いやすいとは思わなかった。

これが王国軍の場合、守れと言っても進み、止まれと言っても進み、叩き潰せなどと言った日には、地の果てまで進撃する。進撃の王国軍だ。どんだけ殺る気だ。やめやめろ。戦意過多にもほどがある。作戦無視されると、アリシアちゃん困ります！

連合軍の指揮官になってから結構経つけど、毎度毎度ちっちゃい子の引率してる気分になれるのだ。あっちにちょろちょろ、こっちにちょろちょろ。もう！　突貫しちゃだめって言ってるでしょ、ジョージちゃん！

我が国は国力に乏しい。特に人的資源が乏しい。万年人手不足だ。子供こさえるのには時間と手間がかかる。異世界には畑で人がとれる国もあるらしいが、生憎我が国は兵士の人工栽培には成功していない。ゆえに戦力の保全が大切なのだ。

でも、うちの国の連中ときたら、攻めることしか考えてない。とりあえず敵、ぶっ飛ばせばいいんでしょって、そういう脳筋はメアリだけで十分だ。

なに、攻撃は最大の防御だって？　口が減らない奴らだな！

そんな暴民《ぼーみん》共と比較すると、ちゃんと軍隊している帝国軍の皆さんは、とても扱いやすかった。


グリム要塞跡の戦い、主だった戦闘は終結した。

王国軍約三万弱は大量の負傷者と比較的少数の戦死者と、大量の捕虜を残して潰走。対するこちらの損害は、負傷者は約三百、戦死者は百弱といったところだろう。

ぎりぎり快勝といえる。

王国軍の離脱を確認した私とメアリは、捕虜の収容を部下に任せて撤収。

今は、帝国軍指揮官の皆様方と戦後評価を行っていた。参加者は大隊長以上、計十五人。みな埃っぽい顔で笑っている。

おじさま、おにいさま、おじさま、おにいさま、時々美少女みたいな顔ぶれだ。揃って表情が明るい。

ご満足頂けたようでなによりだ。

しかしまずはお礼をすべきだろう。

「皆さん、ありがとうございました。主戦場をお任せできて、私も大分楽ができました」

私の言葉に、帝国の皆さんは、破顔した。

「お言葉、痛み入ります」

「兵共も喜びます。主戦場を任されたと、えらく張り切っておりましたから」

「まぁ、一番張り切っていたのは我らだがな」

「今年は、国の娘から『パパまた負けちゃったの？』となじられずに済みます」

娘ちゃん容赦ない。パパだって頑張ってるのに。

まぁ、お父さんの苦労の何割かは私由来の気がする。黙っておこう。


今回の戦いは、王国の内戦だ。

さらに身も蓋もない言い方をするのなら、王族による低レベルな内輪もめだ。

帝国の皆さんからしてみれば、まったく関係のない話。基本は放置で問題ない。もし王国が欲しいなら、両者がへばった頃合いに、漁夫の利かっさらえばいい。

しかし、ジークハルト殿下は違った。「王国もゆくゆくは帝国の版図に加わるのだから、未来の帝国人の血を流させるわけにはいかぬ」と、助太刀してくださったのだ。仏である。帝国の皇子は大仏だ。お顔なでても二回までなら許される。

まぁ、実際は、なにかしらの見返りを求められるだろうと思う。

一万人も兵隊借りて、無料《ただ》ってことはあるまい。しかし支払いはどうしようか？　体で払えとか言われちゃったり？　それでもって、エロいドレスとか着せられちゃうかも。大変だ。うっふん。

ちょっとエッチなアリシアである。目を逸らされたらこっちから襲いに行く自信がある。

まぁ、戦後の話はまた今度。明日の昼飯の心配は、今日の火事を消し止めてからすればよいのだ。

少なくとも、家の大黒柱を燃料にバーベーキューする文化はうちにはない。

皆さんとの話は弾んだ。

なにしろ一緒に命がけで戦った仲だ。肩を並べて、長槍ぶん回した経験は、みんなの距離を近づける。

王国軍は強かった。歩兵も騎兵も硬かった。やっぱり装備がよいのですか？　そうですね。頑丈です。でも、夏場は地獄の蒸し風呂ですよ。あと、あの頭防具ですけど、かぶってるとだんだん禿げます。ぎゃー。また髪の話してる……。

などと楽しくお話しをしていると、年かさのおじさまが口を開いた。

「正直、こうも楽に勝てるとは思いませなんだ。敵は精兵、負けるとは言いませんが、多少は苦戦するものと思っておりました」

そうかしらん？

「私は楽観的でしたよ。最初から有利でしたし」

メアリも「ですよね」って顔で頷いている。

「というか、帝国軍の皆さんだけでも楽勝だったと思ってます」

「無茶振り」

「どう考えても無理筋……」

「確実に死ねます、元帥殿」

いや、君ら勝ったじゃん？

今回の戦いであるが、実質、敵軍二万強を帝国軍一万弱で退けている。

五波だか十波だか忘れたが、最初の王国軍歩兵による波状攻撃は、危なげなく撃退した。疲れたふりをしてみせる余裕すらあった。なかなかの演技派だった。レッドカーペットも夢じゃない。

これが、王国の民兵共だと、最初から、エンジンフルスロットルで殺し合いだ。トルクが違う。有り余る戦意を燃料に、ものすごい勢いで走り出し、速攻で息切れする。奴らは加減ってものを知らない。

当然、前衛は任せられぬ。ゆえに城壁上に隔離した。あの戦闘狂共は、それでも戦意を抑えきれず、手元の矢を撃ちまくった。予め矢玉の支給を減らしておかなければ、一生射撃演習してただろう。生憎、すぐ弾が切れたので、あとは凶暴なだけの観戦者《フーリガン》と化していた。投石は禁止した。あの位置だと、下で戦う味方のたんこぶ増やすだけだからね。攻撃手段を奪われた民兵共は、単なるナイス暴徒と化していた。

そして、決定打となる騎兵戦。このお膳立てをしてくれたのも帝国軍だ。まっすぐ突撃するだけなら、練度は必要ない。私かメアリが鬼の形相で怒鳴りつければ、まず馬がビビって走り出す。

でも戦いながら後退するなんて芸当は、かなりの訓練が必要になる。ましてや半包囲するとなれば凄まじい練度が必要になる。うちの地元民でも難しい。彼ら帝国軍は、その難事業をぽっと出の小娘（本業：公爵令嬢）（家出中）（彼氏もあわせて募集中です）の指揮のもとやってのけたのだ。

たまらん。お持ち帰りしたい。連隊ごと連れ帰りたい。父も喜んでくれるはずだ。以前、野良猫を拾った時は返してきなさいって怒られたけど、今度はいける。お世話できるから。ちゃんとご飯もあげるから。

最後の一撃だけは、うちの地元民に任せた。メアリのガス抜きのためだ。戦闘力とかどうでもいい。馬に乗れればなんでもよい。だって突撃するだけじゃん。

以上。主戦場はすべて帝国軍で片付けたのだ。

「ですから、私なしでも勝てるはずです」

「無理です」

「間違いなく死にます」

「これだから天才は困る」

ははは、こやつらめ言いよるわ。

すっかり仲良しである。

でも、フランクすぎない？　帝国ってこんな感じなのかしら？　それでいいのか軍事大国。

その後も、私の指揮能力とメアリの蛮勇について、皆さんからは絶賛された。

もともと、このグリム要塞は、王都とレンヌを結ぶ街道の要地にある。すなわち戦略的要衝。対帝国戦で、西の防衛線を抜かれた時の備えとして、陣地化をほどこしていた。それが王国軍の突撃を阻んだ縦壕である。

これが縦壕じゃなく、畑の畝であったなら、かぼちゃやスイカを作れたのに。スイカは私の好物である。それが、なにが悲しくて人殺しする準備のために硬い地面を掘り返さにゃならんのだ。不毛きわまる。ロートリンゲン少佐《帝国軍重装歩兵隊第二連隊長》の頭ぐらい不毛だ。ごめん、でもお見事な禿頭で、私は好きよ？　なでなでしたくなっちゃう。

　概ね感想も出尽くしたあたりで、ランズデール騎兵隊の伝令が来た。捕虜の整理が終わったとのこと。

「了解。少し中座します。少し王国の者たちと話して参りますわ」

「承知しました」

「ご用命があれば、なんなりと」

　会話とはかくあるべし。まったく、元敵国人とは思えない。同国人との意思疎通もこれぐらいスムーズにいくとよいのだけど。

## 27．男の子の意地とわたし

　さて、私はここで、自らの見込み違いについて白状せねばならない。

「近衛騎士団《あのれんちゅう》、思ったより強かったね」

「ええ、なかなかに楽しめました」

「その感想はおかしい」

そう、王国軍が強かった。

想定の百倍ぐらい強かった。単純な戦闘力じゃない。戦意の高さだ。当初は、ちょっと小突いたらすぐ潰走する想定だった。なのに奴ら、死にものぐるいで突っ込んできやがったのだ。

やめろよ。そういうの。やる気出すとこじゃないだろ。重装騎兵とかタッパがあるから、押し返すのが大変なのだ。さすがの私も焦った。戦闘中、平静装うのに必死だった。

私はポーカーフェースが得意だ。ババ抜きとか、ババが来た瞬間に表情抜け落ちる。おかげさまで、カードで勝てたためしがない。

と、実はひやひやものの戦いであった。

幸い友軍である帝国軍が、私の期待より二段ぐらい強かったから助かった。これがウェルズリーさんちの私兵なら、血で血を洗う殲滅戦だ。王国軍は死兵だった。諸侯軍はオールウェイズ死兵である。この両者がぶつかれば、先に待つのは阿鼻叫喚の地獄絵図だ。もうほんと勘弁してほしい。

軍隊の強さとは、いくつかの要素で決まる。

練度、装備、補給、指揮官などいろいろあるが、中でも兵の士気は、もっとも重要な要素だ。

なにしろ、前を向いて、集団で立ち向かってくる人間は強い。必死で戦う人間を正面から下すのは大変なのだ。逆に、背中を見せて逃げる相手は、倒しやすい。巨体の蛮族だろうと、後ろから矢を射掛けるだけだ。背中を即席のハリネズミにしてやれば勝てる。

士気とはそれぐらい大事である。

で、今回の戦いだけど、王国軍の士気は王都外壁北門の防御塔より高かった。

でも、私にはあの人たちが戦う理由がよくわからなかった。

まず、彼らが忠誠を捧げるのは国王のジョン陛下だ。陛下のためなら、奴らは死にに来る。なにせ国王ラブ勢だから、陛下のためとなればレミングスのごとき突撃も敢行する。でも、陛下は穏健派、争いごとは好まない。ゆえにいきなりの殺し合いは合点がいかない。

私たちに兵を差し向けそうなのは、エドワードと王妃殿下だ。

でも、あの二人のために。命をかける人間がいるかしら？　私なら絶対ヤだ。だって怪我しても、見舞金とかくれなそうだもん。

貴族とは傭兵だ。契約に従って、王様に雇われ戦争する。当然、雇い主は選ぶ。金払いが悪い連中は、基本、願い下げである。

というわけで、騎士団の人たちが戦う理由がわからない。

「ゆえに、事情聴取する」

尋問のため、士官級で動ける者を全員招集した。

今日でこそ、敵味方に分かれたけれど同じ旗のもと戦った戦友たちだ。私は彼らに、縄をうったりはしなかった。

私が幕舎に顔を出すと、捕虜になった騎士団のみんなは神妙な顔で私を見た。

とりあえず、戦闘終わっても「ぶっ殺してやる！」みたいな精神状態の奴はいないらしい。

では、ごほん。

「さっそく質問。あなたたち、どういう理由で戦ったの？　納得のいく説明をして頂戴」

「はい。……お話いたします」

彼らはしょぼんと頷いた。それから今日この事態に至った経緯と、彼らの思いを話してくれた。

彼らは戦いたかったのだという。

蛮族の侵攻に帝国軍の戦い、ずっと彼らは留守番だった。そのうえ国王様のピンチになにもしないことに耐えられなかったと。

なるほどね。

「これは、もしかして……」

「中二病……」

クラリッサ、たぶん、正解。

うぐぅ！　っていううめき声が聞こえた。

「正直ホッとしたわ」

「今の話に、ホッとする要素ありました？」

「人質とか取られていたらどうしようかと思ったもの」

私が危惧していたのは、人質だった。

近衛騎士団に私たちと積極的に戦う理由はない。でもそれだと、王妃やエドワードは困る。無理やり戦わせねばならない。どうするか。私なら人質取るね。なに、ヒロインの所業じゃないって？

そういうのは余裕がある人間が言うことだ。私は、かわいさより安全をとる。

騎士団の人たちには家族がいる。だから、もし、奥さんや娘さんの身柄を盾にとられたら、彼らも戦わざるを得ない。でも、一人二人ならともかく、三万人も動員をかけるには現実的ではない。騎士団全軍を動かすほどの要。実はいるのである。

エドワードの腹違いとなる二人のお姫様がそれだ。

王妃のマグダレーナ殿下はあれな人だ。ゆえに、ジョン陛下は周囲の勧めで側室を迎えていた。そして王女様を二人ほどこさえていた。お名前は、シャルロットちゃん（三歳五ヶ月）とリーゼリットちゃん（二歳七ヶ月）である。

私も一度だけお会いする機会があったのだけど、かわいかった。筆舌に尽くしがたいかわいさだった。「アリシアおねーたま」と舌っ足らずに呼んでくれたときなど、血の気が引いた。全血液が鼻血で噴き出してんじゃないかと思った。幸い、御前を私の生き血で染めることはなく、無事私はご挨拶を完了した。

そして、よーし、アリシアおねーたま、頑張っちゃうぞー。と、張り切った結果が、その年の北伐である。普段は慎重派の私だけど、このときばかりは本気出した。自分でもびっくりするぐらいやる気出た。その後めちゃくちゃ殲滅した。

お姫様の命がかかったら、騎士団も本気を出してくるだろう。

宮廷の中に限れば、王妃殿下も好きにできる。

ありうる、ありうるぞ……。

以上が、私の妄想だ。

メアリは「またアリシア様が脳内で一人相撲してる」って顔で私を見てた。返す言葉もございません。

はぁ――――っ。大きなため息が出た。

「わかったわ。つまり貴様らがやる気出したのは、アランに煽られたからか」

「はい。そのとおりでございます」

「バカもーん！」

「すみませんでした！」

私は怒った。

あまりの短絡さに怒った。

「エドワードぶん殴ったアリシア様には言われたくないと思いますよ」とメアリは言った。今、私がもとめてるのは、そういう正論じゃない。「正論が人をキレさせることはいくらでもありますが、正論が人を救った例は有史以来一度も存在しません」と偉い人もおっしゃっている。

あのね、君たち。

戦端開く前に、ちゃんと交渉すべきでしょ！　軟弱って呼ばれるのが嫌だって気持ちはわからんでもない。私も領主貴族で軍人だ！　でも、話し合いはすべきでしょ！

「先に、手紙の一つでも寄越しなさいよ。そしたら、筋書き付きのプロレスで済ませたのに」

「うぐぅ！」

うぐぅじゃないぞ、ベルトルト！

一口に戦争というが、殺し合いするばかりが芸じゃない。

最初から示し合わせて戦うこともある。というかそっちのほうが多い。戦争とは武力を用いた交渉の一種なのだ。

「最初強く当たって、後は流れでお願いします」って感じで事前に話をつけておくと、被害をぐっと抑えられる。もちろん石弓と投石と火薬兵器は禁止だ。雪合戦の雪玉に本物の石を埋め込むレベルの外道行為である。

それがいきなりガチンコバトルって、お前ら頭おかしいだろ！

動員費用に傷痍軍人年金、なにより泣く身内のことを考えろ！

まったく、これだから、戦争童貞は困る。

戦争の作法を知らん……。

とにかく話はわかった。眉間を押さえながら説教する。

「事情はわかりました。双方の誤解も解けた今、戦いは終わりです。追って沙汰は伝えますが、今はゆっくり休みなさい。ご飯には温かいスープがつきます。帝国軍の皆さんに感謝するように」

「ありがとう、存じます」

騎士団の人たちは揃って頭を下げた。

私は、今回の戦いにおける一番の功労者は、ジークハルトさんであると考えている。

戦争は難しい。

なにが難しいってなにもかも難しいが、まずは人間関係が難しい。

例えば二つの戦場があったとしよう。片方は安全で、もう片方は超危険。

こういう場合、普通の人間なら安全な方に行きたいと思う。少なくとも私は安全な方がよい。保身が第一。我が身がかわいいアリシアである。

しかし軍隊みんなが私のようなチキン・ガールの集まりだと、危険な戦場が手薄になってしまう。ゆえにだれかは貧乏くじをひかねばならない。そして、この大厄を押し付けるために指揮権というものが存在する。

言い換えるなら「おい、お前、みんなのために死んでこい」と言う権利だ。逆らうことは許されぬ、すごい権利だ。私も一度は言ってみたい。

おい、エドワード、お前、ちょっと行って死んでこい。

我ながら、外道。

で、ジークハルト殿下は、そのすごい権利を私に譲ってくださった。彼は帝国軍の総司令官なのであるが、「実績と識見、いずれを鑑みてもあなた以上の将はいない」と、全権を私に預けてくださったのだ。外国出身で、十代で、ちんちくりん女であるこの私にだ。

正気か？　私は思った。

正気だった。どころか、殿下はきわめつけに周到だった。

私への指揮権譲渡を全軍に布告しただけではない。作戦会議には、必ず自分の隣に私の席を設けてくれて、意見も都度聞いてくれた。「俺はアリシアを尊重しているぞ」と態度で示してくれたのだ。やりすぎたせいか、他の指揮官の皆さんから変な視線を向けられてたけれど、かけらも動じたりしなかった。実に頼れる。本当にすごい人だ。

あと付け加えておくと、会議のたびに出される茶菓子がことごとくおいしかったのが素晴らしかった。会議も五回目ぐらいになると、私の好みも見抜かれていて、サクサクした焼き菓子が山盛り出されるようになった。

正解だ。私の場合、甘くて食べごたえがあるものを出しておけば間違いない。まぁ、帝国の食べ物はどれもおいしいけど。

これが王国の場合、キャベツの酢漬けとか干し肉が出てくる。酒のつまみだ。酒飲み共は喜んでいるが、未成年の私は非常に不満だ。以前はこの不満をメアリとも共有できていたのだけど、飲酒可能年齢になったとたんに裏切りやがった。なにが永遠の十七歳だ。場末のおっさんみたいな飲み方しやがるくせに。

以上。とにかく、帝国軍は素晴らしかった。

次に難しいのは、補給だ。

よく勘違いされるのだが、補給で難しいのは輸送だ。物資の調達ではない。よく麦の値段が上がっちゃって買えないー、みたいな話を聞くが、軍隊に限ってそれはない。強制的に徴発するだけだ。街の金貸し共が雇っているチンピラより、完全装備の重装歩兵のほうが強い。ゆえに力ずくでぶんどるだけだ。

しかし前線では、そのぶんどる物資が存在しない。ゆえにご飯を前線まで運ばねばならぬのだが、これが本当に大変なのだ。

輸送用の荷駄を手配して、人足を用意して、馬や牛を準備して、荷物を梱包し、前線に送り、その物資が横流しされていつの間にか消えてるのがいつものパターンだ。本拠の物資が前線に届くころには、八割方消えている。天使の取り分なんてちゃちなもんじゃない。もはや、天使の税金だ。八公二民とか、末期の王朝でももう少し有情だ。百姓一揆すら起こせんレベル。

しかし、帝国は違った。彼らの場合、戦争は輸送計画の策定から始まる。特に支配地域内の作戦では、まず物資集積所を構築する輜重隊が先発、後から進発した本隊は先行部隊が準備してくれた補給所からご飯を受け取れるという寸法だ。

ゆえに、食いっぱぐれがない。

今回の戦いでも、軍官僚の皆様がてきぱき手配を済ませてくれた。ついでのようにクラリッサもお仕事をしてくれて、うちの実家から来たおっさんたちの食事の手配をしてくれた。「飯抜きの日が一度もなかった」と奴らはとても喜んでいた。

ちなみに、いつもの経理担当は私だ。なにしろ総司令官も兼務しているものだから大変に忙しい。結果、週に一度ぐらいの割合で温食の配給に失敗する。

すまない。育ち盛りのおっさんたちに、飯抜きはきついだろう。でも、頭脳労働できる人間が私だけなのが、そもそもの問題なのだ。もっと周りも手伝うべきだ。特に頭に「メ」がついて後ろに「リ」がつく名前三文字の女。

以上。

とにかく帝国軍はすごかった。

彼らにとって戦争とは、まず物流《ロジスティクス》の話なのだ。「帝国軍は道造りながら進軍する」という都市伝説は、たぶん本当のことだと思う。

この戦いで、私は戦闘の指揮をした。

裏を返せば、戦闘の指揮しかしなかった。

先立つすべての準備はジークハルト殿下と、帝国軍の皆さんがしてくださった。

勝敗は、戦う前から決まっている。備えある者が勝ち、備え乏しきは、冬場のキリギリスみたいに敗北する。

今回、準備は完璧だった。

ゆえに私は絶対に勝たねばならなかった。

で、今回の戦闘である。私結構ミスった気がするんだよねぇ。

一番の失策は、敵の戦意の高さを見誤ったことだ。半歩間違えたら、ぐっだぐだの消耗戦になっていた。お預かりした兵隊さんを無意味に損ないかけたのだ。

これは失態である。

私たちは殿下への報告に向かっていた。

しくじった自覚があった。やばばのやばばのやばば大王だ。

私はため息をついた。

「たぶん、殿下からは、叱責されると思う。巻き添えで怒られたらごめんね、クラリッサ」

クラリッサは小首をかしげた。

「なにか問題ありましたっけ？　私たち、勝ちましたよね？」

「当初の予定とは一部動きが変わったのよ。敵の戦意を読み違えたわ」

「えぇぇ……、心当たりないですけど」

「私は、心当たりがあるわ。メアリ、私の盾になりなさい」

「やです」

この女はー（怒）。

今こそ、そのご立派なダブルエアバッグの出番だろ。私自前のはちょっと性能に不安があるのだ。ちょっとだけ……。だから、代わりに行け！

これが、諸侯の連合軍であれば問題なかった。なにせ、練度が低い。クソ低い。ゆえに細かい戦術など立てるだけ無駄。「各隊、持ち場を死守して任意戦闘、しくじったらそこで死ね」ってなもんだ。指揮官は、よほどの大ガバをしないかぎり、責められたりしない。

しかし、帝国軍は違う。高い作戦遂行能力を有する。

それが苦戦したとすれば、作戦が悪かったということになる。

ラクショーっすよ、と請け負っておきながら、いざぶつかったら敵の戦意が予想以上で危なかったとか、ちょっと許されざる事態である。少なくとも私なら激怒する。

私は怒られるのが苦手だ。怒られ慣れてない。なにしろ、ずっと総司令官のポジションでふんぞり返っていたものだから。思わぬ弱点だ。

正直、逃げたい。超逃げたい。だが、逃げ場がない。

グリム要塞の東門二階、仮設司令部の扉の前にたどり着く。

中では、ジークハルト殿下がお待ちのはずだ。

すー、はー、深呼吸。

よし、腹くくれ、アリシア！

「アリシア・ランズデール、参りました。今作戦のご報告を……」

「っしゃオラッ！　これがアリシアの力だ。見たか、元老院のクソボケ共が！」

殿下が叫んでいた。

大きな机の向こう側、奇声を上げつつシャドーボクシングをなさっていた。

これ、怒られる感じじゃないですね。

私は安心して報告を開始した。

# 28．帝国と皇子

「戦争などくそくらえです」

最初の軍議、その席上で、アリシアが発した第一声がこれだ。

これが彼女以外の口から出た言葉であれば、俺たちは絶対に許容しなかった。他でもない、大陸最強を謳われる将帥の言葉であればこそ、俺も列席の諸将も満腔の同意とともに頷いたのだ。

戦争は悪だ。

俺たちは、その自覚のもと、軍事大国をやっている。

強大な力は、抑止力であるとともに、先制的自衛を実現する武器でもある。国家による武力行使を最大の愚行と断ずればこそ、我々は外交手段としての軍事力を研ぎすませるのだ。

まぁ、逆に言えば、一部の人間の私利私欲を満たすための玩具にするのは許されない。

このことをすべての皇族は徹底的に教育される。

しかし、帝国は巨大な国だ。ゆえに、その事実を理解しない連中もそれなりの数、存在する。

そしてその一部は、国権の執行機関である元老院にも巣くっていた。外患誘致の反動主義、あるいは、国民主導の専制革命により権力を奪われた衆愚制の残骸ともいうべきそれが。

「殿下、いい知らせです」

「どうした?」

「本土、二十三日付け一面記事、クソ共が釣れました」

王国軍との決戦より遡ること七日。コンラートの報告だった。

実に清々しい顔をしている。

「どちらが釣れた?」

「両方です」

「素晴らしい。寄越せ」

コンラートが投げた紙束を右手でつかむ。

表紙には、前日発行された新聞の一面記事が無造作にはりついていた。

『第一皇子ジークハルト、兵権を情婦に売り渡す』

情婦とは無論、アリシアのことだ。

まったく、笑える冗談だった。

「アリシアを情婦にできるのなら、最初から苦労などせんわ、馬鹿共が」

「不定見に下衆の勘繰りとか、奴らにふさわしい言い草だと思いますけどね」

冷たい目をしたコンラートが、つまらなそうに肩をすくめた。

俺は帝国の第一皇子だ。

いくつかの泥沼化した戦線を収拾し、それに倍する帝国の仇敵を退けてきた。市民、国軍いずれからの支持もあつく、絶対的な帝権の正当性を象徴する一助ともなっている。

おかげさまで、政敵からの憎悪にも不自由しない。

帝国は大国だ。

当然、一枚岩ではありえない。外患に、宗教問題、民族問題。帝国が抱える問題は多かったが、中でも特に俺を憎悪する集団が二つあった。

一つは、反戦派。

戦争は悪であり、ゆえに軍もまた悪であるから排除しろと宣う理想主義者たちである。

その実態は、帝国を仮想敵とする諸外国が繰り出した弱体化工作の一形態だ。

要するに外患だな。平和ボケした軍縮キャンペーンで、帝国軍の弱体化に成功すれば、周辺の諸外国はちょっかいをかけやすくなるというわけだ。

反戦派の主張そのものは、お花畑な代物だ。「我々が武装しなければ、蛮族も敵国も戦いを自ずから放棄する」などという、根拠不明な願望の押し付けが、奴らの主張のすべてである。もはや宗教に近い。春のお庭できゃっきゃうふふする白昼夢に酔いたいなら、勝手に集会《サバト》でも開いて酔《ラリ》っていろと言いたいところだが、困ったことに都市部の市民にも一定数の支持者がいるのが面倒だった。

以前一度、見目麗しい少女を平和の聖女と祭り上げて「戦いは何も生みません。愛こそが正義です。みなさん、武器を捨て手に手をとりあい進むのです！」などというプロパガンダを流していた。

蛮族の襲撃に晒される地方都市の民衆からは、「だったら一度、蛮族共に殺されてこい」と批判が集中。腹を立てた連中は、自らの正しさを示すべく「非武装キャラバン」なるものを企画して、辺境の危険地帯への団体旅行を決行し、漏れなく全滅した前科がある。

現地の守備隊に「第一市民である自分たちを護衛しろ」と居丈高な要求を突きつけた挙句、匪賊徘徊地帯へ突入するデスマーチを敢行、帝国支配地域限界まで付きそった守備隊から糧食を強奪した挙句の惨事だった。

当時の護衛にあたった遊牧民出身の部隊長が、「下手に金目のものを抱え込むのは危ない」と、至極まっとうな忠告まで残していたというのにだ。

武装しない金持ちがどうなるかというよい例だな。

帝国が武装を解除した場合の未来図でもある。奴らの主張するように非武装宣言などした日には、国レベルで同じことが起きるだろう。

この同胞殺しの平和主義者だが、「市民を見殺しにした現地守備隊を処罰しろ」などと喚き散らし、帝国軍を民事裁判で訴えた。俺は、軍の代表として弁護の論陣を展開。奴らの稚拙な論理を丹念に切り刻み、鍋でコトコト煮込んでから排水溝《ドブ》に捨てた。なぜだか盛大に嫌われた。

解せぬ。俺は、正しいことをしただけなのに。

ということがあり、以来、敵同士仲良くやりあっている。

ちなみに、この件で訴えられた守備隊長は、感謝の手紙と贈り物を贈ってくれた。俺は感謝して受け取ったが、荷物の中身に、奴の娘が交じっていたため大変面倒なことになった。返品不可とのこと、引き取り先を探すのに苦労した。最終的には内地勤務のオスヴィンという男にくれてやった。二人とも、仲良くやっているそうだ。


もう一つは主戦派だ。

帝国こそが正義であり、周囲の夷狄を帰順させるのは、我らの当然の権利などと宣う連中だ。

その実態は、現地の商人や太守と癒着した汚職官吏と政治家である。

戯曲の悪役みたいな奴らだ。毎週水曜夜八時、入れ墨彫ったご隠居の上皇に奇襲されて惨殺される悪代官&悪徳商人コンビみたいな連中。

戦争は儲かる。

遺族と、傷痍軍人と、財務官僚の嘆きに蓋をすれば、大量の軍需物資に土木工事、その他もろもろの利権を束ねて実に効率よく蓄財できる。愛国心と国家への忠誠を口では謳い、反対意見を売国奴の言葉で退ければ大義名分にも事欠かない。第一皇子であるこの俺を、国賊呼ばわりしたあの豚は、帝国語を一から勉強しなおすべきと思ったが。

俺は奴らが嫌いだった。そして奴らも俺が嫌いだった。必然的に衝突した。

泥沼化した戦線、停戦を主張する俺を腰抜け呼ばわりした挙句、前線に置き去りにした政治屋共は、なんでか生還した俺を見て、目の玉ひん剝いて驚いていた。正直、奇跡に助けられた感はあるのだが、とにかく生存は生存だ。

無事生還した俺は仕返しに、主戦派の一味を徴兵し「愛国連隊」を編成して前線へと叩き込んだ。

連中は、特権意識をむき出しに現地指揮官にたて突き、抗命、拠点放棄に敵前逃亡の三連攻を流れるように決めてから、さっくり叛徒に補足され約半数が名誉の戦死を遂げた。残りの半分は捕虜になり、何カ国かを経由した後、蛮族に念入りに調教されて戻ってきた。「お空綺麗」としか言えなくなった連中を見て、残された連中はようやく沈黙した。

現地指揮官からは、「粛正するなら自分の手でやってくれ」と苦情があった。挙句、他の主戦派共からは目の敵にされるし、とんだ貧乏くじであった。解せぬ。

以上、俺は至極まっとうな皇子であると自負しているが、それでも敵というものはできてしまうものなのだ。俺の優れた人格をもってしても如何ともしがたい問題であり、まぁ、仕方ないかと割り切っている。

今や帝国では、反戦派と主戦派は裏でがっつりとつながっていた。

両者とも俺が目障りという点で利害が一致したらしい。

そんな彼らの本丸が、帝国の執行機関である元老院。約百年前の民主革命により皇帝へと国の主権が移ったのだが、衆愚政治の時代になめた甘い蜜が忘れられない者たちがまだ結構な数が議事堂の隅にへばりついていた。

アブラムシかなにかかな？

「まとめて駆除したいのだが、いいだろうか？」

「待て。焦るな。機会はいずれやって来る」

俺は粛正を提案したが、父はこれを退けた。

有無を言わせぬ強権の発動は、必然的に周りを巻き込む。当然、禍根を残すだろう。ゆえに父の言葉は正しく、俺も気長になることにした。

そして機会が訪れた。

アリシアだ。

俺はアリシアに兵権を委ねた。

これは本来、ありうべからざることだ。

なにせ、もしアリシアが敗北すれば、万に近い兵の命が失われる。

が、その無茶を百回通してもおつりがくるだけの実績を彼女は有しており、しかも都合がよいことに、彼女は帝国では無名だった。なにしろ帝国は大きいので、市民は外国の動きに疎いのだ。

「そういえば米国もそうでした」とコンラートが笑っていた。

アリシアの見た目は、十代の小娘だ。そして美少女である。

俺の情婦と言われれば、やや幼すぎるがまぁ納得できなくもない容姿。少なくとも、軍神とまで呼ばれる将帥には見えない。

そんな小娘に軍を預けるというのは、権力の壟断と見えなくもない。そして、自分で言うのもおかしな話だが、俺のアリシアに対する傾倒は異常。

ゆえに、自分の女に入れ込んだ挙句、権力を貢いだバカ皇子という図式が成立する。

「という内容で連中を誘導しろ。委細は任せる」

「了解です。久々に楽しい仕事で腕が鳴ります」

コンラートは、実にいい笑顔で俺の命を引き受けた。

奴は有能だ。本人もだが、手下が便利だ。特に、報道や大衆誘導をやらせると実にいい働きをする。合法の情報屋から、ダブルスパイに至るまで手駒が多いのが素晴らしい。

「ところで、予算はどれほどつきますかね？」

「糸目をつけるな、盛大にいけ。時間がない。金で買え」

「そういう気前がいいところ、大好きですよ」

コンラートは勇躍してことにあたり十分すぎる成果をあげた。

以上、そんな背景のもとで、今回の戦いは行われたのだ。

親切な皇子様が哀れでかわいいお姫様を助けたというのは、一面の事実だ。だが、残念ながら、それだけで食っていけるほど、帝国の皇子は楽じゃない。

彼女に対する好意はある。だが、それとは別に俺の目論見も存在する。よい権力者というものは、本質的には欲張りで、怠惰なのだ。

両取りできるなら、遠慮しない。俺は、親父からそう学んだのだ。

# 29．戦争と皇子

グリム要塞跡の戦いは終わった。戦闘は半日で決着。

俺は、その一部始終を目撃した。

「何もすることがなかったな」

「見てるだけで勝ちましたね」

「とんでもない女だな」

勝つとは思っていた。実際勝った。圧勝だった。

アリシアから作戦についても聞かされていたのだが、その内容は王国軍がかわいそうになるような代物だった。

予め陣地構築を済ませた要塞跡に敵を誘引。密集隊形をしいた自軍の歩兵集団に対し、不利な散兵戦術による突撃を強要させる。しかも足場の悪い戦場で矢の弾幕のおまけつき。攻めあぐねた敵軍が手詰まりになったところに、両翼騎兵をぶつけて決戦能力を粉砕、撤退へと追い込む。

字面だけでわかる。

王国軍に待つのは地獄だ。アリシアから説明を聞くうちに、士官たちの顔色がみるみる悪くなっていったのが面白かった。俺は俺で、胃のあたりが痛くなっていたわけであるが。あどけない笑顔が語る三次元的殺し間《キルゾーン》のえげつなさたるや、ギャップから来る寒暖差で、聞いてるこちらは笑うしかない。

なにせもともとの仮想敵は俺たちだった。

「殺す場合は、バリスタが効果的だと思います」

優しい笑顔のアリシアだった。

もう一度言う。仮想敵は俺たちだった。

明日は我が身、今回の布陣を正面からやぶるには、どれほどの戦力が必要なのか。立場上、俺は思いを巡らさざるを得ない。

二倍、五万程度の兵数では勝ち目は薄い。よしんば勝てたとしても、かなりの損害を強いられる。最善手は戦闘の回避。戦略的転進が一番マシな選択肢。

要するに敵前逃亡である。しかし、逃走を進言した参謀がいたとして、おそらくだれも責めないだろう。

で、今回の王国軍だが、全軍合わせて三万弱。そして彼らには戦う以外に道はない。最初から詰んでいる。開戦に先立ちアリシアが、「勝ちます」と断言したのも頷ける。

もちろん敵が、アリシアに匹敵する戦術兵器を前線に投入できるのなら話は別だ。アリシア対アリシアなど、もはや神話上の決戦だが、しかし、あれほどの戦闘員がそう何度も自然発生するものではない。してたまるか。

そして結果だ。

指揮所、伝令将校が最終的な戦果をもたらした。

「戦果確定しました。損害は、戦死八十七、負傷三百二十、負傷者のほとんどは軽傷です。対する敵損失は死傷者に捕虜合わせて二万弱とのこと」

「戦死者二桁……」

「どういう原理でそうなった？」

「知るか」

いや、原理はわかる。一応わかる。さっき見た。この目で見た。俺たちでは再現できないだけだ。例えば、アリシア直接指揮による右翼の騎兵戦。少数の手勢で平然と半包囲などしてみせたが、普通は無理だ。中央を抜かれて負ける。

アリシアの采配の恐ろしさは、弱兵すら生存させる徹底的な手堅さにある。そのために、自身の戦闘力を戦術の歯車として活用する。ゆえに、兵種すら雑多な混成軍をもって、俺たち帝国を圧倒し続けたのだ。

そんな娘に、精兵を与えればどうなるか。

こうなる。


帝国では俺たちの目論見通りにことが運んでいた。

連日のように俺に対する批判が巻き起こる。

曰く、小娘一人を得るために、国軍を無断で動員した色ボケ。

曰く、王国とかいう二流国に全敗しつづけた無能皇子。

曰く、平和の敵の日和見主義者。

まったく、ここまで嫌われていたのかと、逆に感心してしまう。言論の自由も考えものだと宮廷官僚共が漏らすわけだ。しかし俺は、これがうちの国のよいところだと思う。言いたい放題言うためには、発言者も実名を公表する必要がある。それが自由の対価というもので、大変に都合がよかった。

元老院の反皇帝派《おれたちのてき》は、戦争評論家などというよくわからんものまで連れ出して、「今回の戦いで、帝国軍は負ける。槍兵の性能は同等だが騎兵の性能がうんぬん」などと的はずれな批評を宣っていた。

そういうセリフは、一度でもアリシアの騎兵突撃を浴びてから言え。

しかも、連中はそれだけでは満足しなかった。なんと元老院の議員共は皇帝《おれのちち》を公会堂に呼び出して、敗戦時の責任について言質まで取ったらしいのだ。

もし俺《ジークハルト》が負けたら兵権を議会へ返上すると、父は宣言させられていた。勝ったら、「相応の」対価を受け取る引き換えに。

父は、このとき、どんな顔をしていたのだろう。

「お前は自由にやるといい。こちらはこちらで好きにやる。そのほうが絶対楽しい」

以上が、彼の言葉だ。さぞかし楽しんでいることだろう。

そして、俺たちは勝った。

正確にはアリシアが勝ったのだが、しかし、アリシアはもう俺たちのものだ。

ゆえに、俺たちの勝利と言っていい。

「発言が三下ください」とクラリッサからは笑われた。

知ったことかと俺は思った
勝報を受けた司令部には、歓呼の叫びが連鎖した。

「見たか、元老院のクソ共が！」

「いや、最高の手土産ですな！」

「クソ共の吠え面で、酒がうまい！」

そうとも、俺たちは勝ったのだ！

司令部はすっかり戦勝気分に染まっていた。

なにしろそこに詰めていた連中は、「前線だと足手まといだから、安全なところで見学してろ」と現場を追い出された者がほとんどだ。

俺も同じだ。アリシアに、「殿下に死なれると困ります。すぐ死にそうだし」などと言われて後方に下げられた。さすがにむっとしたが、なぜか幕僚の全員が同意したために反論すらできなかった。「さすがはアリシア様だ。よくわかっておられる」と、アリシアはなぜか株を上げていた。おのれ、裏切り者共め。俺は切歯扼腕した。しかし、こうも盛大に勝たれては、文句も言えぬ。

つまり、俺はいやいや後方に下げられて、何もすることなく味方の勝利を眺めていた。当然、エネルギーとフラストレーションは臨界点だ。

必然的に
「宴会しよう」

となった。

そして、気づけば、酒保から持ち出された酒樽と人数分の酒盃が全員に配られていて、俺の隣には満面の笑みの作戦参謀が、とっておきの酒の相伴に相好をくずしていた。俺自身は、あまり飲まないのだが、飲み会は好きだ。酒好きがこういうときだけ俺にごまをすりまくるので。

アリシアはまだ忙しくしているようだった。

彼女も仕事が終わり次第呼ぶとして、座を温めておくのも礼儀のうち。

乾杯の音頭を前に、俺は、反戦派議員のネズミ面を想起した。

ああ、奴の顔ももうじき見納めになるのだな。

くたばれ、このゲバネズミ！

俺が、その幻影に、ジャブジャブストレートの三連をたたきこんだタイミングで。

アリシアがやってきた。

軍装すら解かぬアリシアが。

アリシアは目をまんまるにしたあとで、破顔した。

「……殿下の勝利をご報告いたします。皆さま、お楽しみのようで、わた」

「アリシア様が来るまで待てんのか、このバカ共は！」

アリシア付き連絡役のクラリッサが爆発した。


「本当に、すみませんでした……」

「気にしないでください。むしろ安心しました。怒られると思ってたから」

「アリシア……。これだけ勝って、一体何を怒られると言うんだ……」

なんでも、アリシアは、戦闘後も戦後評定やら、捕虜の尋問やらと、忙しく走り回っていたそうだ。しかも信じがたいことに、戦術に落ち度があったらしく陳謝するつもりであったという。

落ち度？　何かあったか？

俺も含めた全員が疑問符を浮かべた。理解不能だ。

戦果についていうなら、帝国史に残るレベルの大勝利だ。これで落ち度があったというのなら、俺の軍での実績は落ち度しかないことになる。事実、最近は落ち度しかない気がするが、これでも昔は俺も戦果をあげたのだ。

まぁ、アリシアから見ると完璧な戦いではなかったのかもしれない。

徹底的に敗因を潰そうとする彼女の姿勢は見習うべきだ。それは、後日、評価すればよい。

問題は、今現在、怒り狂うクラリッサだ。

クラリッサは、叱責を心配するアリシアを見ていたらしい。そして彼女をどう弁護すべきかと、頭を悩ませていたそうだ。ゆえに、彼女は俺たちの気の抜けぶりに、余計に腹を立てていた。俺は、言いたい。それは単なる八つ当たりだ、と。

しかし、クラリッサは容赦なかった。馬鹿、アホ、間抜け、帝国の面汚し、と俺たちは散々になじられた。

しばらく説教して一度鎮火しかけたのだが、鼻眼鏡を装備した戦務参謀の某が鳥の丸焼き片手に入室すると怒りが再燃。語彙の限りを尽くして不心得者を罵倒した。連射機構付きのバリスタのごとき有様だった。鼻眼鏡とパーティー用三角帽子をかぶった三人組は、特に念入りに蜂の巣にされていた。奴らは弾除けとしてよくやってくれたと思う。

人殺しの目をしたクラリッサが説教を続ける間、アリシアは、帝国の内情についてコンラートからレクチャーを受けていた。

「あの、ジークハルトという皇子ですが、アリシア様をネタに国内で計略を仕掛けました」

「ほう！」

「今、帝国では、殿下に対するバッシングが吹き荒れています。しかしこれは殿下のマッチポンプで、口をすべらせた政敵の議員共を引きずり落とすのが狙いです」

「なるほど。自分に火をつけて相手を焼き殺すのですね。すごい！」

「ちなみに、俺が主導しました」

「コンラートさんもすごい！」

コンラートは満面の笑みだ。

ずるいぞ、コンラート。

俺もアリシアから褒められたい。

一応、「すごい」という言葉が聞こえたが、自爆炎上する変態みたいに思われている気がする。誤解だ。アリシアにきらきらした目で見られたら、油かぶるのもやぶさかではないが、自ら進んでやる趣味はない。

クラリッサに説教される間、俺はアリシアを眺めていた。彼女は彼女で俺のことが気になるらしく、ちらちらと視線を送ってくれた。

アリシアは、俺と目が合うたびに、控えめに手を振ったりしてくれた。仕草がかわいい。俺がウィンクすると、照れ笑いするアリシアは投げキッスまで寄越してくれた。

俺のハートに直撃弾。

やるな、アリシア。だがこの程度、ただの致命傷だ。

クラリッサがため息を吐く。

「アリシア様からも言ってやってください。この人たち、横着しすぎです。王国はもらう、帝国の政敵は処理する、戦争はアリシアに押し付けるって、欲張りすぎでしょう。同じ帝国人として恥ずかしい」

「私は安心したわ。軍までお借りしてしまったから、少し不安だったの。お話を聞けてよかった」

かわいいかよ……。

「前にも言ったが、俺たちは下心があってあなたを助けている。だからアリシアも、気がねなく俺たちを使ってくれ」

「ありがとうございます。そうします。……でも、その、私が情婦っていうのには、やっぱりちょっと驚きました」

「嫌か？」

「いいえ！　でも、私なんかがお相手なんて、なんだか殿下に申し訳ないなぁって。えへへ」

かわいいとか間違いだな。ただの天使だ。

笑み崩れるアリシアがただひたすらに愛しかった。

彼女の背中に後光が見える。あらゆる罪を浄化する許しの光。

クラリッサの言葉のナイフで八つ裂きにされた幕僚共が、動く亡者として復活する。

「優しい」

「女神だ」

「クラリッサさんも見習って」

馬鹿が一人退場した。

「戦争は準備が大事です。私たちが勝てたのはその準備のおかげ。つまりみなさんのおかげです。だから少し早めに羽目を外すぐらい、いいじゃないですか！　みなさんこそ、今回の戦いの殊勲ですよ！」

「ありがとう、存じます、閣下ぁ……」

補給、情報、戦備計画、いずれにしても後方の仕事は地味だ。危険のない楽な仕事という誤解もなくはない。兵站の軽視がもたらす結果は、歴史が示すとおりだ。しかし、それでも安全な場所に身を置くことに、なにかしらの想いは募る。

アリシアは、そんなくすぶる想いを見事にすくい上げてくれたのだ。

「皆さんは、私を救ってくれた勇者です！」

「うおーん！」

「アリシア様ぁ！」

そして、この日、軍神アリシアは俺たちの女神になった。

なにより、先に宴会おっぱじめようとした罪悪感が、彼女への好感度をうなぎのぼりに上昇させた。もう一生ついてきます、アリシア様、と子飼いの一人が泣いていた。

今後こいつは、俺よりもアリシアを見て仕事をするようになるだろう。

貴様とは初陣以来の付き合いだったな、ベーニッツ。

というか、今日一日で、どれだけの離反者が出たのだろうか？　実戦部隊の連中のほうが女神アリシア教の侵食率は酷そうだが。あとで確認しておこう。

俺も改宗のタイミングを図らねばならないからな。

踏み絵とかさせられたら、審問官の顔面にノータイムで飛び膝蹴り叩き込んでいきたい所存。俺ほどの狂信者はそうそういない自負がある。信仰心の高さで勝負だ。

俺が、自分でもよくわからない妄想を楽しんでいると、宴会が始まった。

おれはアリシアの差し向かい席。皇族特権で確保した。仕える権力は最大限使っていくのが俺のスタイルだ。

隣のテーブルには、アリシアの従者と、いまや小姑のごとき有様になった帝国の女騎士がいて、仕事しかできない俺の腹心がご相伴を務めていた。コンラートは両手に華だな。俺は片手に大輪の華。

楽しげに笑うアリシアに、俺はもう一度頭を下げた。

「改めてすまない。大勝に気がゆるんだ。面目ない限りだ」

「構いません。当初から周辺警戒は、予備部隊に任せるのが予定だったのですから、本当はもっと気を抜いて頂いてもよかったのです。それに、上がいつまでもぴりついてると下も気兼ねしますしね」

「それはわかっているのだがな……。最低限、アリシアは待つべきだった」

「殿下は真面目ですね。……殿下のそういうところ、私は好きです」

そして口元をおさえてうつむいた。

好きって。好きって言ったぞ！

つまり、この娘は、もしかして、俺のこと好きなのでは？　だって、今、好きって言ったし。

確認のため、コンラートに視線を送ったが、奴は目の前の巨乳に釘付けだった。

メアリは、「胸当てを取ったらすごいんです」と言っていた。

たしかに、すごかった。アリシアも、別の意味ですごかった。

コンラートはメアリのたわわなメアリにくびったけだ。俺も昔はメアリのほうが好みだったが、アリシアだけは特別だ。アリシアのアリシアもまた、一つの希少価値である。まぁ、それはそれとして、たしかにメアリはすごいと思う。

そして、デレデレする俺たちを見るクラリッサは、厳冬期の雪女みたいになっていた。

宴会は、素晴らしい盛り上がりを見せていた。

その中心は、メアリだった。

「おいしぃぃぃ！　おいしいお酒がいっぱいです！　帝国軍はとってもよい軍隊です！　だってお酒がおいしいから！」

「まだまだありますよ、准将殿！」

「樽で出します。どうせ、殿下のおごりですから！」

「ひゅー！　最高だぜー！」

すごいな。

侍女殿は、こんな娘であったのか。

アリシアから話だけは聞いていたが。なかなかないレベルの酒乱。

その主人であるアリシアは半目になってうめいていた。

「メアリ、もう少し自重して……」

「無理です。だってお酒がおいしいからー！」

「何遍、『おいしい』を連呼してるのよ……」

アリシアが机に突っ伏した。

こちらとしては嬉しくなる光景だ。

「お気に召して頂いたようでなによりだ。いくらでも土産で持って行ってくれ、従者殿」

「最高か！　一生ついていきます、ジークハルト殿下様！」

「殿下、甘やかしてはなりません！　メアリは際限なくつけあがります」

「けちー！　焼き餅焼かないでアリシア様ー。アリシア様も大好きですよー！」

「いいから黙んなさい！」

「本当に仲がいいな」

ここまで喜んで飲まれるなら、酒の方も本望だろう。

メアリは今回の戦いで、大いに活躍したという。褒美の前渡しと思えば安いもの。

しかし、褒美というのなら、やはり殊勲はアリシアだ。

「アリシアの褒美も考えないとな。アリシアの好きなものはなんだ？」

「うーん。まずは、甘いものですね」

「知ってる」

「あとは、すべすべしたものかな？」

「覚えておこう」

「それと、かわいいものも大好きです」

「努力はするが、アリシアよりかわいいものは難しいな」

「もー！　殿下ったら、お上手なんだから！」

アリシアの平手打ちが、跳ね上がる投石アームの勢いで俺の右肩を強襲した。

骨身に響く衝撃がくる。嬉しい。痛い。でも嬉しい。何かの扉が開きそうだ。

口説くなら骨の一、二本は必要経費ということだろう。

無論よく知っている。アリシアによるＤＶは、三年前に通った道だ。

「俺のことはジークと呼んでくれ」

「はい、ジーク……ハルト様」

「ジーク」

「ええっと、その、ジーク。……ごめんなさい、馴れ馴れしくはないですか？」

「そんなことはない。人生で一番きれいな響きだ」

「ありがとう存じます。ジークはお世辞がお上手ですね」

それから、アリシアは、ジークジークと舌の上で転がして、最後に「三回も呼んじゃいました」

と小さく舌をのぞかせた。

三回も呼ばれちゃいました！

机に突っ伏さざるを得ない。机上をペロってしまいそうだ。

待て、だめだ、変態行為はご法度だ。少なくとも、付き合って、ベッドインするまでは待つべきだ。

顔を上げると、机に肘をついたアリシアがこちらを見て微笑んでいた。

「嬉しいです。私もお礼をしないとですね」

「嬉しいな。なんでも歓迎するぞ」

「はい、では、私のとっておきを差し上げます！」

とっておき。

アリシアのとっておき。

それは、本当にとっておきなのではなかろうか。

期待にドキがムネムネする。

アリシアは薄い胸を一叩きした。

くるぞ！　アリシアのとっておきが！　そして、彼女は高らかに宣言した。

「ジークに、勝利と王国をお届けします！」

クラリッサが噴き出した。

……。

はぁああああ……。

アリシア、はっきり言うぞ。

がっかりだよ！

いらないよ！　そんなもの、いらない！　だって、もう王国なんて、いつでも手に入れられるだろ！

そこは、プレゼントはわ・た・し♡　と来るべきところだぞ！

帝国の恋愛白書にもそう書いてある！　見ろ、クラリッサを！　俺のがっかり顔に大喜びしてるじゃないか！

しかし、アリシアに俺の心は届かなかった。彼女は、グッドアイデアを確信した目で握りこぶしを振り上げると、「朗報をお待ちください！」と宣言し、もう、こうしちゃいられねぇ！　と、そのまま部屋を飛び出していった。

素晴らしい機動力だった。

引き止める間もありはしない。

だめだったか、とうなだれる。すると忌々しい笑みを浮かべたクラリッサが手のグラスを揺らしながらこちらにきた。

「なかなかの強敵ですねー、アリシア様は」

「同意する。鉄壁だ。箱入りにしてもひどい。何だあれは、鋼鉄製か」

「ピュアっピュアでしたね。なんだか私までむずむずしましたよ」

ほんと、ピュアっピュアだった。クソかわいい。

純情乙女の公爵令嬢。

もはや絶滅危惧種であろう。攻略難度をもう一度、上方修正だ。

また作戦を練らなきゃならん。

俺の隣の机では、出来上がったメアリが、謎のダンスを踊っていた。

それをコンラート以下男共が、エロい顔して眺めていた。

# 30・敗軍の夜

私たち、近衛騎士団は負けた。完敗だった。

死に体の隊列を引きずり、私たちは決戦場の東、コシュレルの地に陣を敷いていた。損害の確認に、敗残兵の収容と敗将のやることは多い。私は戦後処理に忙殺された。そこに敗報を聞きつけたエドワードが増援を率いて駆けつけてくれた。

その第一声がこれだった。

エドワードは、出迎えに跪く私の手をとって立ち上がらせた。

「負けたと聞いて肝が潰れた。お前に何かあったらと気が気ではなかったぞ、レナード」

「もったいないお言葉です」

「アランも生き残ったのだな。絶対に死んでると思っていたが」

「悪い。死に損なった」

笑いが漏れた。

まったく、死にたがりの風を常に出している男であったが、有言実行であったのも困ったものだ。

アリシアの追撃はなく、アランは無事帰還した。

私は、肩の荷が下りた気がした。

「申し訳ありません。力及びませんでした。敗戦の責任は、ひとまず私に」

対アリシアとの戦い。予想以上の大敗だった。

この敗戦の責任は、だれかが取らねばならぬ。

正直、これほどの敗北の責任を、私一人で背負うのはおこがましい気もする。しかし現実問題として人がいないのだ。師団長以下、現場指揮官を罷免するなどもってのほか。となると、お飾り指揮官の私ぐらいしか切れる人間がいない。

財布の中身が厳しいのだ。犠牲の羊が小ぶりなのはこの際容赦してもらうしかない。

という組織の論理を、だが、エドワードは凄まじい勢いで拒絶した。

「馬鹿を言え！　我が軍はまだ二万もいるのだぞ。それをまとめられるのはお前だけだ。私は無理だからな。絶対に無理！」

「情けないことを言うな、エドワード！」

「事実だ！　他に人もいない！」

「騎士団長がおりましょう」

「いやだ、私はレナードがよい！　というか騎士団長こそ、単なるお飾りじゃないか！」

「ご賢察おそれいります」

お飾り呼ばわりされた騎士団長のグランデールが優雅に一礼した。

さすがに笑ってしまう。

できないことに自信をもってもらっても困る。しかしエドワードのこういうところが私は、嫌いではなかった。できないことは部下に任せる。それは王として悪い資質ではないはずなのだ。

おほんと、エドワードが咳払いをした。

「それで今日のところは休まないか？　疲れていては知恵も出ない。一晩寝て、明日ゆっくり話し合おう。私は疲れてしまった。皆が無事で安心したし」

それでいいのかとも思ったが、私の脳はすっかり許された気になって、店じまいを始めていた。

まぁ、たしかに疲労困憊した指揮官の頭からひねり出された作戦など、ろくなものでもあるまい。

エドワードの言葉に甘えて、私も就寝した。増援を含めれば味方の数は二万に届く。野盗にやられることはあるまい。明日に備えるべく、私は意識を手放した。

そして、その晩、私たちはアリシアに襲撃された。

# 31．追撃戦とわたし

夜戦の時間だぞ、ゴラァ！

というわけで皆さんごきげんよう、こちらアリシアです。特技は早寝早起き早食いと夜間浸透襲撃だ。おいしいご飯とイケメントークで得た活力で乗りに乗ってる十七歳。その場の勢いで婚約者をぶん殴った後始末に、今国軍と戦争してる。

勢いだけで生きていけたら人生楽だよね。普通は無理だけど。


夜陰に乗じた私たちは、王国軍を射程内におさめていた。斥候の情報からエドワードが着陣したことも、バッチリ私たちはつかんでいた。

今回の戦い、エドワードを倒せば勝ちだ。逆に言えば、奴がいない戦場でいくら勝っても意味がない。つまりこの戦いが本番である。

そんな大事な戦いに先立って、こちらの部隊からも落伍者が出ていた。なんと我が副将、部隊のNo.２が名誉の離脱を遂げていた。原因は二日酔いである。

不名誉もいいとこだな、おい。

離脱者は、もちろん我らがアイドル、メアリである。

「ごめん、クラリッサ。突然副官頼んじゃって」

「お安いご用です。むしろもっと頼ってください」

私の手勢は帝国軍の騎兵二千と、うちの地元民約五百。連絡将校のクラリッサが臨時の副官としてついてくれている。私たちの後方にはジークハルト殿下の本隊がいる。私は、今日ここで、この内戦に決着をつける算段だった。

その大事な決戦で！　うちの！　メアリが！　二日酔いで離脱！

もおおおおおおお！

恥ずかしいにもほどがあるよぉお！


メアリは酒好きだ。

隙あらば飲酒。パンがなければビールを飲めばいいじゃない。メイド服着たヘビー級キッチンドランカーが、あの女の正体だ。槍かジョッキを構えた瞬間、人格が豹変する。人格にアッパー調整が入って、見事なアッパラパーになるのだ。

まぁ、それはいい。よく知ってる。王国軍では周知の事実といっていい。軍隊で酒飲まない奴も少ないしね。基本、みんな酒好きだから珍しくはない。いや、あのレベルはなかなかないが。

でも最低限、酒量はわきまえてると思ってた。実際、いつものメアリなら、半日ほどでケロッと戦列に復帰して、今頃は私の隣で槍先しごいてるはずだったのだ。だから昨日の宴席でおっぱい放り出して暴れていても。いつものことだと黙認してた。

大失敗でござったよ……。

だが、言い訳はさせてくれ。

「帝国のお酒ってすごいんだね……」

「ブランデーをストレートでがぶ飲みするのは、さすがにやばかったですね」

ブランデー……。聞くからに強そうな名前だ。名前ぐらいしか聞いたことなかったが、あれがそうか。

王国の酒は、質より量だ。

なんか苦い液体に申し訳程度のアルコールが入っている。当然、沢山飲まなきゃ酔えないから、みんなガンガン飲みまくる。メアリも当然、鯨飲する。メアリは燃費がいい女だ。二、三杯飲めばいい感じにあったまり、その後はずっと楽しんでいる。

でも帝国の酒は違った。さすがは超大国、醸造所も一級品で、質量兼ね備えた銘酒が沢山あった。特に良いお酒は、度数が高くても飲みやすいという。酒豪のクラリッサが教えてくれた。事前に聞いておくべきだった。

ジークハルト殿下は皇子だ。ゆえに皇子様にふさわしい最高級のお酒を持っていて、惜しみなくお出ししてくれた。

メアリはこの酒を鯨飲した。遠慮なく鯨飲した。今は元気にゲロインしてる。

「戦力的には大丈夫ですか？　直接戦闘は、私はメアリ様ほどお役には立てません」

「そっちは大丈夫。まったく影響がないとは言わないけど」

で、そんなメアリだが、我が軍の主力だ。

あんなのでも主力だ。

指揮能力ははっきり言ってズタボロだが、単純に本人が強い。騎兵サイズの軍用象みたいなもので、機動力もあれば鼻も利く。タイミングを見て投入すれば大暴れしてくれる。

強くて酒乱。

「ほんと酒呑童子みたいな奴だな」

「なんですか、それ」

「酒飲み過ぎて首獲られた鬼の名前らしい」

「あぁー……」

酒呑童子。めちゃくちゃ強い鬼だったが、とにかくアルコールが大好きで、毒入りの酒がぶ飲みしてやられたそうだ。「なんだかメアリみたいだね」と笑ったのだが、「動けなくなるまで呑む馬鹿と一緒にしないでくださいませ」と、あいつはすまし顔で言っていた。

ついでにこうも言っていた。

「私、次の日までは残りませんから」

って。

あああああああああ！

ばっちり次の日まで残ってんじゃねぇか、メアリィィイイイイ！

「酒造所が喜びます」

「やめて、国の恥」

この戦い、絶対に負けられない。

だって酒飲んで負けましたとか、言い訳のしようがないもの。


「お嬢。斥候が戻りました」

「ご苦労」

夕刻。消え入りかけの残照の中、偵察が戻ってきた。

現在、王国軍の哨戒網はズタズタだ。なにせ敗戦直後で敗残兵の収容に奔走している。同じ王国軍なら敵味方の区別もつかない。回収した近衛騎士団の鎧を着れば、立派な偵察要員のできあがりだ。

こうなれば、やり放題だ。

当然、滅茶苦茶偵察した。

「で、アランはどこ？」

「ここから一番近くです」

「随分、本陣から離したな。奴らしいっちゃらしいけど」

話が早くて助かるが。

さて今回の夜襲、最初の目標は、騎士団長令息アランである。

アランは宮廷での逸話にも事欠かない騒々しい男だ。そんな奴に対する私の印象は「湿っぽい」である。

表面上は軍人らしくからっとした風を装ってるが、中身はアンヌが趣味で育てている青カビの培養地みたいにジメジメしてる。近くにパンとか置いといたら、あっという間にかびルンルンになる。そのぐらいの湿度。

あるいは日当たりのいい原っぱにある大きな石みたいなものだ。表面は日に照らされてポカポカしているけれど、ひっくり返すと、ダンゴムシとかヤスデとか、よくわからない謎の虫がいっぱい出てくる感じ。内面湿度がびっくりするほど高い。

アランのお父さんであるグランデールは、典型的な文民軍人だ。玉突き人事で騎士団長になったときは、武功なき騎士団長と呼ばれていた。

私も含めて尊敬してる人は多いのだが、無能とそしられることもまた少なくない。アランはそんな父の背中を見て育ち、長じて大変めんどくさい男になった。自分が馬鹿にされた時などはへらへら笑うだけなのだが、身内や仲間をけなされると、へらへらした態度のままノータイムで激発する。信管むき出しの敷設地雷みたいな男である。

ちなみに私も被害にあった。

遠征帰り、報告のために登城したら、前歯のかけた法衣貴族の三人組に、土下座待機で迎えられたのだ。なんでも、私のことをバカにしてたところをアランに見つかってしまったのだとか。

ぼろを着て宮廷をうろうろする姿が、まるで乞食のようだ。いや蛮族共にに輪姦《まわ》されたのだとかなんとか。まぁ、言っていいことと悪いことがあるとは思う。しかし、ここまでボコられるようなことだろうか？

私はアランに、「お前何やってんの!?」と詰め寄った。本人は、あいつらが勝手に転んだだけだと言い張っていた。

お前なぁ！　どんだけアクロバティックなコケ方したら、全員揃って前歯三本もなくすんだよ！　防御塔の三階から二回転半宙返りきめつつ顔面から墜落してもああはならんぞ！　せいぜい鼻の骨折れるぐらいだ、まともな魔法使いならな！

アランとはそういう男だ。

こんなジメジメした奴のどこがいいの？　とファンの女の子たちに聞いたところ、

「そのジメッとしたところがいいんです」

「ナメクジみたいに愛してもらいたい？」

という斜め上の返事をよこされた。

ナメクジて。

ナメクジは嫌いでも、ナメクジ男子はオーケーなのか。顔か、やはり顔面の出来か？　イケメンはすべてを超越するとアンヌの馬鹿も言ってたな。イケメンのはずのエドワードはがっつり拒否されてた気もするが。

近衛騎士団の人たちも、アランによく似ていた。

王国は昨今の対外戦争で沢山の犠牲を出した。対蛮族に、対帝国、王国の戦場を飛び回ったうちの領軍《ランズデール騎兵隊》も、開戦当初に一万五千を数えた人員は、今や万の大台を割り込んでいる。

対して、ここ十年間で殉職した近衛騎士の数は、百に満たない状況だった。

彼らは、王都の警備に治安維持、通商路確保に後方支援と素晴らしい働きをしてきたと私は思う。

しかし、それでも、彼らが彼ら自身をどう思うかはまた別の問題だ。

弱きを守り、強きに抗うのが、騎士団の本懐だ。

もし私がただの非力な令嬢で、エドワードが暴力で蹂躙しようとしたのなら、彼らは従わなかっただろう。だが、生憎、私は強くてエドワードは弱かった。かわいい公爵令嬢のほうが強かった。

ゆえに彼らは、かわいいかわいい公爵令嬢と戦わざるを得なかったのだ。

彼ら自身の矜持のために。

それらを踏まえて私は言おう。

お前ら、ほんと、めんどくさい！　別に嫌いじゃないけどさ！


アランは一人、私の到着を待っていた。

馬上、頭部だけはむき出しにして、完全武装の出で立ちだった。

王国の冬。

大地は寒々しい月の色に染まっていた。銀色金色枯れ野原。丈の高い古草とむき出しになった茶色い地面は、馬蹄が地面を踏むたびに薄く砂塵を巻き上げる。

月下、一人佇むアランの騎影は、黒々として立派だった。

部隊をその場で待機させ、私は前に進み出る。

「お待たせ、アラン」

「二日ぶりだな、アリシア。今日は一体何しに来た?」

「お前をボコボコにしに来たよ」

アランは笑った。

アランは、わざわざ騎士団の本隊から孤立する位置に陣を置いていた。

一番襲撃されやすい場所に。

まるで、俺を狙えと言わんばかりの位置取りだった。

要するに、私が来ることを知ってたわけだ。襲撃は敵が一番へろへろになったタイミングで仕掛けるのが効果的。奴はわかってる男だ。

アランが声を上げた。

「先に確認させてくれ。うちの哨兵はどこにいった?」

「捕まえた。『歯向かうなら、貴様の隣にいる奴を殺す』って脅したら、みんな素直に投降したよ」

アラン、大爆笑。

こいつ笑い上戸なんだよね。目が笑ってないことも多いけど、今回は本気の笑いだ。

「悪役か!」

「これでも、悪役令嬢だからねぇ」

「あったな、そんな設定も!」

「実は結構気に入ってる。悪役って気が楽じゃない？」

「わかる！」

そして、二人で笑いあう。

お互い悪役っぽい面構えだしね。嫌な共通点だな、オイ。

男ならともかく、女だと、明らかにモテなそう。

「で、アラン。一騎打ちでよろしい？」

「ああ。ありがとよ。俺の都合で手間をかけてすまない」

「別にいいよ。私が勝つし」

「相変わらず、ムカつく奴だ。……いくぞ」

闘志とは目に見えるものなのだろうか。

アランの影が一回り大きくなったような気がした。

月に、薄く雲がかかり、一瞬、風が止む。

そして、気合をためた騎士アランが馬腹を蹴った。愛用の馬上槍を脇ために構え、疾走へと移る。

銀色の月光が、彼のむき出しの髪をなでた。私は、手元の戟を下段にすえ彼を待つ。

裂帛の気合を放つアラン。槍先を繰り出すアラン。下から跳ね上げられて飛び出すアラン。舞い上がるアラン。上空、五mぐらいまで上昇して、微妙にかっこいいポーズで満月とシルエットが交錯して、二秒ほど静止するアラン。落ちてくるアラン。高名なる物理学者は、落下するこの青年に万有引力を見いだすのか？

「があああああ！」

そして、地面に激突したアランの声がした。

アランは素晴らしい騎士だ。この戦いに臨むにあたり、彼は彼の持ちうるすべてを私にぶつけようとした。その彼の意志と気合を私は肌で感じた。

そう、気合はあった。でも、気合でマンモスは狩れないのだ。文明とは、「マンモスを腕力で倒そうとすると死ぬ」という、冷静な現状分析のもとに興るのである。

さもなきゃ今頃人類は、いまだに石器時代してただろうね。あるいは絶滅しているかのどっちかだ。

アランは人間だ。対する私は、人間サイズの象さんだ。ゆえに、アランに勝ち目はない。

倒れこんだアランのもとへ、ぽくぽくとお馬さんを近づける。

「降参する？」

「……まだだ。まだやれる」

「もう！　頑張りすぎ！」

アランの体をベチンと槍の長柄でぶったたくとごろごろごろんと転がった。その姿は北方名物、タンブルウィードのごとし。

彼が自罰的になる理由はわかる。

今回の戦い、戦死者が千人も出た。できるだけ減らす努力はしたけれど、本気の本気でぶつかる以上は、仕方ないことだと私は思う。しかし、アランは割り切れなかったに違いない。なにしろ、彼にとってこれが初めての大規模戦闘であったから。

「どうせ沢山の戦死者は、自分のせいだって思ってるんでしょ！」

「……」

「自惚れるのもいい加減にしろ！　私たちも騎士団員もみんな覚悟して手に槍を持ってんだ！」

何でもかんでも一人で背負おうとする。その姿勢こそおこがましい。

若輩者の分際で、ほんと生意気な男である。

でも私も悩んだことがあったから。だからちょっとぐらいなら付き合ったげる！

「家では、妹ちゃんが待ってるわよ！」

まだ戦おうとアランは、手を伸ばし、足を上げて、そして力尽きて転がった。

「降参しろ！」

沈黙。アランは一つ、体を震わせてから、悔しそうな声を絞りだした。

「……ああ、降参する」

はぁああ。まったく。

手間取らせてくれちゃって。

ほんと面倒な男だよ。いや、男の子が面倒なのか？

馬から飛び降りると、アランのもとへと歩み寄った。

「完膚なきまで敗北した気分はどう？」

「過去、最悪の気分だよ」

「だろうねぇ。よーく覚えておきな」

「……忘れようがねぇ」

それからよろよろ腕を上げたので、私はその手をつかんで起こしてあげた。

これが終戦の合図であった。

アランは、「結局、言えなかったなぁ」とよくわからないことをつぶやいて、それからがっくり頭を垂れた。


「エドワードを捕まえたい。騎士団長《おやっさん》に伝令を出してくれ」

「わかった。が、俺はちょっと動けん。あばらが死んだ。だれでもいいから部下をくれ」

副官らしき若い子が走り寄ってくる。

アランは、至極落ち着いた様子で、指示をテキパキ出していた。

私が最初にアランを押さえた理由がこれだ。彼に騎士団長殿を動かしてもらいたかったのだ。

これから、エドワードをおびき出して捕まえるのだが、それにはみんなの協力が必要なのだ。計画を話したところ、アランは快く（?）協力を約束してくれた。

友情を感じる。夕暮れの河原で殴りあった時に発生する系の友情を。あるいは「それたぶん、一時の気の迷いだよね」的な錯覚を。

エドワード捕獲の準備が終わるまで、少しの時間があったので、私はアランと二人、少しだけ話をした。

「責任感じるのはわかるけどさ。一人で抱え込むのはおすすめしないよ」

「……なぜだ？」

「だって、答えなんて出やしないから」

私がそうだ。

戦ってれば、いろいろなことがある。

いいことばかりじゃない。お別れもある。戦友の家族から思いをぶつけられることもある。

それでも、私が頑張れるのは、ありがとう、頑張ってって言ってくれる人がいるからだ。みんなが私を許してくれるから、私も戦い続けられるんだと、私はそう思っている。

アランは、うつむいたままポツリと言った。

「……お前は俺を許してくれるのか？」

私？　私か。

私の場合、もちろん答えは決まってる。

「許すわけねーだろ！　賠償金覚悟しとけよコノヤロー！」

「ほんと、ひでーよ、このおんなはー」

アランは笑おうとして、咳き込んでいた。

実は私は、アランに一つ嘘をついた。

アランの部隊の哨兵を投降させる時、「お前の隣の戦友を殺す」と脅したと言ったけれど、あれは嘘だ。みんな、何も言わずに、投降した。これ以上被害が出ると、アランが死んでしまうのではとみんな心配していたのだ。

私の部下なんて、「隣の同僚ぶっ殺すって脅し、まったく嘘に聞こえませんでした」「むしろ嘘話しか信じられません」と私の素晴らしい演技力を褒めまくりだ。

いい部下だ。

再教育のしがいがあるな。覚悟しとけ。

それからもアランとぽつぽつ話しているうちに、伝令が来た。準備が整ったそうだ。

私はエドワードがいる本陣へと向かうことにした。


王太子エドワードの評判は悪い。

特に比較的、小身の者たちからの評判が悪い。

奴の失態は枚挙にいとまないが、例えば、学園で口論になった女の子を殴りつけた事件があった。

詳しい経緯はわからない。私は教えてもらえなかった。事実だけを述べるなら、殴られた女の子は床材に酷く打ち付けられて、その顔に消えない傷を作っていた。

被害者の女の子は、大慌てで見舞いに行った私に「名誉の負傷です」と笑ってくれた。

一方のエドワードは「王家と王国に対する忘恩の徒に、正当な制裁を加えただけだ」と言ってはばからなかった。

王国の第一主権者は国王だ。その後継者である王太子もまた、多くの特権を持っている。ゆえに、辺地を預かる小領主の末娘を殴ったという「些細な」理由で、彼が罪に問われることはなかった。

ところで、当時の私は、北の蛮族共と血で血を洗う激闘を繰り広げていた。

諸侯連合軍三万余の司令官として、また直卒の遊撃戦力の指揮官として、まさに東奔西走の日々だった。

私が率いる戦闘群は、私も含めて王国最精鋭の集団であったと思う。精強無比の機動部隊。しかし、それでも私たちが、人間の集団であることに変わりはなかった。戦い続ければ消耗する。腹も減れば、眠くもなる。かなうなら、雨風しのげる屋根の下で休みたいし、温かい食事も欲しい。快適な宮殿に住む人間には、鼻で笑われそうなささやかな望みだ。しかし北の辺地にあっては、甚だ贅沢な望みであった。

かの地は、とても貧しかった。

北の地にも王国民の集落はあった。しかし、その規模はおしなべて小さい。老若男女あわせて数百人の村邑に、百名を数える兵団を受け入れる余裕などありはしない。その地に住まう人々は、その日暮らしが精一杯。よそ者に施す余裕などありはしないのだ。

私たちは軍隊だった。だが、武力を盾に「我々がお前たちを守ってやっているのだ」と、彼らの寝床や食事を奪うことは許されなかった。一度《ひとたび》、私たちが収奪に走れば、私たちがこれまで積み上げてきた信頼は地に落ちる。掲げる軍旗は泥にまみれ、連合軍《わたしたち》は大義を失うだろう。

ゆえに私たちに求めることは許されない。

この地で戦う友軍三万余の名誉を守るため、徴発するなら野垂れ死ねと、同じ故郷の同胞たちを死地へ送り込んだのがこの私だ。

とまぁ、ここまでだと大変に湿っぽい話である。人のことは言えない。

実際のところ、それなりに快適な生活を送らせてもらった。

なにしろ、わずか数百人の集落でさえ、蓄えのほとんどを費やして、私たちをもてなしてくれたから。

エドワードに殴られた女の子のご実家にも、私たちはお世話になった。十日足らずのことではあったけれど、私は、彼らの心づくしのもてなしを生涯忘れることはないだろう。

ちなみに、その頃、エドワードとその一派は、宮廷でアリシアを追い落とすべく多数派工作に勤しんでいた。

で、こいつを許すか許さないかって話だ。


偽りの奇襲が始まっていた。

私の命令一下、騎兵集団がエドワード本陣に突入。騎士団長指揮による近衛騎士団の精鋭が私たちを迎撃した。

空虚な戦いの渦の中で、私はエドワードと対峙した。

特に感慨はなかった。

「エドワード。決着をつけよう」

寝起きを叩き起こされたのだろう。

ふらつきながらもエドワードは、まだ戦意を残していた。

「アリシア……、望むところだ、かかってこい」

この私にかかってこいとか随分と偉そうな奴だ。

鉄剣を抜き、うちかかる。エドワードの剣はありがたいことに魔剣で、すぱっと私の鉄剣が折れ飛んだ。

「ふん、今日のところは見逃してやる」

私は、馬首を翻し、すたこらさっさと戦域離脱。

「待て、アリシア！　逃がさんぞ！」

エドワードはちゃんと後ろからついてきた。

すごいな、ぶっつけ本番で成功したぞ！

私の企みは簡単だ。エドワードの捕縛をジークの手柄にしたかった。

部下の手柄は、上司の手柄だ。でもそれはそれとして、帝国の人たちからしてみれば、私みたいなぽっと出より、自国の皇子様の活躍をこそ見たいはずなのだ。


逃げる私、追うエドワード。

私は走りながら、この内戦のことを思った。

今回の内戦、可及的速《な》《る》《は》《や》やかに片づけたいと私は思っていた。

なにせ、内戦は泥沼化する。お隣の協商国がいい例だ。かの国は、十五年前の内戦を経て国が爆発四散した。蛮族の侵攻、植民市の離反、大量の難民を出し、ようやく最近になって国体だけは取り戻した。以前の威勢は見る影もない。

同士討ちとは、そのぐらい危ない。

という当たり前の事実をエドワードがわかってれば、楽だったんだよなぁ！

こいつ《こいつ》は、国がどんなピンチの時でも、いっつも「俺が、俺が」と騒いでばかりだ。それじゃ人生通らないのに。

一人はみんなのために、みんなは一人のために。いい言葉だ。軍隊における連帯責任の大切さを教えてくれる。一人がミスればみんな死ぬし、みんなでミスれば一人足掻いても全滅である。

国も同じだ。

ゆえに、私は、ジークにこの勝利を送りたい。

彼はわかっている人だった。

だれかを助けるのは自分のためで、だれかの役に立つから自分のために戦うんだって。私たちは、エゴのために協力しあえる生き物なのだ。

だから彼には勝ってもらいたい。私の安全と幸せとおいしいご飯にまみれた生活のために！　決して、ちょっと優しくされて、貢ぎたくなっちゃったわけじゃないのである！

「ジークー！」

私は叫んでいた。

目印に配置された松明《たいまつ》が私に順路を教えてくれる。

クラリッサ率いる別働隊が準備しておいてくれたのだ。ゴールが近いことを私は感じていた。

「ジークー！」

「アリシア！　ここだ！」

彼が私に応えてくれた。嬉しい。彼の声を聞くと、なんでかハートがドキドキする。

これは恋？　いいえ、それは単なる気の迷い。

振り返るとエドワードが、えっちらおっちらついてきてた。

よし！本陣にたどり着く。周囲は背の高い草むら。フェアリーのサークルみたいに開かれた円形の空き地には、ひと際黒い騎影が一騎、黒々とたたずんでいた。黒鹿毛の上、黒鉄に身を固めた私のジークは、なんかもう、めちゃくちゃかっこよかった。

私は戦場に立つ男性が好きだ。りりしい雰囲気が好きだ。そんな空気をまとったままの父が戦場から帰るたび、私は、馬に飛び乗って、鞍上射出式ボディプレスでお迎えしてた。私はそれを思い出した。

思わず鐙に力が入る。いけるか、いっちゃうか、ダイブアタック？　今やって、ジークがこけたら戦犯だな！　すんでのところで自重して、後事を彼にお任せする。

私は叫んだ。

「『世界で一番あなたが好き』！」

「『あなた以外の世界は要らぬ』！」

私は帝国軍の符丁暗号を絶叫した。

ジークもまた答えてくれた。

誤解なきように言っておこう。気が狂ったわけではない。符丁だ。少なくとも私はそう聞いた。『世界で一番あなたが好き』は「作戦成功」、『あなた以外の世界は要らぬ』は「了解、即応する」の意味らしい。

すごい。なにがすごいって、これをおっさん同士で言い合うのだ。最高にイカれてる。

私にもその発想はなかった。世界は驚きに満ちている。私は帝国軍元帥アリシアだ。私はついていけるだろうか、変人しかいないこの世界のスピードに。

後ろを見ると、エドワードの騎馬が突っ込んでくるのが見えた。

ジークが、右手を上げた。ジークの姿を見とがめて、エドワードが制動する。

「ぐ、貴様は……！」

「名乗るのほどの者じゃない」

そしてジークの右手が振り下ろされた。

草むらから、黒い影が群れをなして、エドワードの体へと殺到する。

「な、があああああああああ！」

鋼のイナゴに乱打されたエドワードはあえなく落馬した。

おおう。一撃か……。

たぶん伏兵に何かを一斉射撃させたのだろう。着弾音から判断するに弾は非殺傷性のものだ。エドワードが身につけた防御用の魔術具から魔力を吐きださせ、死なない程度にボコボコにして捕まえるためのもの。

ごくり。

これもしかして……。

ジークが馬を寄せてきた。彼の声が、私の耳元でささやく。

「おそらくもう使う機会はないからな。この勝利をあなたに捧げる」

もう一度ごくり。

うん。これ、絶対に私用の罠でしたよね。おまたがじんわり冷たくなる。冷や汗だ。

だって、これ絶対によけられないやつじゃん。喰らったら終わりじゃん。

転がったエドワードは、出てきた親衛隊の人に速やかに縄で縛られていた。

エドワード……。おまえ、もしかして、私の役に立ってくれたのか……。

奴は、ずっとずっと私の怨敵として存在してた。でも、最後は感謝の言葉で見送ることになりそうだ。

ありがとう、エドワード。私の代わりにやられてくれて。君の雄姿は、三日ぐらいは覚えておくよ。どうか安らかに。

この日、王国の内戦は終結した。

後世、十二月革命と呼ばれる戦いがその幕を下ろしたのだ。

## 32・宰相一家は庶民の出

ありのまま、今起こったことを話そう。

昨晩、自軍増援と合流し寝て起きたら戦争に負けていた。

なにを言ってるのかわからないかもしれないが、私はなんとなく察していた。

寝起きざま、私の陣幕までアリシアがやってきて「昼からミーティングするから顔出せよー」と言われたときは、ああ、やっぱりやられたのかと、かえって安心したものだ。

神速、速攻、一撃必殺。さすがのワザマエと言うほかない。幸い爆発四散は免れた。

寝覚めはさほど悪くなかった。

アリシアに尋ねる。

「確認させてくれ。アランとエドワードはどうなった?」

「アランは半殺しで、エドワードは八割殺し。今は帝国軍のおじさんたちの横で寝てるよ」

「その言い方だと各方面に誤解を招くな……」

一応、二人とも生きているようだ。なら問題ない。

「わかった。すぐ準備する」

「先に飯食え」

「……だな。ありがとう」

久々のアリシアだった。

やはり、彼女がいると落ち着く。安心感が違う。

るんるんとスキップして出て行くアリシアの背中を見送った後、私は手早く身支度を済ませ、幕舎の外に出る。首の骨を鳴らしながら、実家から伴った書記係を呼び出して、私は食事をとりに向かった。


「レナード、久しぶり！」

「元気そうでなによりだ、さすがだな」

会議用の幕舎でアリシアは元気いっぱいだった。

アリシアが口を開く。

「まず紹介させて。こちら、ジークハルト様。帝国の皇子殿下で今の私の上司よ。今日は頼んで来てもらったの。でこっちはクラリッサ。私の副官だよ」

「初めて御意を得ます、殿下。王国のレナードと申します」

「アリシアから話は聞いている。楽にしてくれ」

「感謝します」

ジークハルト皇子殿下は、理知的な印象の男だった。

クラリッサという女騎士も、理知的な雰囲気を漂わせている。

そしてメアリは不在。

これは、話し合いも捗りそうだ。ありがたい話である。

一礼して、席に着く。アリシアがすぐに切り出した。

「最初に決められることから済ませとこっか。エドワードと周りはどうするの？」

「エドワードは廃嫡。王妃マグダレーナは蟄居。王妃のことだからどうせすぐ暴れるはずだ。その時に実家へ送り返す予定になっている」

「奴らの取り巻き共は？」

「名簿は作成済みだ。いつでも処理できると思う。詳しくは、戻ってから父と話し合おう」

「じゃあ、政治の話はおしまいだね。今回頑張った騎士団のみんなには、臨時ボーナス出しといて」

「了解した」

「いや、待ってくれ」

ジークハルト皇子が手を挙げた。

訝しそうな顔をしている。なんだろうか？

彼は私の顔を見て言った。

「レナードと言ったか。確認させてくれ。俺たちの交渉相手は、貴様一人なのか？　悪いが若すぎる。決定権を持つようには見えないのだが」

アリシアが、「あっ」て顔をした。

あじゃない。そういう根回しは頼むぞ。

「殿下には詳しい紹介がまだでしたね。彼は偉いんです。私たちのお財布なんです」

「言い方」

誤解を招くぞ。アリシアがポリポリと頭を掻いた。

「レナードの実家は商家で王国一の債権者なんです。彼の実家は、王室のお抱えのメイ・モリソン商会から分家した家なんです」

私も続ける。

「その縁で王国軍の活動資金と補給全般を取り仕切っています。戦費や賠償金の話も」

「……なるほど、しかし、宰相家と商家が同じというのはなかなか大変そうだな」

「よく言われます。しかし人手不足には替えられず……」


私たちの家系は、三代前まで織物問屋を営んでいた商家だった。もっぱら庶民向けに商売をしていたのだが、幸い良い顧客にも恵まれ、古着や小物道具など手広く扱っていた。王都の中だけで商いをする小さな商会だった。

その転機は、乳児向けのおしめだ。

それまでの王国では、おしめは各家庭で作っていた。母親や手伝いの下女たちが、ボロ布や古着を潰して、おしめを作る。

しかし、各家庭ごとにおしめを準備するのは手間がかかるし、布が汚かったりすると赤ん坊の柔肌がかぶれてしまう。夜泣きする子がかわいそうだと、「売れ残りの肌着からおしめを作ったらどうだろう?」と、肌触りのよいおしめを開発して売り出したところ大当たりした。

当時の王国の王太子妃は、変わり者だった。

一般の貴族家庭では、乳児の世話は手伝いの人間に丸投げされる。しかし、このお妃は「自分の乳で育てる!」と言い張って、赤子の世話を手放そうとしなかったのだ。必然的に王子妃殿下が使うにふさわしい育児道具も必要になった。特におしめは大事だから、ということで私たちの商会に白羽の矢が立ったわけだ。

当時の王国も、外敵からの侵略に晒されていた。

時の王太子ジェームズは、各地の戦場を転戦、王子妃から泣きつかれた私たちは否応なく戦争に巻き込まれた。

おむつに加えて包帯などの衛生品を手配し、乳幼児向けの食品類の延長で行動食を提供し、子供向け医薬品を転用して戦地の常備薬を開発した。そして、王太子殿下の戴冠の日、彼に求められて宰相となったのが、私の祖父だったというわけだ。

完全なだまし討ちだったらしく、祖父の手記には王太子への感謝に見せかけた呪詛の言葉が十ページ以上にわたって綴られていた。

以来、王国軍の後方は私たちの一族が支えている。独占企業といわれるが、国が私たちを指名するのだ。

「いまさら知らん相手とこまごました価格交渉で苦労したくないんよ」

とは王国軍最高司令官の言。


アリシアがまず気にしたのは、医薬品のことだった。

「負傷者が沢山出たけどアンヌ草は足りそう？」

「王都の在庫を根こそぎ持ってきた。不足したら追加を頼む」

「いくらでも出荷するよ。あの外来植物め。負傷兵は全員、草まみれにしておいて」

「了解した。負傷兵はアンヌ草で漬け込んでおく」

けが人共は全身草まみれにせよ、と。

ここで、傍聴席から待ったがかかった。

ジークハルト殿下だ。

少しつかれた顔をしている。

「待て待て。なんだ、そのアンヌ草とかいうけったいな名前の草は？　なんに使うのだ？」

「負傷者の治療に使います。煎じて飲んだり塗ったりします」

「……医薬品は帝国からも援助できる。負傷者の手当をよくわからん民間医療に頼るぐらいなら、俺たちに言ってくれ」

アリシアと顔を見合わせる。

なるほど。これが、常識の差か。

アリシアがウィンクした。任せろの合図だ。任せた。

アリシアが言った。

「えーと、アンヌ草ですけど、ペニシリン程度じゃ勝負にならないと思います」

突如飛び出した異世界産抗生物質の名に、帝国の二人の目が丸くなった。

しかしさすがは軍人皇子、彼はこの薬の名を知っていた。

「……詳しく説明しろ」

「アンヌ草は、消炎、鎮痛効果のある副作用のない抗生物質です。傷に塗ればどんな化膿も止まりますし、軽い骨折なら、飲んで七日で治ります。全身骨折まで完治可能。原理は不明です」

「……どういうことかわかるかクラリッサ?」

「私に聞かないでください、殿下」

二人とも、「理解に苦しむ」という顔をした。

この顔は、前にも見たな。

アンヌが同じ顔をしていた。

アンヌ草は、その名前の通りアンヌが発見した草だ。彼女は、「ペニシリンまでのつなぎに使え」と言ってこの草を私たちに寄越した。なんでも飲むとＨＰ《ヒットポイント》が回復するらしい。

ＨＰとはなんなのか?

アンヌの説明はいまいち要領を得なかったが、草の威力は本物だった。ランズデール公の左足を切断から救ったのもこの草だ。外傷に効く「内服薬」など聞いたこともなかったが、現実問題として、よく効いたため、だれもなに言わなくなった。

栽培は難しいという触れ込みであったので、ならばとアリシアが自宅の薬草園に植えてみたところ、たちまちのうちに増殖した。わずか半年で園外へと進出し、庭先を占拠されたらしい。

「私のバラちゃんが、アンヌ草に駆逐されたんですけど……！」

とアリシアは激怒していた。三年がかりのバラ園が壊滅したと、メアリから又聞きに聞いた。

Ｔｈｅ草《ざっそう》！という見た目の雑草だ。草むしりするアリシアの図に、一同笑った。お前も手伝えと言われたアンヌは全速力で逃げ出していた。

ちなみにアンヌによるペニシリンの単離は三年の歳月をかけて見事に挫折。

並行して進められた消毒用アルコールの製造は、アル中患者の増加を危惧したアリシアによる有形無形の妨害を受け停滞中だ。

アンヌは、『現地医療に負ける現代知識なんて必要ねぇ！』と一時期、露骨にやる気をなくしていた。

　悩み深き皇子が重い口を開く。

「……本当に効くのか、その、アンヌ草は」

「効果は保証します」

「でも、あまりに効き過ぎるんで『そのうち、体を乗っ取られるんじゃないか』って、最近噂になってまして。帝国のすごーい研究者さんたちなら、きっと分析できますよね？」

「……サンプルをくれ。研究所で調査させる」

帝国にサンプル品の提供を約束した私たちは、次の話題へと移った。

本題だ。つまり金。

まずは、近衛騎士団関連だ。

「王国側の費用は自弁で負担できると思う。傷病見舞金や遺族年金は予算を計上済みだ」

「了《りょ》。帝国軍の皆さんからは、お金は後でいいって聞いてる。お金には困ってないからって。感謝してね」

「土下座します」

「いらんいらん」

残念。なにしろ土下座は無料《ただ》だ。出し得なのだがさすがに帝国の皇子は手強いな。

アリシアが頬に手をあてる。

「で、私たちなんだけど、賠償金を国庫からむしっても、右のポケットから左のポケットに移すだけでしょ。意味なくない？」

「マグダレーナに吐き出させる」

「あいつの支払い能力ってどんなもんよ？」

「離宮が三つだ」

「ゴミじゃん。徴税地は？」

「あるにはあるが徴税権がない。借金の抵当で流れた」

「それ徴税地って言わない」

「そうだな（目そらし）」

アリシアの目は「ビタ一、負からないぞ」と語っていた。

手強い。やはり指導者とはこうでなくては。

「残る奴の資産は馬車、宝飾品、衣類あたりの動産だが」

「全部現金化して振り込んどいて」

「了解」

「あとは、離宮とか言うゴミだね。当然取り上げるんだけど、お金生まない不動産はなぁ……」

「他の収益物件と組み合わせて証券化するのはどうだろう？　帳簿上の価値はあるから、他の物件と混ぜ込んで販売すれば金にはできる」

「うんこでカレーをかさ増しするような真似はやめろ」

「変なたとえはやめてくれ」

カレーが食べられなくなるだろう！

カレーは、王国人のソウルフードだ。香辛料をふんだんに使った贅沢な料理だが、とてもおいしい。開発者はもちろんアンヌだ。一口食べれば止まらないおいしさだが、見た目は完全にあれだ。

初めて実物を目にした時は、あの豪胆なアリシアでさえ「これ食えるの……？」と表情で語っていた。一度尻から出したものを、もう一度食わされるのかと思ったらしい。さもありなん。

このカレーに最初に特攻したのはアランだった。

彼は、アリシアが好きだ。アリシアにいいところを見せたかったのだと思う。私はほっこりした。

幸いカレーは美味で、彼の勇気は報われたのだが、残りの皿のほとんどをアリシアに食われていたのは哀れだった。今回の戦いでも念入りに殴り飛ばされたという。あとで見舞いに行ってやろう。

ここで再びジークハルト皇子が手を挙げた。

「……悪いがまた質問だ」

「なんですか、ジーク？」

「不動産証券化のスキームは、王国では一般的なものなのか？」

「まぁ、普通に使います。詳しくはレナード、どうぞ」

無茶ぶり！　まぁ、いい。

「もともとは領主の生活保護が目的でした……」

領主の収入は、年貢だ。

しかし取れ高を安定させるのは意外と難しい。戦争に賊に害獣、いずれかの理由で一年分の収入が絶たれると、小さな領地は一発で破産する。徴税権はどこかに売り払われ、一家は離散。不在地主化した領地は国土を荒らすことになる。実際なった。

結果、アリシアからなんとかしろと命令が来た。この女、命令すれば、なんとかなると思ってる節がある。

知恵を絞った結果、いくつかの領地の徴税権を証券化して、収穫量にそって権利を分配する仕組みを考えたのだ。自分の畑がその年駄目でも、隣の畑から分けてもらえる仕組みだ。

「自分の畑を真面目に耕す人間が減るのでは？」とも危惧されたが、賊を隣の領地に押しつけるような愚行も減ったため、メリットの方が大きかった。

　領地経営が上手な領主が縁談でひっぱりだこになったり、近隣同士で潰し合った領地が根こそぎランズデール家に接収されたりもしていたが、淘汰と整理と効率化の結果、王国の生産性は向上した。

　ここまで私に説明させると、アリシアが自信満々で引き継いだ。

「この仕組みの一番良いところは、すべての領主が自分の耕作地を大事にするようになることですね。万が一、領民の逃散が起こると周囲の領主から袋だたきにされますから。領地同士も領主と領民もみんな仲良くなりましたよ」

「うまくいかない領地もあるのではないか？」

「潰すだけです」

「なるほど。合理的だな」

　皇子はややあきれ気味に笑った。

　最後は近衛騎士団の扱いだ。

「『アリシアと一度は敵対したものの、革命の思想に共感して正道に立ち返った勇士』って感じでまるく収まらない？」

「よいと思う。……となると、汚名をかぶるのは一人だけだな」

「……そうなるね」

　帝国軍については、アリシアから「私に任せておけよ（ばちこーん）」とアイコンタクトをもらったので彼女任せだ。

「大まかなところはこれでいいかな？」

「ああ、実務的な話はこちらで進めておく。帝国の皆さんからは何かありますか？」

「特にない」

さすがだ。これで終わりだ。

正直、宮廷で神経をすり減らすよりもずっと楽な仕事だ。私も充実感がある。

出された帝国産のコーヒーの味に私が内心で感嘆のため息を吐き出していると、皇子殿下がつぶやいた。

「しかし、レナードと言ったか。卿とアリシアはつい先だって戦ったばかりだろう。もう少しわだかまりとかはないのか」

「ありませんね。儲かるなら、敵国相手でも麦を売るのが商人です」

「ノーサイドの精神ですよ！」

「そうか。素晴らしい切り替えだな」

お褒めにあずかり光栄の至りだ。

そして会議は閉会した。

去り際、彼が残した「……いかれてるのは、軍事力だけにしといてくれよ」というつぶやきが、なぜか印象的だった。

会議後、私は、騎士団の司令部に顔を出す。

団長他、幹部の面々が私のことを待っていた。心配そうな顔だ。自分たちの扱いがどうなるかが不安なのだろう。よい報告ができてなによりである。

「話し合いは終わりました。戦闘は終結。罰などもありません。帰還後は、戦後休暇と特別手当が出ます。詳しくはアリシアからの通達を待ってください」

「おおおお！」

と声が上がった。

「ありがとうございます、レナード殿！」

「宰相殿の秘蔵っ子であられる！」

「さすがレナード殿、さすレナ！」

私は、肩の荷が下りた。

彼らには、ホウレンソウとお手紙の重要性を再認識したアリシアから、厳しい講義と再訓練が待っているのだが、それを今言う必要はないだろう。

明るい喧噪に包まれる幕舎を後にする。

向かう先は帝国軍の陣地。

最後の仕事、エドワードのところへと向かうのだ。

# 33. エドワードとアリシア

エドワードの幕舎は、帝国軍の陣でも奥まった場所にあった。

陽気な喧噪も遠い。静かさは、敗者である客人への配慮だろうか。

異国の軍隊の有り様に、私は好感を覚えた。

見張りの兵に、訪問の理由を述べる。予め話は通してあった。私はすんなりと中へ通される。

入り口の垂れ幕をくぐると暖気が体を包み込んだ。

小さくはぜる薪の音が心地よい。私のそれよりもよほど快適そうな寝床の上に、エドワードはいた。快適な幕舎に私はひとまず安心した。

「起きているか、エドワード」

私は敬称をつけなかった。エドワードも寝たふりなどしなかった。

「レナードか……。何しに来た?」

「話しに来た。決まってるだろ。帰れと言うなら、帰るが」

「待て、いかないでくれ！」

慌てて半身を起こそうとしたエドワードが、痛みに顔をしかめた。

しまった。

少しの罪悪感から、無意味に冷たくあたってしまった。走り寄って、背中を支える。

エドワードは、すまんと口の中でつぶやいた。

「悪かった。無理するな。派手にやられたみたいだな」

「ああ、本当に痛かった。奴らは本当に恐ろしい」

昨晩、エドワードは、わざと逃げ出したアリシアを追いかけたという。

露骨な誘いであったのだが、彼はその罠に嵌まった。結果、彼は捕らえられた。

それを愚かと言うだろうか。

私は彼の本質が決して暗くないと思っている。血統を鼻にかけた高慢な王子？

なら、なぜエドワードはこの平民出の私を友として迎えたのか？

打ち身の跡が痛々しかった。命に別状はないという話であった。

「罠だって、わかってて突っ込んだんだろ？」

「ああ、……早く終わらせたかったんだ」

だろうな。

昨晩、私たちは敗戦の列をもってエドワードを出迎えた。負傷していた者も多かった。私たちを迎えた彼の目には、後悔の色が浮かんでいた。

「……私が、間違っていた。わかっていた。ずっと前から、わかっていたんだ……」

エドワードの目には涙が浮かんでいた。

「アリシアを認めるのが怖かったんだ」

あいつを認めた瞬間に、自分が犯した間違いが全部降りかかってくる気がしていたとエドワードが言った。私が全部悪かったんだ、とも。

「違う。お前だけのせいじゃない」

私の言葉は本心からのものだ。

エドワードはまだ十代だ。

その人格を作るのは、環境だ。苗木が曲がって育つのは、多くの場合育て方が原因だと私は思う。苗木とか言っちゃうから、おっさんくさいと言われるのだろうが、今回だけは諦める。

私は、父にも母にも恵まれた。大変なことも多かった。大事なことだからもう一度言うが、大変なことも多かった。しかし、エドワードよりは、百倍マシな環境だった。

エドワードの涙は止まらなかった。

「今までは耐えられた。だれかが倒れても、それは私のせいじゃないって思い込めた。でも、昨日は違った。耐えられなかった。あれは私のせいだ」

この戦いは私のせいだ……。と彼は言った。

嗚咽が漏れる。

私は、彼の背中をさするだけだった。

手には背骨の感触がした。もともと太った奴ではなかったが、さらに痩せたようだ。

食事をとらねばそうなるだろう。

彼のこれからをどうすべきか。商会で支援するとして、だが、彼の受け入れ先を考えねばならない。彼を恨む人間は多い。

私の思案は突然の声に中断した。

「エドワ――――ド！」

少女の声だった。

顔を上げる。

幕舎入り口。隙間から漏れ入る光が揺れていた。

そして、小柄な闖入者の影。

「エドワード！　お前に言いたいことがある！」

アリシアだった。

何事かと思った。

突如として現れたアリシアは仁王立ちに、私たちをにらんでいた。

アリシアは、淡泊な性格をしている。よい意味でも悪い意味でも、根に持たない。

それがなぜここに。

彼女は私の疑問などそっちのけで、唐突に、エドワードの糾弾を開始した。

「お前は駄目な王子だった！　戦う私たちにそっぽをむいて、王妃と一緒に邪魔をした！　頑張る子を傷つけた！　それも何度も何度も！　私はお前が大っ嫌いだ！」

いまさらそれを言いにきたのか？

しかし意図をつかみかねたのは一瞬のこと。

アリシアは、こう続けたのだ。

「でも！　……でも、私はやり返した！　お前が私を邪魔したとき、私は蹴ったし、殴ったし、転がした！　お前が悪口を言われてるとき、私は、ざまーみろって思ってた！　だからお互い様だ！」

お互い様。

そう言い切ったアリシアの目には、涙があった。

アリシアは、この内戦をすべてエドワードの責任とすることに、決して嬉しそうな顔はしていなかった。

「私は悪くない！　だから、謝ったりなんてしない！　私は大変だった！　私のほうが大変だった！　もうすごい大変だった！　だから絶対謝らない！」

アリシアは、戦った。

戦って戦って戦い抜いて、そして多くの同胞を守りぬいた。

アリシアに感謝こそすれ、少なくとも王国の民から、彼女が責められる謂われなどありえない。

しかし、私には疑問があった。

その王国の民の中に、エドワードは含まれているのだろうか、と。

その答えがこれだった。

「でも、それはお前も同じだ、エドワード！　お前だって、苦労してたのかもしれない！　知らんけど！　苦労なんてしてなかったかもしれんけど！　でもそんなの知ったことじゃない！　私はお前も大変だったたって思ってる！」

横を見ればエドワードが泣いていた。

彼は雰囲気に弱い男だ。つられて泣いたのだろう。

私はそのエドワードの影響されやすい感性が好きだった。すぐに周りに流されるのだ。

アリシアがこぶしを握る。

「私は幸せになる！　だれかの役に立って、だれかを幸せにして、私の好きなみんなを幸せにして、私も一緒に幸せになる！　絶対に幸せになってやる！」

アリシアは息を吸い、大きな声で吐き出した。

「それはお前も同じだ！　お前がだれかの役に立って、だれかを幸せにして、だれかと幸せになるのなら、それはいいことだ！　……お前が幸せになることは、いいことだ！」

アリシアは笑っていた。

泣き笑いに笑っていた。

私が、一番聞きたかった言葉を、アリシアは絶叫してくれた。

「だから、頑張れ、エドワード！　これからお前は、大変なことにぶつかるだろう。今までの失敗を何度も何度も笑われるはずだ！　もしかしたら石を投げられたりするかもしれない！　そういうときは、レナードに頼れ！　私は助けない！　私にも、立場とかいろいろあるから！　お前のことぶっ殺したいって思ってる友達が何人もいるから！　だから、絶対に助けない！　でも、頑張れ、エドワード！　じゃあな、あばよ！」

そして、アリシアはくしゃくしゃの泣き顔をゆがめると、来たときと同じ勢いで踵を返して出て行った。

言うだけ言うとはこのことだ。勝者の特権というやつだろう。

勝者であるアリシアは、敗者であるエドワードに言いたい放題言う権利があった。

そして彼女は、その権利を正しく行使した。

アリシアにはね上げられた入り口の垂れ幕が、名残惜しげに揺れていた。

エドワードは、歯を食いしばり涙をこらえる様子だった。

しかし、それもつかの間のこと。やがて毛布に突っ伏すと声をこらえて泣き出した。

くぐもったうめきが漏れる、その背中を、私はしばらくさすっていた。

# 34・王国と皇子

「外務局、緊急通信！　機材をすべてまわせ！」

「本土以外のラインは一時的に放棄します！　帝都第三対外情報室はこれよりジークハルト殿下の

指揮下に入ります！　ランズデール元帥に関する調査結果はすべて封印を解除！」

「すまん。恩に着る、クラリッサ」

「緊急時です」

クラリッサの指揮系統は、本来俺とは別だ。

彼女は彼女で皇帝の命に従って動いていたのだが、この瞬間、全権が俺に委任された。

切迫した状況だった。

基幹要員は召集済みだ。魔導用通信機材が一度に送れる文面の量は限られている。通信回数と情報量を両立させるには、機材を並べて運用する他ない。

面倒なことだが、ないよりましだ
「打電しろ！　『王国ヤバイ』」

「復唱します！　『王国ヤバイ』」

なんだこれ。酷すぎる。つまりいつもの帝国軍だ。

いや、普段からいろいろ酷い自覚はあるが、今回は輪をかけて酷いと言える。

しかし、他に言いようもなかった。


帝国国内の状況は、俺たちの完全勝利で終わった。

アリシアの指揮による帝国軍大勝利の報は、帝国を席巻。

なにしろ、大規模な対外戦争での勝利は数年ぶりの快挙だった。その数年前の勝ち戦にしたところで、最終的には総司令官の俺が謎の熱病でぶっ倒れて和平という塩辛い結末に終わっている。大規模な会戦での勝利となると、対蛮族を除けば三十年ほどは時代を遡らねばならないだろう。

それほどのことだ。

アリシア・ランズデール元帥の登用から始まる攻勢は、王国西部への橋頭堡確保と、敵主力部隊の撃破を実現。もはや王都陥落も射程圏とされ、消え入りかけていた軍への信頼は不死鳥のごとき復活を遂げていた。

実態は、アリシアの名声と指揮能力にお守りされながらの進軍なのだが、知らぬが仏だ。実態を知って喜ぶ帝国民は一人もいないので、「帝国軍の皆さんはよい人たちです」というアリシアの優しさをいいことに、俺たちは口を緘することを決めていた。

軍におけるアリシアの人気が高い理由でもある。

そしてアリシアの才能を見いだした俺への評価も連日のストップ高を更新。俺に批判的だった各新聞も、驚くべき鮮やかさで手のひらを返した。

曰く、非凡な才能をいち早く見抜き登用した皇子ジークハルトの識見を称えよ、と。

現金な奴らだ。試しに、特に酷かった一社に対して「以前の発言はどういうことか」と指摘してみたところ、新聞の無料購読券をつけるから許してくれと詫び状が送られてきた。謎の洗剤がおまけについていたと、後方参謀は首をひねっていた。別段、爆発物が仕掛けられていることもなく普通の洗濯洗剤であったという。兵士のパンツを洗うのに使ったそうだ。

そして、元老院に巣くっていた帝室の敵《おれたち》であるが、こちらも完全にすり潰された。全員公職から追放だ。時の皇帝から兵権を奪おうとしたのだから、対価の支払いは当然である。ご機嫌な父からは、「アリシア嬢の帝国入りはいつごろになる？」という催促が届いていた。最近酒がうまくて困ると、無邪気な喜びの声まで綴られていた。

すまん親父。しばらくしたら酒の味がわからなくなるかもしれん。

「王国は絶対王政に移行します」

おおよそ、こちらでも予期していた分析結果が届いたのは、王国の者たちも交えた会議の三日後のことだった。

「では、これより授業を始める。今日は絶対王政について勉強するぞ！」

「はい！」

「よろしくお願いします！」

その日、王国西部の盆地コシュレルでは、新米国家指導者を対象にした青空教室が開かれていた。

教師役は、担任の俺、ジークハルトと、助手のクラリッサ。

一方の生徒は四人。次期女王に就任予定のアリシアと、未来の宰相レナード、それに腐ったみかんが二人だ。片方は昼間から安酒をなめており、もう片方は着崩した軍服で後ろの席にふんぞり返っている。

奴らはどうでもいい。

俺は、不良二人の更生を諦めていた。

アリシアとレナードは、二人とも向上心に富む優等生だ。俺は、この二人の人生を導くことに使命感を燃やしていた。

「では、アリシア、質問だ。絶対王政とはなんだろうか？」

「はい、超強い王政です！」

「うーん、正解！　百点だ！」

「やったぁ！」

アリシアが万歳した。

さすが、アリシア。パーフェクトな回答だ。ほっこりする。なぜかクラリッサからは尻を蹴られた。

「では、レナード。絶対王政の特徴を挙げてくれ」

「常備軍、恒常税制、中央集権を支える官僚機構でしょうか？」

「素晴らしい！　九十九点だ！」

「殿下、一点減点の理由はなんでしょうか？」

「お前には、かわいさが足りない」

「なるほど！」

「きゃはー！」

えへへ。えへへへへへと、アリシアが笑う。

ああ、アリシア、かわいいな。だが、あまり俺を困らせるものではない。今は、授業中だ。生徒

と教師の恋はあまり表沙汰にはできないしな。秘めたる恋だ。

俺がデレデレと鼻の下を伸ばしていると、クラリッサの追撃がもう一度尻にきた。三割増しの威力だった。

王国は、アリシアのもとで生まれ変わるだろう。それも強大な重商主義国家として。それが俺たち帝国のの分析だった。

最大の理由は指導者だ。

今、王国はアリシアを中心にまとまっている。

官僚機構と恒常的な課税収入の重要性を認識した戦争の英雄に、王国全土が従うのだ。

既にして、戦時下の王国は三万以上の常備軍を抱えていた。

それでいて外債の発行は皆無。つまり国内の生産力のみをもって、蛮族と帝国を退けたのだ。しかも、アリシアにはエドワードという大きな枷がつけられていた。

それが外れた。そもそもアリシアの初陣からは四年、彼女の活動がそれよりさらに数年先んじていたとしても、改革を全土に広げるには時間が足りなかったはずなのだ。

だが、今後は違う。妨害者は排除され、そして、諸制度の整備に関わる知見を彼らは帝国から盗むことができる。レナードは優秀な生徒だ。早晩、王国に最適化した官僚機構を構築してくれることだろう。

今後は改革が急速に進むはずだ。現に今彼は大いなる発見に目を輝かせている。

「この数日で、王国の歴史は五十年以上進んだぞ！　さすがはジークハルト様だ！」

「ジーク、本当にありがとうございます！　頑張ってね、レナード。私は基本見てるから！」

「構わないさ！　私には殿下がいる！」

ジーンとくるな。

彼らの改革を支えるのがこの俺なのだ。アリシアとレナードの二人は俺の教えをまるで砂漠の砂のように貪欲に吸収した。教師冥利に尽きるとはこのことだ。かつて「理屈っぽい」「楽しくない」「ほとんど自己満足じゃん」と散々な言われようだった俺の講義が、今はこの若者たちの役に立っている。

俺は間違っていなかった。やはり、良い生徒には伝わるのだ。嬉しい。楽しい！

一方で、つまらなそうにしている連中もいた。

アランという男と、メアリという女だ。

両者とも、それぞれの呆け顔でぼーっあたりを眺めていたのだが、ふと、男の方が女の方に質問をした。

「なぁ、メアリ。お前ヤッたんだって？」

教室が静まりかえった。

おい、お前、いきなりなにを言い出す？　授業中だぞ！

ヤったとはつまり、ちゅっちゅしたって事か？

アリシアとレナードがちらりと後ろを見た。

しまった。この年頃の子供たちにとって男の子と女の子に関係するあれこれは最大の関心事項だ。

だが、気にするな、二人とも。

メアリは、ああ見えて身持ちのしっかりした娘だ、そうそう間違いは……。

「はい、この間済ませました」

ガタタッ！

二人が立ち上がった。

「ちょっと待って、どういうこと!?」

「もしよければ、詳しく感想を聞かせてくれ」

「別に。普通でしたよ」

なんということだ！

優等生の二人が、瞬く間に捕まった。

俺は歯噛みした。

この不良共め！　腐ったみかんめ！　授業を無視するどころか、前途ある二人に悪影響まで与えるとは！

排除しておくに限る。

正直、ヤっちゃった発言を聞いて、驚いた部分はあった。従者殿《メアリ》なにやってるの!?　と思わなくもなかった。しかし彼女は自称十七歳の自立した成人女性、異性であれ同性であれ、だれかと関係をもつこと自体は特に問題ない。

というか今は、割とどうでもいいだろ、俺は今、国という大きなものの話を……。

「メアリとアランは、ちょっと廊下に出ていなさ……」

「で、相手は誰なの、メアリ？」

「コンラートです」

「「「えええええっ！」」」

俺とアリシアとクラリッサが凍り付いた。

なんと、メアリの道を誤らせた下手人は、副担任のコンラートであったのだ。

あの男は、メアリのメアリに誘われて、この不良娘とエッチしてしまったらしい。

そして、そのコンラートの監督責任者は、他でもない、この俺だ。

俺を冷たい視線が包囲する。

教師歴、二日と三時間。

新任学年主任ジークハルト第一皇子の明日はどっちだ。


「というわけで、王国指導部を牽制するどころか、統治のアドバイスを始めてしまったお二人に対する査問会議を始めます」

「はい……」

「すみません……」

久々の糾弾会であった。

幕僚に加え、今回の会議では本土から急行してきた外交官も出席している。

前にも似たようなことがあった気がする。懐かしい。以前との違いは、かつての仇敵クラリッサも被告人席に座らされていることだろうか。ボロぞうきんのようになったがコンラートが、幕舎中央から吊されているが、そちらは気にしなければ問題ない。奴の首は、柱につるされるのがお似合いだ。

悄然とした雰囲気の中、本土出向組の一人が挙手をした

「先に、王国に対する再評価結果をお伝えします。」

「聞かんでも大体わかるが、言うだけ言ってみろ」

「ここ百年で、最大の潜在的脅威になると断言します」

一瞬の沈黙。

そして、不満が爆発した。

「殿下は、その脅威に対して無償で塩を送りまくったというわけですな!?」

「なに考えてるんだ！」

「アリシア様の引き抜きもまだなのに！」

「というか二人だけポイント稼いでて、ずるい、ずるい！」

「でも、へこんでるクラリッサさんもかわいい！」

非難の嵐だ。悄然とうなだれる。

どさくさに紛れて、どうでもいい告白した馬鹿がいるが、そいつは別件でしめておこう。ごまかせると思わぬことだ、ロゼルホラント特務中尉。

「どうしても、我慢できなかったんです……」

ちぢこまったクラリッサが、現行犯で捕まった痴漢みたいな供述をした。

きっかけはレナードという青年だった。

彼に対する俺の第一印象は、「なんだ、このメガネは」である。宰相の跡取りで、王国の大商会の親類らしいが、だからなんだという話だ。金も地位も、俺の方が数段上だ。

なにより、アリシアと仲がよさそうなことが疎ましかった。これでもし過去にアリシアとなにか甘酸っぱいサムシングがあったなら、難癖つけてちん○もいでやろかと思っていた。

まぁ、アリシアも見ている前であるし、邪険にはすまい。どれ、この俺が直々に帝国の先進性を教えてやろうと、マウント取りに行ったのが間違いだった。

気づけば俺は、キラッキラの目をしたレナードから絶賛を送られていた
「すごい。このレナード、ジークハルト殿下のご見識に感服いたしました！　我々が負けたのがあなたで良かった！」

「でしょでしょ。私のジークはすごいんだから！」

私のジークときたか！

素晴らしい響きだ。それからレナード、正直、お前のことなんかどうでもよかったけど、ちょっとぐらいなら助けてやってもいいんだからね！　という気になったぞ！　勘違いするなよ。アリシアの好感度上げてくれた借りを返すだけなんだからな！

アリシアはこれ見よがしに俺にじゃれついていた。「おい、殿下に向かって失礼だぞ」とレナー

ドは怒っていた。えへへと笑うアリシアがかわいい。俺を立ててくれるレナードもいいメガネだ。

たまらん。ここ三日で最高の気分だ。最近気分がいい日が多くて人生がとても楽しい。

よーし、お兄ちゃん頑張っちゃうぞー。

と張り切った結果があれだ。俺は帝国四百年で培った統治に関わるノウハウをありったけ吐き出した。手加減とかできなかった。もともと俺は素直な奴らが好きだ。素直な生徒たちを前にして、出し惜しみなど無粋の極みと考えている。

そして、俺は、機密情報を垂れ流す壊れた蛇口へと進化した。水道の元栓を締めにきたクラリッサは、アリシアのキラキラビームに瞬殺されて、情報室預かりの機密文章を片っ端から貢いでいた。

封印解除の承認を求められた俺は、光の速さで判を押した。

で、その結果がこの査問会だ。正直後悔はしていなかった。

「はぁ……、では、最後に戦犯である殿下から言い訳をどうぞ」

えー、ごほん。

「アリシアたちが、かわいすぎるのが悪いと思う！」

「「「「わかるー！」」」」

参加者全員が同意した。

自明の事実だけを確認し、会議は閉幕。完全に時間と酸素の無駄だった。


俺は、ハッピーエンド至上主義者だ。

困難に立ち向かい、みなのために努力した人間が、最後の最後に幸せになる。そういう話が俺は好きだ。

現実は、そうもいかないことが多い。面倒なしがらみに邪魔され、なにかをしようとするたびに利害の対立からお互い傷つけ合うことになる。切り分けたケーキの取り分をめぐって、一つしかないイチゴを取り合うのだ。

しかし、俺の手が届く範囲だけでも幸せな結末を見とどけられればと思う。俺は皇子だ。へそくりはたいてイチゴを一つ買うぐらいわけはない。

権謀術数だまし合いも、大いに結構。だが、それらはあくまで手段なのだ。

仲良くなったアリシアは幼《いとけな》い少女のようだった。無邪気で、あけすけで、まるでこちらを疑わない。その無防備さに、俺たちがほだされたといえばその通りだ。

後に彼女の父親から、「あの笑顔にだまされるな。戦場で、何回、嵌められたか忘れたのか？」と言われたが、この時、俺は気づかなかった。だから、彼女と彼女が守ろうとした者たちの笑顔を守ることが、帝国《おれたち》の利益を侵さないなら、ちょっとの手助けぐらい、いいじゃないかと俺は思ってしまったのだ。

それは、帝国軍も似たようなところがあったと思う。

王国の未来は、王国人が決めるものだ、もし彼らが独立独歩の道を選んだときは、まぁ、受け入れて、違う隣国として付き合うのも仕方ないかと思っていた。

結果的に、俺たちの厚意というほどもない小さな善意は、大きく報いられることになる。だが、それはもう少し先の話だ。

王国軍の帰還が始まっていた。

負傷者たちに続いて、近衛騎士団主力も帰還の途につく。アリシアの努力によって減ぜられたとはいっても、少なくない犠牲を出した彼らであったが、その表情は明るかった。

最後の一団の背中を俺は、アリシアと見送っていた。

「終わったな」

「はい、終わりました。……ありがとうジーク」

そうつぶやいたアリシアは、何かをこらえるようだった。

彼女の髪を風が揺らす。地平線を眺めるアリシアは、その年頃の少女と同じ顔をしていた。彼女は少しさみしげだった。

「なにか、言いたいことがあるんじゃないか？」

なんでわかっちゃうんですかね。と彼女は小さくつぶやいた。

「戦いが終わるといつも思うんです。もっとうまくできなかったのかなって」

「俺たちの宿命だな」

戦えば人は死ぬ。もっとよい方法はなかったかとその都度思う。

そして至った結論は、俺は俺ができることしか、できないということだ。

「帝国は無血革命だった。民衆の革命で、皇帝の親政へと移行した」

アリシアが俺を見た。

「それから、三年続けてクーデターだ。一度目は許した。二度目も我慢できた。三度目からは族滅した。以来、頻度は五十年に一度になったよ」

アリシアが、ふっと笑った。

今回の戦いでエドワードと王妃の支持者は一掃される。それは、この戦争でアリシアが力を示したからだ。

彼女のことを慰めることはできるだろう。

あなたのせいではないと。あなたはよくやったのだと。

そうやって、彼女は支えられ、また歩みを進めるのだ。次の戦いへ。次の次の戦いへ。アリシアが望むと望まざるとによらず。

「あなたを、守りたい」

俺は思う。

彼女を守る人間が一人ぐらいいてもいいじゃないかと。それが、自らの力を過信した自惚れの増上慢であったとしても。

「アリシア、俺と結婚してくれないか?」

「はい。……ジークハルト様」

アリシアが目をつぶったので、俺はその額に口づけた。

# 35．ホモと婚約とわたし

レナードは法律とかが好きだ。大好きだ。

理由は、おじいちゃんの苦労話だ。

昔の王国は、一つの大きな国というより、領主単位の小さな国の寄り合い所帯のようなところだった。これの何がめんどくさいって、法律が領地ごとに違うことだ。領主によっては悪い奴もいて、しかもそいつが「俺が法だ！」などと言っているものだから、通行したいだけの人たちは大変に苦労した。

時の王太子殿下に従って各地を旅したレナードのおじいさまは、もろにその影響を受けた。なんども死にかけたし、お金もいっぱいとられたし、本当に大変だったそうだ。

ゆえに、彼の国法に対する熱意には並々ならぬものがある。

彼の今があるのは、生粋の真面目さに加えて、そういう熱い思いがあったからだろうと、私は思っている。

男女間に純粋な友情は成立しないという。私は彼と友人のつもりだけれど、その好意の中に男の子に向けるサムシングが混ざっていなかったといえば、嘘になるだろうなぁと思っている。レナードは私の初恋の人だ。

淡いおのではあったけれど。

その私の甘酸っぱい思い出の人が、今、雌の顔をしていた。

レナードはレナ子になっていた。

帝国から来た皇子様のせいで。

その日も、逸物ぶら下げたこの雌野郎は、純度百パーセントの笑みを浮かべて私の陣幕に顔を出した。

「アリシア、今日はジークハルト殿下のところには行かないのか？」

「……まぁ、行くけど」

すっごい低い声が出た。

私は、言いたかった。私をジークに会うためのダシにしないでくれる？って大きな声で言いたかった。でも、言えなかった。

だって、なんかすっげー負けた気になるんだもん！

なにそのいい笑顔は？　私、君のそんな顔初めて見るんだけど!?

王国のレナードは、苦み走ったイケメンフェイスで有名だった。私も「なーに、大人ぶってんだか」ってちょっとドキドキしながら眺めていた。しかし、今のレナードは完全に思春期の男の子の表情をしてる。すっごい表情豊かになっちゃって、完全に年頃の男の子の顔をしている。

その顔には見覚えがあった。舶来物のエロ本見つけた時の、男子共の顔だ。

この男同士の集まりはすごい排他的な集まりだった。異性である女子は、問答無用で弾かれる。当時、私は彼らの親友で、そこに性別など関係ないと思っていた。だから、「ねぇねぇ、私にも見せて！」って言ったんだ。

そしたら、なんとあいつら「いや、萎えるから……」「俺は、そういう目でお前を見たくないんだ」とか言って、私をのけ者にしやがったのだ！

裏切られた気分だった。だって、あいつら、普段は女扱いしないくせに、こういうときだけ仲間はずれにしやがるとか、酷すぎる。あの時の疎外感たるや、もう筆舌に尽くしがたく、あえて表現するなら、ガ――――ン！　って感じだったのだ！

その時の男子と同じ顔を、レナードはしていた。

困ったことに、ジークもそういう男の子が好きだ。

一緒にいればわかる。彼は、まっすぐで、素直で、前向きで、ひたむきな子が大好きなのだ！しかも、ジークは長男で弟妹が沢山いる。だから生粋の兄貴分で、面倒見までよいのである。

どう考えても意気投合してしまう。仲良くなった二人の先には、バラ色の未来が待っている。

これは対策しよう。私は決意した。二人が仲良くなったのを無邪気に喜んでいたけれど、完全に失敗だった。

「というわけなんだけど、メアリはどうしたらよいと思う!?」

私が最初に相談したのはメアリだ。

なにしろこの女は、モテる。

昔、「こいつ、絶対、私のこと好きだろ」って感じの男の子がいたんだけど、実態は私といつも一緒にいるメアリお姉さんが好きなだけだった。

学園でも、似たようなことがあった。そいつはメアリに玉砕した後、アンヌに走り、節操のなさをけちょんけちょんにけなされていた。その後、私のほうに来たりはしなかった。私はウェルカムだったのに。

そして軍隊だ。この頃になると、私はもはや悟りの境地に達していた。恋愛ヒエラルキーのはるか頂上に鎮座するこの女《メアリ》が、並み居る男共をちぎっては投げちぎっては投げするのを、麓のほうから眺めていた。

私の恋愛遍歴はかくのごとく敗北の歴史に彩られている。

でも、今度だけは負けたくない！

だって、本当に好きなんだもん。

メアリーは「ピンとこないな」って顔をした。

「私は、殿下はアリシア様のことがお好きだと思いますよ？」

「だよね、だよね！　ジークは私のことが好きなんだよね!?」

「はい、それはもう。とっても大好きだと思います。私が心配になるぐらいに」

よいことを言う。ジークはメアリでも心配になるぐらい、アリシアちゃんの事が好きだという。

ああ、たまにはこいつも私が欲しい答えをくれることがあるのだなぁ。

などと思った私が馬鹿だった。

あ、でも、そういえば……。と前置きしてから、奴は言った。

「殿下両刀からのレナードの総受けは、一つの解釈として成り立つのでは」

「いや、成り立たんよ」

絶対に、そんなの認めないよ。

まず、補足しておこう。「受け」とは男の子だけど女の子な男の子のことだ。そして「総受け」とは、どんな男の子が相手でも、女の子になってしまう男の子のことを指す。ここまで聞いても、ピンとこなかったあなたは、どうかそのままのあなたでいてほしい。

たしかに、ジークはかっこいい。個人的には、ジークはかわいいタイプだと思うし、メアリもそれには同意してくれてるのだけど、「レナードが相手なら、へたれ俺様攻めも成立するのでは？」と、高等言語を話し出しやがった。

やめろ。辛い。ちょっと想像できるのが、なにより辛い。

私は、ふらふらとその場を離脱した。


さて困ったぞと思った私は、とうとうクラリッサに相談した。

というか、クラリッサは、メアリなどよりよっぽど的確なアドバイスをくれるのだ。最初からこっちに聞くべきだったと私は思った。

私の悩みを聞いたクラリッサは遠慮なく大爆笑してくれた。

彼女は「殿下はドスケベだから大丈夫です！」と言ってくれた。そのドスケベについて詳しく聞いてみたところ、本当の本当にドスケベで、聞いた瞬間、私が真っ赤になってしまうくらいエッチなことを私にするのが彼の夢という話であった。あんな顔して、そんなにエッチな人だとは。これでも男共との付き合いは長い。男の子の上半身と下半身が別物なのは知っていたけど、それにしてもびっくりのエロさだった。

でも、これなら、安心かな……。

もしあんなことされちゃったら、私はもう、別の人のところにはお嫁にいけなくなっちゃうけど……。でもとってもドキドキした。ごめんなさい、お父さん。娘はとってもエッチな子に育ちました……。

「なんでしたら、いろいろ手配しておきますか？」

「それは、また今度でお願いします！」

とにかく、ジークが男に走る可能性は低そうなので安心した。

ステップを二、三個すっとばしたメアリみたいな真似をする気はあまりないのであるがでもエッチなのはこの際、大歓迎なのである。

私は、モテなかった。

これまでの人生で、一度も告白されたことがない。

名ばかり婚約者のエドワードがいたけれど、そんなものは関係ない。むしろ障害があればこそ恋とは燃え上がるものなのだ。私は教育上有害な友人関係を通じて、その事実を学んでいた。

つまるところ、私がモテないのは、私の女性的な魅力不足に起因すると私は分析している。

でも、私は耐えられた。なぜなら、私の比較相手が、あのメアリやアンヌであったからだ。あいつらはかわいかったし、おっぱいがでかかった。だから、下を向くとちゃんと地面が見える我が身を眺めつつ「仕方ない。男はみんな馬鹿なんだから」って諦められた。

でも今回は駄目だ。だってレナ子は、おっぱいがない。代わりに蛇口装備の人なんだもん。

万が一、男相手に負けた日には、もう死んでも死にきれねぇ！

そして私は思い出した。

私が、悪役令嬢であったことを！

私は行動を開始した。


まず、ジークを捕まえる。

「ジーク、相談があるんです」

「何でも言ってくれ」

ふふふ、言ったね、ジーク？　ならば私はわがまま言うよ！

私は切り札を切った。

「私、帝国の学校に行きたいんです。王国だとあまり学校に行けなかったから……。帝国には大学があるんですよね。私そこに行ってみたい！」

帝国は大きな国だ。国防もしっかりしている。十代の小娘が不在になると、三日で防衛線ぬかれて乱戦になるどっかの王国とは違うはずだ。

私の言葉を聞いたジークは、それはもう、嬉しそうな顔をした
「ああ、あるぞ！　帝都には自慢の大学がある！　俺も出たし、親父も出た大学だ！　アリシアなら、推薦だけで入学も楽勝だ！　すぐに準備しよう！」

「ありがとう、ジーク！　できれば私、その学校にジークと一緒に行ってみたいです」

「なら、俺も教師枠でねじ込んでおく。これは楽しくなってきたぞ！」

っしゃあ！　これがパーフェクトコミュニケーションだ、見たか、オラァ！

私だってやればできるんだ！

私は快哉を叫んだ。

だが、油断は禁物だ。

なにせ、婚約など、いつでも破棄できる。私が知る物語では、開始時点で結ばれていた婚約は、七割近い確率で最終的には破棄されている。実に薄っぺらい。真実の愛の前には、国同士の取り決めすらチリ紙のごとき軽さなのだ。愛は、国家よりも重い。

ゆえに、世の悪役令嬢はかわいいヒロインを蹴落とすために血道を上げるのだ。なにしろ、ヒロイン《ゃっら》は、確実に息の根を止めない限り、何度でも這い上がってくる。国外に追放しようが、暗殺者を送ろうが、奴らは世界を味方につけて、不死鳥のごとく悪役令嬢《わたしのおなかま》を追い詰めてきやがるのだ。

でも、私は負けない！　不利戦場こそ我が花道！　レナ子よ、今日こそお死にあそばせ！

「それで、王国のことなんですけど、レナードにお願いしようと思うんです。殿下のお力添えを頂けませんか？」

「アリシアはそれでいいのか？」

「……はい、お願いします。レナードにもジークから、直接その旨伝えてください。そのほうがレナードも安心すると思うので」

「ああ、わかった。俺の口から伝えておく。」

ジークとにっこり微笑み合う。

心の中は大喝采だ！

うふふ、いい気味ね、好きな人の口から、別れを告げられるなんて！　おーっほっほっほ、……げほっごほっ！　……慣れない笑い方するもんじゃないな。悪役令嬢も楽じゃない。

ジークからは、実は帝国としても、私の希望を聞きたかったから、助かったとお言葉を頂いた。

にやり。私は勝利を確信した。


そして、別れの日。

王国軍、最後の一団とともに、レナードとアランも帰還することになった。

「じゃあな、アリシア。元気でやれよ」

「うん、アランも、次会うときはもうちょっと落ち着いててね」

「うるせぇ」

アランはなんか名残惜しそうな顔をしてた。

そういえば、こいつは「おっぱいのでかい女の子が好き」と言っていた。たぶん、メアリのことが好きだったんだろうなぁ。残念、あいつの乳は、もはや帝国イケメン、コンラートのものである。

ちょっとかわいそうになるぐらい、コンラートがいれあげてるんだけど、まぁどっちも幸せそうだし、別にいいかなって思ってる。

「レナードも元気でね」

「ああ、アリシアもな。それと、ジークハルト殿下、お便りしますね！」

「あ、ああ、楽しみにしているよ」

あ、ジークが引いてる。

レナードは気にしてなさそうだ。別の意味ですごいなあの男。エドワードは先に出発したので、今頃はもう王都だろう。


こうして悲劇のヒロインレナードは、愛しのジークハルトから引き離されて王都へと帰って行った。私はそれを満面の笑みで見送った。

レナードよ、王国の仲間たちよ、さらば。次に貴様らと会うときは、私とジークの結婚式だ！

ジークの隣に立つ。

彼は私を見下ろして、かわいく首をかしげた。

「どうした、アリシア?」

「いいえ、ジークハルト様？」

うふふ、ぺったり張り付いても怒られぬ。

これぞ我が世の春である。

こうして、頑張ったアリシアちゃんは素敵な彼氏を捕まえて、帝国へお嫁に行きましたとさ。

その後も大学入学より先に蛮族の包囲攻撃を撃退したり、学校の卒業前に子供こさえちゃったりするのであるが、それはまた別のお話。

以上、めでたしめでたしでした。

とっぴんぱらりのぷう。

## 36．エピローグ

「終わった！」

「お疲れ、レナード！」

「お疲れ様、わたし」

「いや、お前働いてないだろ、アデル……」

「失礼ね、家を守るのも仕事のうちよ」

談話室。アランと私をアンヌとアデルの二人が迎えてくれた。

春、アリシアの出奔に続く帝国留学事件から三ヶ月が経っていた。

あの後、騎士団の凱旋式やら、ジョン陛下の禅譲やら、王都でアリシアの帰還を待っていたランズデール公が娘の帝国行きを知って帝国国境に突撃するやらで忙しくしていたのだが、それもようやく一段落ついたところだ。

珍しく仕事をやる気になったアランと二人、方々を駆け回る日々はそれなりに楽しく、普通にとてもしんどかった。

だが、やった、やりきったぞ！

帝国からの行政官も迎え、この春から王国は、新しい体制の下スタートする。

「後始末まで完璧でさすがレナードって感じだったわ」

「あれが片付いて、お父様も大分機嫌がよくなったし、私も仕事がやりやすいわ。こんなに楽になるなら、強引でも早めに片付けておくべきだったかしら？」

「今から時間を戻せるなら、俺も手を貸したいところだ」

あれ、とは王妃マグダレーナのことだ。

彼女は実家であるナバラ公国へと逃げ出していた。

三の離宮での蟄居が命じられたのだが、それを不服としたナバラが騒いだので、工作員を誘引して国外逃亡の体でお払い箱にした。お優しいジョン陛下は、「やはり寂しくなるなぁ」と残念がっていらっしゃったが、正直我々は清々した気分以外の感慨はない。

王の結婚相手選びは慎重になるべきだという、苦い教訓であった。

ナバラから来ていた取り巻き共もまとめて追放、その他の取り巻きは、公職追放とあいなった。

血の気大好きな一部の諸侯が「革命なのだから、命を革めるべきなのでは」などとうそぶいていたが、アリシアの印籠を出したところ全員沈黙した。

王国の宮廷は一本化され、父の補佐の下、なぜか私が政治の首班としてアリシアの傀儡のごとく働いている。正直、今までが今までだったので別段面倒は感じない。

基本は専門家に任せればよいし、反抗する人間は即刻すげ替えれば良い。

官僚職は今や非常に人気で、成り上がりたい若手の調達には苦労しないのだ。意図してはいなかったが、私が盛大に出世したことで、皆も野心を刺激されたらしい。

私と一緒に、政敵の首刈りをしていたアデルが息を吐く。

「しかし、あいつら腰抜けもいいところだったわね。命がかかったらすぐに白旗あげたわよ？」

「いや、命がけの悪党より、目先の利益追いかける小悪党のほうが楽だぞ、絶対」

「珍しくアランがよいこと言った」

「命がけで悪事を働いた奴が言うと、重みが違うね」

「もう、やめてくれ、頼むから」

笑い声が上がる。

この四人の中では、アランは一番、割を食ってる格好だ。

戦地から帰還したアランは、案の定、妹たちから散々になじられたらしい。その後、あの演説まで「若気の至り」と「男ってやっぱり馬鹿」の証明のような扱いになってしまい、家庭内カーストは最底辺まで下落。今は、使い走りの日々を過ごしている。今日、自宅を出るときも「お兄ちゃん、おかしお土産ね」「お兄ちゃん、私もおかし」「いとおかし」「おあしー！」「俺は、お菓子じゃねー！」みたいなやりとりをやっていた。

「帰りに厨房寄らせてくれ。輸入品が増えるのは結構だが、最近あいつら舌が肥えてしょうがない」

「わかる。おいしい」

「この世界にも文明は存在した」

「ジークハルト殿下への感謝を忘れるなよ！」

アデルとアンヌに釘を刺す。二人はうんざりしたような顔で私を見た。

私は当然の感謝を促しただけだが。

アリシアと殿下の婚約が発表されたのは、もう二ヶ月も前の話になる。「王国はジークの策源地にするから、整備よろしくー」とアリシアから無責任極まる手紙が送られてきたときのことがつい先日のように思われる。当時、私は、王妃やエドワードに関わる諸々で修羅場の只中でもがいていた。血を吐くかと思った。

幸い、ジークハルト殿下からのフォローがすぐにあり事なきを得た。帝国の専門家たちの助けもあって、着々と法整備や税制の改革が進行中。「軍政は、アリシアが手を入れるだろうから、適当にしておいてくれ」と言われたので、そちらは手つかずでおいてある。正直、やってられるかと思っている。

そのアリシアは帝国陸軍大学へと入学したらしい。

皇后になるんじゃなかったのか？　私のみならず、彼女を知る王国の全員が首をかしげたが、本人からは「まぁ、大学は大学だから……」と若干元気なさげな手紙が来たきりだった。

軍大学に関しては、こちらでも作業があるんだよな。

「編入組の選抜はいつ頃の予定？」

「明日からよ。半年なんてあっという間だから、さっさと決めるってさ」

編入というのは、王国から送られる特別枠の入学者たちのことだ。アリシアに影響（？）されて「私の人生はこの槍とともにある！」みたいな人生観をこじらせてしまった少女たちのために、帝国軍が入学枠を用意してくれたらしい。どのみち皇族の親衛隊を編制する必要があるようで、「だったら王国から志願者を呼ぼう」とアリシアから案内が届いていた。

酷い競争倍率になっているが、幕僚長のアデルがきちんと精鋭を選抜してくれるだろうと期待している。唯一の心配事は、アリシア含めた彼女たちが帝国における一般的な王国人のイメージになりそうなことであるが、もうそれは割り切るより他はないと思っている。

その後も、いろいろと話はつづいた。

隠居のつもりで悠々自適の生活を計画していたら、急遽取りやめになってしまい、今も恨み節の我が父とジョン陛下。

アリシアの保護にあたったウェルズリー侯は、帝国に行く彼女の護衛役として帝国にも領地を得たらしい。「地面よりアリシア様と会える機会を増やして欲しい」とは彼の言だが、そのアリシアが、なるべくお礼は物で済ませたいと言っていることは、知らぬが仏というものだろう。

そして、エドワードだ。

「今日、開拓団が出発する。アランと私で、これから見送りに行くんだが、なにか伝言があれば伝えるぞ」

「そう。健康を祈ってるわと伝えておいて」

「遠くで生きるなら、私たちから言うことはなにもないわ」

エドワードはこの開拓団に参加する。

初めて触れる野良仕事に本人のやる気は高く、鍬やらを手に持って、素振りを繰り返していた。

「やるぞやるぞ」と楽しそうで、私やアランもつい、つられて庭の土を掘り返した。

餞別は、アランは防具、アンヌは肌着類で、アデルは偽装身分証明書であった。

そして、私は動植物や昆虫図鑑を贈る予定だ。

「相変わらずレナードはセンスがないな」

「私の贈り物地味すぎるかも」

「というか、私が一番いい贈り物してる気がするわ」

などと三人は言っていたが、私は私の贈り物が一番喜ばれる自信があった。

小さい頃のエドワードは、昆虫少年であったから。あの王妃がそんな趣味を認めるはずもなく、しばらくご無沙汰していたが、自然に触れれば、またやる気を出すだろう。

隠居の王族にはちょうどいい手慰みだ。

もし彼にやる気があるのなら、博物誌の一つでも作るだろう。

「正直、あいつが一番の勝ち組のような気がするな」

「それはちょっと納得がいかないな」

アランと二人言い合って、私たちは笑ったのだった。

## 巻末ＳＳ　水虫とお茶っ葉とわたし

戦争は怖い。

なにが怖いって、怖い物が一杯あるのが怖い。

直接的な命のやりとりもだが、飢えとか戦後後遺症とか肌荒れとか私のようなかよわい乙女にとって恐ろしい物が山盛りなのだ。

そんな過酷極まる戦場生活でも特に怖いのが、疫病である。

疫病にもいろいろあって、小さなけがでも死に至らしめるとんでもねーものから、乙女の尊厳を破壊していく胃腸系の奴までの類いまで、大体の奴については見てきた。

その中でも、特に私たち王国軍を苦しめた恐ろしい病気について今日は語らせてもらおう。


その病気とは、水虫である。


はい、そこ逃げるんじゃないよ。

まじで強敵だったのだ。数多の危機を乗り越えて勝利を掴んだ私たちの物語を是非とも聞いてもらいたい。


ことの起こりは、私の帝国入り二年前。私たちが蛮族の本拠地を攻略した時のことだった。

私とメアリは、大勢のおっさんたちを引き連れて長距離遠征を敢行、敵をぼっこぼこにして凱旋した。

王国民は、田舎民も王都民もみな大喜びで、戦勝パーティーと称する飲み会を開催しまくり、私はそのほとんどにいそいそと参加した。そして、その合間にメアリから「相談があるのです」と打ち明けられたのだ。

おやおやぁ？

私には心当たりがあった。

メアリは明るい子だ。

見た目こそ清楚で大人しそうな感じだけど、中身はほどよくおっさんくさい。

なにより、ポジティブな感じでアホだから、どんな深刻な空気でも「こりゃ、悩むだけ無駄だな」って空気にしてくれる。これが戦勝パーティーともなれば、勝利の美酒に酔いまくり、どっかんどっかん盛り上げてくれるのが常だった。

しかしこの時のメアリは、どんなに会場が盛り上がってもしとやかに微笑えむばかりだったのだ。

なにか悪い物でも食べたのかしら？

なーんてね。

当時のメアリは、十七歳と十三ヶ月。

王国の一般的な基準に照らすなら、お年頃だ。

これは間違いなく、恋の相談に違いない！　私はウキウキ気分で、私たちが執務室と呼んでいる物置部屋にメアリを呼んだのだった。

「で、メアリ。相談ってなにかしら？」

私から水を向けられたメアリは、もじもじした。

かわいい！　あと、初々しい！　これは期待が持てますね！

私が、内心のほっこり笑顔で見守っていると、頬を染めたメアリが恥ずかしそうに口を開いた。

「あの、絶対に秘密でお願いします、アリシア様……」

「うん、わかった。約束する」

「実は私……。み、水虫になっちゃったみたいなんです……」

「うん、水虫ね！　水虫……。……げぇっ、水虫ぃ!?」

私は叫び、内心で後ずさった。しかし、物理的には踏みとどまった。鉄の良心がとがめたのだ。

私はメアリが好きだ。大好きだ。隙あらば張り付きにいく。メアリったら抱き心地がふわふわしてるうえに、いっつも良い匂いをさせてるのだ。男共が、クヌギに群がるカブトムシみたいになるのもむべなるかな。私だって雄のオンブバッタのように常時張りついていたいと思う。

それが、水虫とわかったとたんにドン引きするのは、不義理じゃないか？　と私は思った。

甘かった！

メアリは、すごい勢いで肉薄してくると、はっしと私の手を摑んだのだ。

ぎゃー！

待て待て、水虫って接触感染するんじゃなかったっけ？

私は内心涙目だったが、メアリは物理的にも涙目だった。

「助けてください、アリシア様！　私が頼れるのは、アリシア様だけなのです！」

「わかった、わかったわ、メアリ。だから、落ち着いて！　落ち着いて、その手を離して？」

「嫌です！　だって離したら逃げるじゃないですか!?」

「うん、可及的速やかに距離を取りたいとは思ってる」

「ひどいです、アリシア様！」

ゆるせ、メアリ！　だが、私も我が身がかわいいのだ。

メアリはおよよと泣きつつも私の手をがっつり摑んだまま離さなかった。そして、「私たち一蓮託生だって言ってたじゃないですか……」と、私を責めた。

痛い。心が痛い。でも、それとこれとは別の話じゃない？　風邪の時とか相手にうつったりしないように、なるべく距離を取るものだし。

幸い、メアリに道連れの意思はなく、二次感染は避けられた。

そして、一方的な泣き落としの結果、私たちとしつこい菌糸類の戦いの幕が切って落とされたのだ。

さて、本題に入る前に、水虫について少しだけ補足しておこう。水虫について語る恋愛小説のヒロインとか自分でもどうかと思うが仕方ない。お食事中の皆様は読むのを後に回しておくれ。

水虫とは、カビの一種だ。頼んでもいないのに、人様の足とか手とかに感染する。そして、この菌に罹患した患者の足はそりゃもうひっどい異臭を放つようになり、もれなくコミュニティから鼻つまみものにされるという恐ろしい病気である。

しかし、これは軍人にとってなじみ深い病気でもあった。

なにせ、戦場暮らしは不自由で不衛生なのが相場である。それが長期の作戦行動ともなれば、同じブーツを一月以上ぶっつづけて履くなんてこともざら。当然、忌々しい菌糸類も足裏と皮革に挟まれた快適空間で健やかに成長し、遠征帰りともなれば指の股に一大コロニーを築いてしまう。

ゆえに、軍隊においては水虫の隠れ患者も多く、私たちにも身近な病気だったのである。

でもさ、水虫なんて所詮は代謝の落ち始めたおっさんの持病じゃん？

私たちうら若き乙女には無縁なものと私は思ってたのよ。

まったく、とんだ油断であった！

奴らの魔の手は、私のすぐ傍にまで迫ってたのだ！

だが私は負けないぞ！　メアリの敵は私がとる！　私が力強く言い切ると、「勝手に殺さないでくださいませ！」とメアリは怒った。乙女的には割と致命傷じゃないかな、と私は思った。

まぁいいさ。

水虫だろうがなんだろうが、私の身内に手を出すなら私だって容赦はしない。それにしてもかわいいメアリの左足を狙うとは、水虫にもスケベな奴がいるものだ。真菌類の分際で生意気なことこの上ないが、所詮は自律移動すらままならないカビ共だ。

一週間以内に駆逐してやんよ！

メアリと一緒になって情報を収集し対処を開始、そして、半月が経過した。

状況は悪化した。

「だめだこりゃ」

「ひーん！」

私は手を上げて、メアリは泣いた。

はっきり言おう。水虫舐めてた。

私とメアリのコンビは、これまで無敵だった。特に蛮族相手なら、鬼神のごとき強さを発揮して、全ての脅威を鉄拳と鉄剣で粉砕し続けてきた。変幻自在の騎馬戦術と鉄杭の超長距離遠投術には、それだけの威力があったのだ。もはやこの地上に敵なしと、私たちはすっかり調子に乗っていた。

その神話がもろくも崩れ去った。水虫によって。思った以上に屈辱だな。

だが、有り余る魔力も腕力も、しぶといだけの真菌類にはとことん無力であったのだ。

まぁ、そりゃそうだ。物理で病原菌倒せるわけはない。ここまで歯が立たないとはおもわなかったよ。

私とメアリ、二人の大魔導師をして手も足も出なかった。というか下手に手を出すと感染が拡大する。本当にタチ悪いな、この野郎。いや、カビに雄も雌もないのだから、この野郎って言うのはおかしいのだけど。

一応これでも、やるだけのことはやったのだ。

患部を綺麗に洗い、足の裏を日光にさらしたり、指の股を火で炙ったりした。しかし改善の兆しなし。どんなに辛い荒療治も耐えてみせるとメアリは健気なことを言っていた。けれど、有識者の回答は「通気性を確保して快適にしているのが一番です」という無慈悲極まるものだったのだ。

いや、だって「通気性を確保しろ」とかどうしようもなくない?

メアリは淑女だ。そして立派なキャリア・ウーマンだ。

王国では、男の子も女の子も公務で靴下の着用は義務。そして、メアリがこのやらしいカビにやられたことは重大秘匿事項で、大々的に公表して治療するわけにもいかないのだ。

普段、メアリは、私の野生児ぶりをときどきお尻ペンペンを交えつつ、やさしくたしなめる立場にいる。それが突然趣旨替えしてこっち側に寝返ったら、そりゃもう大変な騒ぎになってしまう。

私が生足さらして走り回ってもみんな「もー夏ですねぇ」でにっこりみのがしてくれるだけだけど、メアリが太ももをちら見せしながら出歩けばたちまち大興奮のるつぼになるよ。

許しがたい事態だ。二重の意味で。

あるいは、行商のおっさんから仕入れた謎の薬を試してみたりもした。けれど、「なんかぴりぴりするだけでした」とのことで、実効はあがらず。なんかでかい城壁をパチンコ玉で崩してる気分になれた。

水虫菌にありったけの憎悪を込めて呪ってみたりもした。むろん効果はなく、気力を無駄にしただけで終わった。

そして、そうこうしているうちに、被害が拡大しはじめたのだ。

なんと、我が父、ランズデール公ラベルまでこのカビにやられてしまったのである。

父は北方遠征に不参加だった。だから、だれかかうつされたので間違いない。「どいつが持ち込んだんだ、こんなもん！」と父は冗談交じりに怒っていた。一方のメアリは、顔面蒼白になっていた。

違うよ！

メアリじゃなくて、一緒に訓練してるおっさんたちのだれかだよ！

私は必死で慰めたけど、メアリの気持ちは晴れない。

必然的に憂い顔が多くなり、巨乳美少女に薄幸属性まで身につけたメアリが、学園でモテはじめるにいたり私はいよいよ危機を悟った。なんの事情も知らない男の子が、悪気なく「君のことを守りたいんだ！」などと言ってくれたものだから、「じゃあ、水虫菌から私の左足を守れよ！」と、告白現場から戻ってきたメアリに怒りをぶちまけられたのだ。

それでも現場で叫ぶのは必死で我慢したらしい。

えらいね、メアリ！　でも、私、完全にとばっちりだよね！

だが、私の足は、招かれざる菌糸類に指の股を不法占拠される苦しみとは無縁だった。

ゆえにメアリに共感してやるわけにもいかず、珍しく弱気になったメアリに「もう、私一生水虫と暮らすんです！」「お嫁にも行けません……。別に行きたくもないですけど！」などと嘆かれても、優しく髪をなでてあげるぐらいしかできることはなかった。

これ自体は楽しかった。普段の塩対応から一点。ドライなこと夏場の砂浜にも勝るメアリが、私にぺったりしてくれるなんてなかなかあることじゃない。

うへへ、メアリ、やっぱり良い匂い。足の匂いなんてなんてわざわざ嗅がない限りはわかんないよね。というか、私だって普通にくさくなるよ。ジークには言えないけどさ。時々、嗅ぎたがるけど。話がそれた。

しかしまずいぞ。

私はうなった。

水虫騒動開始から半月、いろいろと支障も出はじめたのだ。

まずメアリが、イライラしはじめてるのがまずい。どうもほんとにかゆいらしい。時々、「ぐぎぎぎぎ」って感じで笑顔が歪む。あと、自分の靴下を他の洗い物と隔離して洗っているせいで、二度手間かかっているのだとか。これが父の洗濯物なら迷わず一緒に洗うのだけど、アリシア様のは許せないと彼女は言っていた。

一応、主君扱いされてることを私は期せずして知った。

でも、もうちょっと他の機会に知りたかったなぁ……。なにも、水虫で再確認しなくても。

そして、ついに打つ手をなくした私は、最終手段に打って出た。転生者アンヌに泣き付いたのだ。ランズデール家単独での敵排除を諦め、しゃらくさいに異世界知識に私は一縷の望みをかけたのである。

学園の生徒会室。

学生のお悩み相談コーナーにて、私たちの切実な悩みを聞いたアンヌは神託を告げる巫女のごとき厳かさで言った。

「異世界にも水虫の特効薬は存在しないわ」

と。メアリは言った。

「なるほど、異世界も意外と使えませんね」

アンヌは一瞬で沸騰した。

「おい、訂正しろ、殺すぞ」

瞬間湯沸かし器もかくやという切れっぷりだ！

こいつら、なんでこんなにけんかっ早いの？　チンピラの血でも流れてるの？

「やめろ！　こんな馬鹿なことで喧嘩はやめろ！　あとメアリは口を慎みなさい！」

がるるるとうなりをあげるアンヌを押さえつつ、でもちょっと同意しちゃう。

だってさ、アンヌってば、事あるごとに異世界のすごさを語っていたんだよ？

空飛ぶ船があるとか、超高速で走る列車があるとか、馬鹿でかい船の話とか。基本、奴の話はスケールがでかいのだ。

そして実際、すごい技術も多かった。うちみたいな原始国家でも導入できる物が盛りだくさんで、馬鍬とか、紡績機とか、井戸のくみ取り装置とか、魔法って言うのはこういう物をいうんだよな、と私はつくづく感心したものだ。だから、当然水虫ごとき、すぐに治せるはずだと思っていた。

それがまさかのゼロ回答。

悪性腫瘍は治せても、水虫の治療はできないらしい。

すげぇな、水虫。なんでも水虫治療薬が作れたら、ノーベル生理・医学賞とかいうすごい賞までもらえるという話だ。ノーベルさんは水虫であったのだろうか？

奴は、水虫は、思った以上の強敵であった。人類に足が生えてる限り永遠に戦い続けることになるのかもしれぬ。

私が命にかかわらないけど絶対にかかりたくない病気ＴＯＰ３のカビ菌について思いを馳せる間にも、アンヌとメアリは決闘中のハムスターみたいな剣幕でにらみ合っていた。が、同時にふん！と視線を外しあった。

「そういう無礼な態度を取るなら、手伝ってなんてあげません。せいぜいかゆくて辛い思いをなさいませ！」

「ええ、結構です。自力で治しますからご心配なく！」

そして二人は喧嘩別れして、この場は解散となったのだった。

徒労。

しかして三日後。今度は私が生徒会室に呼び出された。

すわ、どんな苦情をいわれるのか。不安で胸をいっぱいにした私は、菓子折すら持参せず、敵地へと乗り込んだ。そんな私を迎えたのは、顔面を蒼白にしたアンヌだった。

彼女は開口一番、こう言ったのだ。

「私も、やられたわ……。水虫に」

私は戦慄した。


大変だ。水虫って本当に大変なのだ。

メアリに、父に、アンヌ。

気づけば私の周辺でこの忌々しい菌糸類が大流行しつつあった。

水虫は自分から告白しなければばれる病気ではない。つまり他にも隠れ患者は山ほどいるとみて間違いない。しゅっとした王城の衛兵さんも、綺麗なドレス着たお姉さんも、その靴下の内側にとんでもないモンスターを飼っているかもしれないのだ。

怖くない？　私は怖いよ。

この大流行ぶり、もはやパンデミックの様相である。私自身、いつ感染するかもわからない。王城のふかふかした絨毯も、いまや菌糸類を媒介する培養地にしか見えなかった。

「正直、恐怖しか感じないわ」

「私は、全然平気ですけどね」

「開き直るのはやめてよ、メアリ！　自分がもうかかってるからって！」

無事な右足やられても知らないぞ!?

なにしろカビ菌は目に見えないのだ。異世界のおとぎ話には、空中に浮遊する微生物が見える人の話があったりもしたようだけど、生憎そういう魔法はこの世界には存在しない。

つまり防ぎようがない！

いまや王都は私にとって、病魔の魔窟《パンデモニウム》と化していた。時として魔王と噂される私であるが、病魔の魔王にはなれそうもないな。と、私は思った。

ところで私の身体強化って、対水虫の抵抗力も強化してくれるのかしら？

なんとかしたいけど、なんともならない。そんな私の歯がゆい思いは、それほどは続かなかった。

私以上に、本気になった奴があらわれたのだ。

奴の名はアンヌ。

異世界からの転生聖女がついに本気を出したのだ。

奴は右足がやられた二日後に緊急会議を招集。私とメアリにも漏れなくお呼びがかかった。他にも奴のシンパが何人か来るらしい。

やるなぁ。

「あいつって、ほんと、自分のことにならないとうごかないよね」

「まぁ、自分事になった途端、やる気出すのですからいいじゃありませんか。うふふ」

メアリがにやりと微笑んだ。

まさか、メアリ……。

私がはっと彼女を見ると「……もちろん、そんなことしませんよ」とメアリは意味深に笑っていた。

ひぇぇ、怖いよぅ。

アンヌも怖いがメアリも怖い。ついでにいうと、アデルとか言うもう一人の女友たちも怖い。私の周りは怖い女子がいっぱいだ。

私みたいな純朴公爵令嬢にはこの世界は厳しすぎるよ。

ちなみに、メアリは本当になにもしておらず、あの笑いはアンヌが水虫仲間になった喜びによるものであったらしい。あの後すぐに謝りにいき二人は仲直りしてた。

さてアンヌだ。

お招きを受けた私とメアリは、ノコノコ手ぶらで顔を出した。

アンヌは水虫女の風聞など歯牙にもかけず、自らの感染を告白。私を助けろ、この苦しみから！

と高らかに宣言した。

私は震えた。こんな女がモテるって事実に震えた。

なんでも、水虫の話をオープンにしたら、男の子二人から協力を申し出られたらしい。

私には未だにそういう話がこないのに。なぜだろうか。水虫とセットのアンヌより、私の方が魅力が乏しいと言うことなのだろうか。水虫の影響が小さいのか。それ以上の差が私とアンヌにあるのだろうか。

やめよう。切ない気持ちになるから。すべてはこの悪役令嬢の血が悪いのだ。運命力の差であると私は確信している。

私が、ちょっと悲しい気持ちになっているとアンヌが切り出した。

「で、現在大流行している水虫についてなのですけど、異世界のエッセイで見た民間療法を試したいと考えています！」

「民間療法？」

「はい。その名もお茶っ葉療法です！」

お茶っ葉療法。

そのやり方は単純。新鮮なお茶の出しがらを靴下に詰めるだけ。

ほうほう、と私は頷いて、当然の疑問を返した。

「でも、お茶って高くない？」

「はい、とても高価です。なにしろ普通の紅茶では駄目で、生のお茶、いわゆる緑茶でないといけません」

緑茶。

はて、聞いたことがないな？

異国の物産のついては、レナードが一番詳しい。

何気なく彼を見ると、「うっ」って顔で眉間を押さえた。

おい、露骨に顔に出すのやめろよ。不安になるだろ！

「……いくらくらいするの、レナード？」

「そうだな。……一般的な茶会一回で、そこそこの民家が一軒建つと思う」

「えっ、そんなに！」

やばいぞ。私は再び戦慄した。

なにがやばいって、無理すれば手が届きそうな金額なのが一番やばい！

水虫のしかも不確実な治療法のために家一軒分の金をかけられるのか。

横を見る。メアリがうるうるした目で私を見てた。彼女の給金は私もよく知っている。単独で買うにはちっとばかし高すぎるだろう。

……これは私の甲斐性見せ時か。

はからずも、かわいい子ちゃんに貢ぐおっさんの心理を私は理解した。したくもなかったけど。というか、まじで深刻だな、水虫被害！

私の懊悩を、一つの声が振り払った。

メガネ男のレナードだった。

「……待て。なにも私たちが金を払う必要はない。私に考えがある」

そして、レナードを筆頭とした法務貴族バイト組が動き出した。

メガネの作戦は単純だった。

王妃殿下に緑茶を買わせる。終わり。

「いや、単純すぎない？」

「下手に複雑にするとこんがらがるだろうが」

「そりゃ、否定しないけどさ……」

「若干の屈辱を感じますね……」とメアリも言っていて、アンヌも表情と態度で同意した。

王妃殿下の歳費は私たちの払った税金なのだから、私たちが好きにしてもいいのでは？とかとんでもないことを言うやつもいた。

いや君たち。予算で認められた王妃殿下の歳費は王妃殿下のものだからね？たしかに無駄遣い多いけどさ。

「あの人の金で贅沢すると思えば、気も晴れるでしょ？」

「「だよねー！」」

なんでか緊急参加を決めたアデルも含めて、女共全員が唱和した。こいつら、ほんと良い空気吸ってるな。と、私は思った。

王妃のマグダレーナ殿下は、乗せやすい人だ。直接話すと時々キンキン声になってうるさいが、そこに目をつむれば、まぁ操縦はたやすい。

流行り物に弱く、美容と健康に目がなく、そして最近はアンチエイジングにもご興味をお持ちであるからして、そこを攻めればいいとレナードは言っていた。

今回仕入れる緑茶という代物は、帝国や諸島連合といった先進国にて流行中で、美容と健康によく、お肌の美白効果がある。つまり殿下の好みにドンピシャリ。

「だから、任せておいてくれ」

と、彼は力強く請け負った。

「素敵よ、レナード！」

「さすがレナード様ですわ！」

アンヌとメアリから贈られる無責任な賛辞を、彼はまんざらでもない顔で受け入れていた。私は戦地へ征く彼の背中を、遠い目で見守った。

レナードは頼りになる男だが、まだ十五歳だ。

その歳で王妃様の操縦術覚えてるとか、彼はこれまでどんな生き方をしてきたのか。

うちの公爵家も大概だけど、宰相家はそれ以上だ。

そりゃ老け込みもするよ。

あいつ絶対、健康寿命を削ってる。いまもって青春削ってるまっ最中だけど。

しかして、若さを犠牲にして手に入れたレナードの経験値は本物だった。

あっという間に王妃殿下を調略すると、素晴らしい手際で東方風お茶会の開催までこぎつけたのだ。そして大量の出し殻をゲット、私たちに横流ししてくれた。

「マグダレーナ様は贅沢だからな！　一番茶しか飲まないぞ！」

「つまり、この出がらし薬用成分たっぷりってことよね！」

「やったー！」

実際、まだまだ淹れられそうなお茶っ葉が、どんどこどんどこ供給された。

「うちなんか、お茶っ葉の色が出なくなるまで使うのに……」

「今回ばかりはありがたいですね」

私の横では、メアリは目を輝かせていた。

私の胸はわびしさでいっぱいである。

そして、さっそくトライである。患部を洗い、ふやけたお茶っ葉を靴下に詰め込んで履く。ぶっちゃけ見た目は汚い。しかし、この機を逃すかと、メアリも水虫をカミングアウトしてこの治療に乗っかっていた。

なるべく新鮮なお茶っ葉を使いたいからと、アンヌは聖女特権を発動。学園は王城に近いからと教室の一つを仮眠室に指定。二人はその臨時部屋でごろんと横になり、治療を始めた。「暇だから話し相手になれ」と言われた私は、特に断る理由もなかったので彼女たちの話し相手になって時間を潰した。

彼女たちは、見た目的にはあまり麗しくない格好で、でも、楽しそうに治療をしていた。つめたい。効いてる気がするというつぶやきに、うんうんそうだね、治ると良いねと気のない返事をする。

しかし私の内心は、「私、なにしてるんだろう？」という素朴な疑問で一杯だった。

私は、少なくとも公爵令嬢で、一応国の英雄のはずなのだ。

それが今、出し殻パンパンに詰め込んだ靴下履いた侍女と下級貴族の小娘といっしょになって、仮眠室でごろごろしている。意味がわからなかった。

一方で、私の気も知らないメアリは、ときどき湿った靴下を私の方に向けては、突っつこうとしたりして笑っていた。

お茶会は連日続き、その都度新鮮な出し殻が供給された。

そして一週間が経過。

結果から言うとメアリの水虫は完治した。

「まじかー」

と思った。驚くべき事態。

いや、正直、絶対ムリだと思ってたよ。

だて、治療風景がもう「間抜け」の見本市みたいな状態だったから。

普通、かわいい女の子が二人、足もとをお茶の汁で汚しながら談笑している姿を見て、異世界の超技術でも完治できない難病を克服できるなんておもわないでしょ？　絶対騙されてると思った。

しかし、私の予想に反して、メアリのおみ足に巣くっていた水虫のコロニーは消滅。彼女の足はもとつるんとした美しさを取り戻してしまったのだ。

なんということだ。

同時治療のアンヌも一緒に治ったので偶然と片付けるのは難しい。

私は、衝撃にうちひしがれた。実に一月以上私たちを苦しめた水虫が、簡単に駆逐されてしまったのだ。

一方で、完治したメアリとアンヌは滂沱の涙を流して喜び合った。

「神よ！　感謝いたします……！」

「そして、ありがとうございます、お茶っ葉さん……！」

「感謝するなら、王妃殿下にしてあげなよ……」

私が言うと、メアリは、決まり悪そうに舌を出した。そして、「じゃあちょっとだけ王妃様にも感謝します」と微笑んだ。一方、負けず嫌いなアンヌはそっぽを向いて口笛吹いた。

さて、どっちが正しい反応だろう？

ちょっと、判断難しいところだね。

ところで、アンヌもメアリも私も、学園ではそれなりに有名人だ。

そんな連中が一週間も奇行に励んでいれば、当然のごとく話題を呼ぶ。

そして、水虫の治療中と話を聞けば、同じ症状を持ってる子たちが何人もあつまったのだ。「私も……」「実は僕も……」という生徒たちに、アンヌは気前よく出し殻を振る舞った。

まぁ、この戦役、義勇参加の子たちも多かった。だから水虫にやられた子の十人や二十人はいるよねぇ。

結果、患者が殺到。一時期の学園は湿ったお茶っ葉を靴下につめこんだ生徒たちがゴロゴロする野戦病院みたいになった。

大体の場合で症状は改善。中には、あまり効かない子もいたようだけど、それなりに効果は期待できると太鼓判がおされた。そして、このお茶っ葉治療法は、正式な医療行為として王国で認められることとなったのだ。

「どういう発想をしていたら、お茶っ葉で水虫の治療をする気になるんだろう?」

「異世界の人って変だよね」

「治ったから、感謝しかありませんわ」

と私たちは笑ったのだった。

一ヶ月後、父の水虫も完治した。父も大喜びだった。


さてここからは後日譚だ。

文化的理由とはほど遠い思惑から始まった王国の緑茶習慣だが、これにドはまりした奴がいた。

奴の名はエドワード。そう、私の元婚約者だ。

まぁ、凝り性なところがあるのは知ってたよ。

でも、まさか、お前がはまるとは思わなかった。

なんでも緑茶のほどよい渋みと静かな香りが落ち着くのだとか。悔しいが同意だ。エドワードという男、存外、文化的な行為についてはまっとうな感覚を持っていた。マイペースな分、周りに流されることもない。そして目新しい物だろうと、良い物は良いと認める柔軟さも持っていた。

このポジティブな評価に若干いらっとくるのは、私の器が小さいからだろうか。

とにかくも奴は持ち前の凝り性を発揮し、緑茶マイスターになったのだ。

ちなみにやつには茶飲み友達ができた。アランだ。「甘ったるい紅茶より性に合う」と緑茶に転向。結果、王太子一派にこの緑茶習慣が定着した。そして、エドワードは「この緑茶の深い香りはカルテア産特有でうんぬん」などとうんちく垂れ流すウザい王子へと進化した。

一方の私は、お茶なんて贅沢品を口にする余裕などない。内心でそりゃもう忌々しく思っていた。

ところで緑茶は高い。すごく高い。それは王太子といえど無視できる金額ではなかった。

王子の財布の紐を実質的に握っていたのはレナードで、締まり屋の奴は支出を気にし、「そんなに飲みたきゃ、緑茶の木を仕入れてくれ！」と苗木を輸入することになった。

緑茶産地のお国と交渉し、無事、商談は成立。苗木の輸入が決まる。

しかしそれからしばらくして、王国では内戦が勃発、エドワードは失脚してしまったのだ。

強制田舎暮らしが決まったエドワードが出立の準備をしていると、遙か昔に注文した緑茶の木が彼の元へと届けられた。

奴は、困った。

この木は国費で買ったもので、所有権はアリシアにある。

でも、彼は、敗戦でなにもかもをなくしたところであった。

そこにちょうど大好きなお茶の木がとどいちゃったものだから、ちょっとした運命を感じてしまったのだろう。

奴は悩み、レナードに相談し、彼のすすめで私へと手紙を書いた。

「国費で買った緑茶の苗木を、自分が育ててもいいだろうか？」と。

私は、「ちゃんと世話するんだぞ」と伝えた。

当時、ジークと過ごす甘酸っぱい毎日で幸せ一杯であった私は、実に寛大な気分であったのだ。

あいつは、緑茶が大好きだった。

自分の好物を粗末に扱うこともないだろう。

苗木をもらったエドワードは大いに喜んで、必死にお世話をしたそうだ。

そして、二十年後、奴の努力は実を結んだ。いや、この場合、葉っぱをつけたというべきか。そりゃもう、もっさもっさと生い茂らせた。

元々世捨て人になる気だったエドワードは、小麦の生産も難しい霧深い山奥を蟄居先に選択、これがどういう因果か、お茶の栽培にうってつけの土地柄であったのだ。

なんでも、お茶って、日の光を浴びないと甘くなるらしいね。

それが霧の深い場所だと、美味しいお茶が育つんだとか。

へーへーへーって感じである。

エドワードのたゆまぬ努力といくつかの幸運、そして時々、重機代わりに駆り出されたアランたち近衛騎士団の頑張りで、王国北部のその土地は、お茶の名産地へと成長したのであった。

もともとエドワードは動物とか植物とかが好きだった。王妃様は下品だなんだと理由をつけて遠ざけていたけれど、奴はもう自由だ。思う存分、お茶の品質の研究と改良に打ち込んだらしい。結果良い品ができた。

曲がりなりにも元王子がその手で一から育てたお茶だ。売り出し文句にも苦労せず、お茶作りは王国の主要輸出品目になるほどの産業へと成して、王国北部の財政を大いに潤すことになったのだった。

没落王子のエドワードをいやいや受け入れたアデルだけど、これは完全に嬉しい誤算となった。

「悔しい！　でも今年も良い香り！」

という謎のキャッチフレーズとともに、毎年初物が出荷され、貧しい北部の貴重な収入源として定着した。

お茶の出し殻と、内乱の原因になった王太子。

前者は、しつこい感染症の特効薬となり、後者は、失敗にめげず頑張ってみんなを豊かにしてくれた。

捨てる神あれば拾う神あり。

そして、私にしてみると、情けは人のためならず。

ってね。

王城、執務室。

私が報告書を読んでいると、子育て仲間のメアリが顔を出した。

彼女がにやりと笑っていう。

「結局、全部、アリシア様の功績になるのですね」

「うん。なにせ、私は悪役令嬢であるからね」

「もう令嬢って歳でもないでしょうに」

そして、二人で笑いあった。

その時の私は女王歴も二十年になるベテランで、小さいがきんちょが沢山できて、旦那さんも元気で活躍中であったのだ。

王国は今日もこともなく、無事みんな幸せになりました。

めでたしめでたし。ちゃんちゃん。


了。

# あとがき

はじめましての方ははじめまして、お久しぶりの方はご無沙汰しており誠に申し訳ありません。長門と申します。前の活動名はｍｅｒｙでした。なろうに登録した時は、完全にＲＯＭ専のつもりだったのでくっそ適当なユーザー名をつけました。弊害だらけでもはや笑うしかありません。一応お断りしておくと男です。

アリシア物語、お手に取って頂きありがとうございます。お楽しみ頂けたのであれば私もとても嬉しいです。

それで、なにを書こうかなと思ったのですが、旧版（ウェブ版）から変わったところも多いので、まずはそこにからめつつ登場人物について書きたいと思います。

特に変更点が多いレナード、アンヌ、アラン、エドワードの四人から。

旧版の彼らは、全員がヤラレ役でした。

もともと、ウェブ版を書き始めた時の構想が「だれにも読んでもらえないのは寂しいから、導入はテンプレ悪役令嬢ものでいっか」という適当極まるものであったため、彼ら悪役も適当きわまる感じで決まりました。転生してきたおバカ娘とその取り巻き三人組みたいな感じです。

当然、中身も空っぽです。

そもそも旧版は「かわいいアリシアちゃん日記」のつもりでありましたので、彼らの役割はたんぽぽの綿毛よりも軽く、冒頭の出奔劇以降はほとんど出番もなく完結。幸いそちらもご好評いただいたのですが、扱いが悪かった彼らについては少し心残りがありました。

私はハッピーエンド至上主義者です。若い子たちの最後があれではあまりにもかわいそう。また追記するなら、現代の知識をもっているはずの転生者や素敵な王子様の中身が空っぽというのもヘンな気がする。

それで、書籍化のお話を頂いた時、「この辺りもきちんとしたいな」と思いまして、件の四人に中身をインストールすることにしました。

まずは、レナードです。

旧版の彼は、冒頭アリシアに嫌がらせした後、雑に退場するバカメガネでした。

書籍版では、サブヒーロー兼サブヒロインの苦労人メガネとして復活しました。大出世です。やったねレナード、仕事が増えるよ。

旧版の彼は本当にひどい扱いで常々「すまねぇなぁ」と思っていたのですが、今作の彼は超絶ブラックな就業環境で「ほんと、すまねぇなぁ」という感じです。何度か読み返しましたが、学生と官僚兼任しつつ臨時バイトで迎撃軍総司令官とか十七歳にやらせる仕事じゃないですね。子供の権利条約に余裕で抵触します。児相案件まったなし。

歴史上十代で活躍した人は多いです。カイロネイアで大勝利した十八歳のマケドニア王子とか。

ただ、現代基準に照らし合わせると、やっぱり「ちょっと優秀」程度で片付けるのは難しいかなと思います。彼の初期プロットはちょっと優秀程度でした。魔法の世界で成長が早いってことにしてますけど限度があるよ、限度が。私自身、三十路も半ばを回りましたが「十代の頃はもっと馬鹿だったよなぁ」としみじみしました。

そんな彼の出世の理由ですが、ストーリ展開上の都合によるものです。身も蓋もない。

本作ですが、物語冒頭でアリシアが家出をします。

これは旧版と同じなのですが、新板では早期の事態収拾のため王国側でも頑張ってくれる奴が必要でした。

彼以外の王国残留組を見てみると、転生者のアンヌはアリシア派で静観、アランは喧嘩上等なのでだめ、アデルは主戦派、そして残るはエドワードですが、初期のエドワードが使い物になるわけがない。

で、「もう、こいつしかいないじゃん……」ということになり、レナードのデスマーチが決まりました。

初期案は、真面目が学生服着てるような子だったのです。当然のごとく途中で爆発。こりゃだめだということで、若干ちゃらんぽらんにしたのが今の彼です。特技は土下座で、豊富なレパートリーには定評があります。荒ぶる鷲のポーズの土下座とかします。学園内で披露することはあまりないため、付き合いが浅い女子からは頭が良いイケメンポジのようですが、男子共の間だと、ただの一人のエロメガネです。

彼は本当によくやってくれたと思います。ありがとう、レナード。ゆっくりおやすみ。

次にアンヌです。

旧版の彼女は、冒頭アリシアに嫌がらせした後、雑に退場する女の子でした。

書籍版では、転生知識をフル活用した黒幕ムーブを見せたりもせず、お城でお茶すすってるだけのニートになりました。概ね初期プロットの通りです。

本作の世界観ですが、中世暗黒時代の欧州を私基準で三倍ぐらいマイルドにしてからお茶を濁した感じの王国が舞台です。つまり現代基準だと余裕のハードモード。アンヌは転生直後から沢山の苦労を乗り越えて今のポジションを手にしたわけで、そりゃあ「戦争なんぞめんどくせぇ」ってなるでしょう。元はバリバリのキャリアウーマンという設定なので、手の抜き方も知っています。当然、面倒な仕事は避けるわな。

旧版では現代知識もアリシアが持っている設定だったのですが、出処を彼女に変更。ただ情報共有は物語開始前に終わってるので今作での出番はほぼありませんでした。実は結構真面目なのですが、一回、無理に前線に出てアリシアの足を引っ張ったことがあり、以来、後ろに下がる癖がついています。というのを言い訳に堂々とサボています。

なにはともあれ、おつかれ様。レナードには謝っとけよ。

次にアランです。

旧版の彼は、冒頭アリシアに嫌がらせした後、雑に退場する筋肉でした。

書籍版では、若気の至りの主戦派として物語を動かす空回りイケメンになりました。個人的には一番感情移入できる子です。湿度が高いところとか、身内案件になると一瞬で発狂するところとか、アリシアが好きなのに告白することもなく勝手に失恋してるところとか、とても好きです。最後の局面で、そのアリシアから念入りにボコられる予定だったのですが、結局あばら三本で済んでしまい、本人はちょっと不満そうです。アリシアにつけられた古傷を記念に思ってそう。ある意味で、一番のイケメン無罪です。

アリシアの帝国行きが決まっているので、次代の王国軍の一翼は彼が担うことになるでしょう。仕事はきちんとする子です。頑張れ、アラン。

で、エドワードです。

旧版の彼は、冒頭アリシアに嫌がらせした後、念入りに退場させせられる王子様でした。

書籍版では、失脚して田舎に飛ばされてから再起する（予定の）王子様になりました。

巻末のSSで彼のその後についてさらっとふれましたが、失脚後は大変なことを乗り越えつつも、最後まで頑張ったという設定です。

彼の扱いですが、新版でも最初は破滅エンドでした。その後、いろいろあって今の結末に落ち着きました。私は結構満足しています。

実は、私事で恐縮なのですが、つい先だってお仕事で大きな失敗をいたしまして、その時、お相手からフォローを頂たのです。三十過ぎたいい大人でも、普通に失敗をするのです。

ところでエドワードはまだ十代。立場上、彼の失敗は大きな影響を持ってしまいますが、一個の人間として見るのなら、再チャレンジの機会をあげたいなぁというのが私の考えでした。物語後に、巻末SSで触れたような、彼なりの再出発の物語があっただろうと思います。最終的には彼も居場所を見つけられたのではないかな、と。

以上が、変更組です。ジョン王とか宰相シーモア卿とか騎士団長とかも役どころは大きく変わりましたが、よりハッピーなエンディングをお届け出来たのではないかなぁと思います。

最大の弊害は、名前かぶりでした。なにせ全員、ちょい役の名前はほとんど適当に決めたため、結果的に「アンヌ」「アラン」「アデル」に「アリシア」とイニシャルAばかりになろうとは、このリハクの目をもってしても見抜けなかったわ。

次に、続投組のメンバーです。

まずはアリシア。

彼女は、バリバリの恋愛脳なので、戦争メインのプロットに相当ご不満なんじゃないかなぁと思います。ごめんよ。でも、ジークとバカップルさせるにはスペースが足りなかったんや。

恋愛を一巻で書ききるのは私には無理でした。でも本作のアリシアもかわいかったので、私は満足です。

次にメアリです。今回のMVPです。なにしろ、落馬するわ、二日酔いで潰れるわ、コンラートとしけこむわ、挙句、SSでは水虫ヒロインまでやりきってしまい、八面六臂の大活躍でした。作者としては本当に頭があがりません。彼女がいなければこの作品はありませんでした。ありがとう、メアリ。本当にありがとう。

三番目にジークです。彼ですが、思ったよりスパダリしてました。私の中でもコメディ・リリーフの便利な男扱いだったのですが、いざという時に頼りになって、動かす側としてはすごい安心感がありました。

実はこれ以外にもアリシアが怒り出してちゃぶ台ひっくり返す没版があったのですが、そこでは彼がリカバーしてくれました。結局、そちらはつまらなくて没になり彼のイケメンムーブもお蔵入りしてしまったのですが、新版でも最後はアリシアとちゅーできていたので許してもらえるんじゃないかと思います。

次にクラリッサです。私の一番のお気に入りです。ハッピーエンドをあげたいキャラ筆頭。今作でもとても元気で、書いていて非常に楽しかったです。アリシアと仲が良さそうで私もうれしい。消えた同僚の分までご苦労様でした。

最後にコンラートです。貴公の首は柱に吊るされるのがお似合いだ。

今回のエピソードなのですが、最後の巻末SSが一つの結末と思っています。水虫の話です。「水虫が結末かよ！」とも思われるかもしれませんが、私の趣味です。そういう話が好きなんや。

実は、戦場での水虫話は多く、中には塹壕足のような深刻なものもあります。本作の一つのテーマに「大変な戦争を蹴っ飛ばす少年少女」がありまして、なら戦後後遺症もやっつけてやろうと思い書きました。

結果的にはメアリとアンヌが大活躍でした。ほんとうにメアリはよくやってくれました。一応お断りしておきますと、緑茶の効用を保証するものではありません。

その他の個人的なお気に入りエピソードは、「お茶会とわたし」でしょうか。五人がバカ話してるだけのエピソードですが、私は好きです。

総評としては、ちょいと戦争の文量がおおくなっちゃったかなと。元は恋愛小説だったんですがね。

以上、きりがないのでこのぐらいで。

繰り返しで恐縮ですが、ここまで読んで頂きありがとうございました。皆さんに楽しんで頂けたのならば、これにまさる喜びはありません。

もし、またの機会がありましたら、次もよろしくお願いいたします。

皆様のご多幸と、楽しい読書ライフをお祈りして。

２０２０年10月某日　長門佳祐

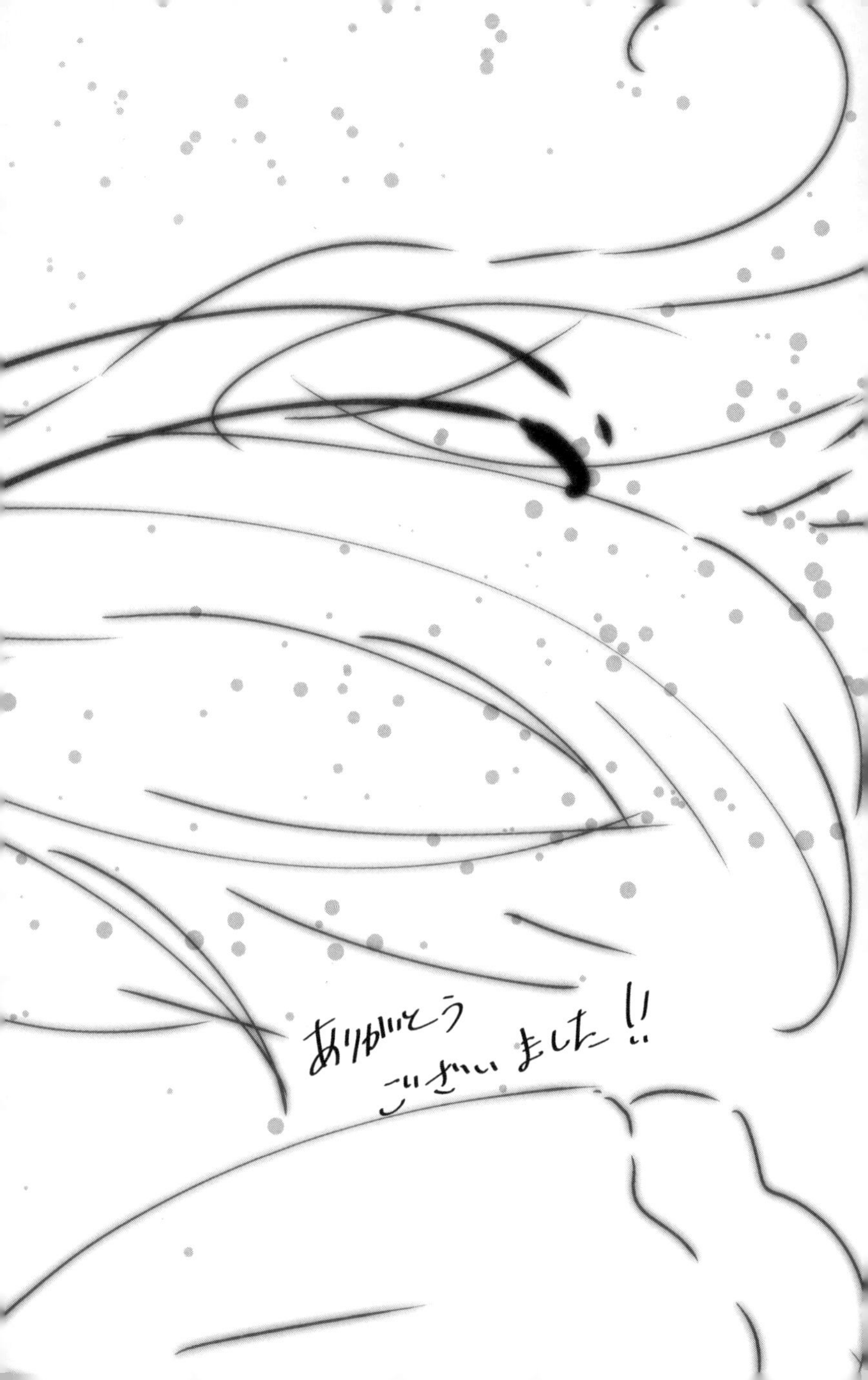
ありがとう
ございました!!

# 転生したらドラゴンの卵だった

～最強以外目指さねぇ～

猫子 Necoco

ILLUSTRATION NAJI柳田

**異世界転生してみたら“卵”だったけど、**
**〖最強〗目指して頑張りますっ!**

目が覚めると、そこは見知らぬ森だった。どうやらここは俺の知らないファンタジー世界らしい。
周囲を見渡せば、おっかない異形の魔獣だらけ。
自分の姿を見れば、そこにはでっかい卵がひとつ……って、オイ！ 俺、卵に転生したっていうのかよっ!?

魔獣を狩ってはレベルを上げ、レベルを上げては進化して。
人外転生した主人公《イルシア》の楽しい冒険は今日も続く——!

コミカライズ
好評連載中！
2億7000万PV超の
大人気人外転生ファンタジー！
転生したらドラゴンの卵だった
1
2
3
4
5
6
7
8
9
10
11
12
最新刊！

誰よりも美しく、
慈悲深い大聖女。
あなたはこうやって、
伝説となっていくのだ……
ま、
ひた隠す
A Tale of The Great Saint
コミカライズ1巻
大好評発売中!!!
漫画:青辺マヒト
コミックアース・スターにて
連載中!!
https://www.comic-earthstar.jp/

## あらすじ

従魔の黒竜が旅立ち、第一騎士団に復帰したフィーアは、
シリル団長とともに彼の領地であるサザランドへ向かう。
そこはかつて、大聖女の護衛騎士だったカノープスの領地であり、
一度だけ訪れたことのある懐かしい場所。
再びの訪問を喜ぶフィーアだったが、
10年前の事件により、シリル団長と領民の間には埋めがたい溝ができていた。
そんな一触即発状態のサザランドで、
うっかり大聖女と同じ反応をしてしまったフィーアは、
「大聖女の生まれ変わり、かもしれない者」として振る舞うことに…！
フィーア、身バレの大ピンチ！？

# 転生した大聖女
# 聖女であることを

十夜 Illustration chibi

続々重版中！
400万PV越えの
超人気作!!!

戦姫アリシア物語
婚約破棄してきた王太子に渾身の右ストレート叩き込んだ公爵令嬢のはなし

発行 ―――― 2020年11月16日　初版第1刷発行

著者 ―――― 長門佳祐

イラストレーター ―――― 葉山えいし

装丁デザイン ―――― ARTEN　山上陽一

発行者 ―――― 幕内和博

編集 ―――― 筒井さやか

発行所 ―――― 株式会社 アース・スター エンターテイメント
〒141-0021　東京都品川区上大崎3-1-1
目黒セントラルスクエア　8F
TEL：03-5795-2871
FAX：03-5795-2872
https://www.es-novel.jp/

印刷・製本 ―――― 中央精版印刷株式会社



ISBN 978-4-8030-1467-9